KB105139

송하
新무협 판타지 소설

귀혼 1

송하 新무협 판타지 소설

초판 1쇄 찍은 날 § 2007년 7월 3일
초판 1쇄 펴낸 날 § 2007년 7월 13일

지은이 § 송하
펴낸이 § 서경석

편집장 § 문혜영
편집책임 § 심재영
편집 § 서지현

펴낸곳 § 도서출판 청어람
등록번호 § 제1081-1-89호
등록일자 § 1999. 5. 31
어람번호 § 제2-1245호

주소 § 경기도 부천시 원미구 심곡1동 350-1 남성B/D 3F (우) 420-011
전화 § 032-656-4452 팩스 § 032-656-4453
http://www.chungeoram.com
E-mail § eoram99@chollian.net

ⓒ 송하, 2007

ISBN 978-89-251-0788-2 04810
ISBN 978-89-251-0787-5 (세트)

귀혼 **1**

송하 新무협 판타지 소설
FANTASTIC ORIENTAL HEROES

도서출판 청어람

第一部

서장(序章)

서장(序章)

눈을 뜨는 순간은 항상 낯설었다.

십오 년의 도주 생활. 사람들에게 불리던 내 이름[別號]이 특정한 장소에 자리 잡고 머물 수 있는 여유를 허락하지 않았기 때문이다.

내가 가는 길은 항상 혈로(血路)였다.

최초에는 나 스스로의 마기에 취해서였지만, 그 뒤에는 최초의 혈겁에서 얻은 무림공적(武林公敵) 불사귀(不死鬼)란 이름에 이끌렸기 때문이다.

그 무림공적이란 이름이 암중에 사람들에게 무림제일인(武林第一人)이란 이름으로 바뀌어 오르내리기 시작할 무렵에는 나를 포섭하기 위한 사파들의 다툼에 휩싸였기 때문이고, 나와 연루된 사파들이 나의 본의와는 상관없이 모두 비참한 최후를 맞이하여 나의 이름이 사람들에게 무림제일인에서 흉신(凶神)으로 바뀌어 기억될 무렵에는 나와 새롭게 맺어진 연분(緣分)을 나의 원수들이 알게 되었기 때문이다.

나에 대한 복수를 위해 나의 아내를 찾은, 과거 나에게 해침받았던 이들의 지인(知人)들을 또다시 해쳐 가면서도 나는 나에게 해침받는 그들을 한없이 부러워해야 했다.

그것은 하늘 아래 풀 길이 없는 나의 원한 때문이었다.

나는 내가 복수를 해야 할 대상이 누군지 몰랐다. 이러한 나의 행보가 내가 원하는 바가 아니었음에도 불구하고 내가 강호를 떠나 은거하지 않고 이 혈행을 계속해야 했던 이유는 그것이었다.

나는 복수를 위한 힘을 기른 이래 오랫동안 나의 원수들을 쫓아 강호를 헤맸다.

나는 그들을 찾기를 원했다. 최소한 그들과 싸우다 죽을 수 있기를 소망했다.

나의 원수들을 끝내 찾지 못한 채 나의 하나뿐인 아내에게조차 배신당한 최후의 순간에 나는 나의 허무한 죽음 앞에서 나의 도주 생활 이래 처음으로 나의 과거에 기댔다.

그동안 일부러 외면해 왔던, 과거의 후회와 아쉬움이 너무나도 크고 깊어서 나는 죽는 순간까지 눈을 감지 못하였다.

第一章 재생(再生)

"지나친 미련(未練)과 후회(後悔)는 인간을 과거에서 정체(停滯)시킨다. 과거에서 정체된 인간은 죽은 사람[死者]과 같다. 그러한 정체를 진행으로 바꿔주는 것은 반성(反省)이지만, 반성이 성립하기 위해서는 같은 후회를 되풀이하지 않을 수 있는 기회(機會)가 있어야 한다. 그렇기에 당시의 나는 이미 죽은 사람과 마찬가지인 것이었는지도 모른다."

십육 년 전 어느 날 일어나고 있는 일

모든 의문에는 한 가지 조건이 필요하다.

바로 자신이 모르는 것이 무엇인지를 정확하게 알아야 한다는 것이다.

때문에 자신이 아무리 잘 알고 있는 해답이라 하더라도 그 의문을 떠올리지 못해 답을 구하지 못하는 경우가 생긴다, 바로 꿈속의 자신이 쉽게 현실을 떠올리지 못하는 것처럼.

꿈을 꾸는 자는 자신이 경험한 꿈을 평소와 같은 일상으로 여기게 마련이다.

그것에 대한 어떤 의심이나 의문도 떠올리기 못하기에 그 꿈은 유지될 수 있게 되고, 그것에 의심이나 의문을 갖는 순간 꿈은 사라지게 된다.

파양 진가장주의 둘째 아들 진원명이 경험한 그날은 그와 비슷한 경우였지만 결과적으로는 조금 달랐다.

진원명은 그날을 평소와 다름없는 하루라 여겼다.

언제나처럼 몸종인 아복에 의해 잠에서 깨어나 아복이 차려준 식사를 하고, 지병으로 편찮으신 어머니께 아침 문안 인사를 드리기 위해 아복과 함께 방을 나섰을 때까지도 진원명은 그러한 사실에 어떤 의심도 갖지 않았었다.

진원명이 처음 의심을 가진 것은 장원 가장 깊숙한 곳에 위치한 어머니의 처소에 도착한 뒤의 일이었다.

"명아, 왜 그러느냐? 몸이 또 좋지 않은 것이냐?"

문안 인사를 드리는 진원명을 어머니가 걱정스러운 표정으로 바라보며 말하셨다.

어머니의 말을 이해하지 못하고 의아한 표정을 짓던 진원명은 어머니가 다가와 손으로 자신의 얼굴을 매만지고 난 뒤에야 자신이 처해 있는 상태를 깨닫게 되었다.

"이, 이게 왜 이러는 거지?"

진원명은 자신도 모르게 눈물을 흘리고 있었다.

"뭔가 좋지 않은 일이라도 있었느냐?"

어머니의 질문에 진원명이 대답한다.

"아닙니다. 이건… 단지 몸이 좋지 않아서……."

황급히 손을 들어 눈물을 닦아내던 진원명이 손을 멈추었다.

진원명이 그 순간 비로소 그날 아침부터 자신의 마음속에서 울려 퍼지던 이해할 수 없는 감흥을 깨달았기 때문이다.

아복에 의해 잠에서 깨고, 식사를 하고, 문안 인사를 드리는 일련의 일들에서 느껴졌던 왠지 모를 생소함과 아복과 함께 장원을 지나 어머니의 처소까지 오는 동안 느껴지던 아련한 그리움.

이내 부끄러움과 당황은 사라지고 한 가지 의문이 머릿속에 피어오른다.

"왜 내가 지금 이곳에 있는 거지?"

의문을 떠올리는 순간 진원명은 곧바로 그 해답을 깨달았다.

꿈이었던 것이다.

지금껏 자신은 십육 년 전의 행복했던 과거를 추억하는 달콤하기 그지없는 꿈을 꾸고 있었던 것이다.

그것을 깨달은 진원명은 길게 한숨을 내쉬며 그대로 바닥에 털썩 주저앉았다.

조금 더 모르는 채 있었더라도 좋았을 것이다.

좀 더 모르고 속아주었어도 좋았을 텐데, 지금의 이 행복을 좀 더 사실인 양 누렸더라도 좋았을 텐데 어리석게도 자신은 너무도 빨리 현실을 깨달아 버렸다.

"조금만 더 있었다면 형이나 아버지도 만날 수 있었을지 모르고."

진원명은 고개를 저으며 중얼거렸다.

　아마 이런 꿈을 꾸게 된 것은 자신이 변했기 때문일 것이다.

　예전에는 꿈에서조차 행복했던 과거를 떠올리려 하지 않았다. 다름 아닌 자신의 복수를 위해서다.

　불필요한 감정은 판단을 둔화시키게 된다. 때문에 자신은 일체의 감정을 버렸고, 과거도 버렸다.

　오랜 과거를 떠올리는 것은 자칫 그 기억과 함께 잊혀진 과거의 감정마저 함께 떠올리게 될 우려가 있으리라 생각했다.

　하지만 이제 복수만을 위해 사는 것은 끝났다. 자신은 복수를 포기했다.

　홀가분함과 허무함이 동시에 느껴진다. 복수를 포기했다 하여, 자신이 진정 원하는 것을 찾았다 하여 자신의 인생이 달라지는 것은 아니다.

　무엇보다 그 원을 이룰 수 있다 하여도 어차피 자신에게는 남은 시간도 없지 않은가.

　"…남은 시간이 없다?"

　진원명은 문득 의아하다는 듯 중얼거렸다. 방금 전 떠올린 자신의 생각에서 잊고 있던 다른 무언가가 떠오를 것 같았기 때문이다.

　고민하던 진원명은 잠시 후 그 사실을 깨달았다.

　"나는… 죽지 않았던가?"

자신은 죽었다.

바로 자신의 아내의 검에 심장을 꿰뚫려서.

잠시 망연한 표정으로 서 있던 진원명이 중얼거렸다.

"…죽어서도 꿈을 꾸는 것인가?"

"아복아, 명이의 상태가 좋아 보이지 않는구나. 가서 의원을 불러오너라."

어머니의 목소리가 들려온다.

진원명이 고개를 돌리자 걱정스러운 표정으로 자신을 바라보는 어머니와 아복의 모습이 보인다.

지금 이 순간이 꿈이라면 그것을 깨달은 순간 깨어났어야 했다.

하지만 아직도 꿈은 사라지지 않았다.

"…뭐가 꿈이고 뭐가 현실이라는 것이지?"

잔뜩 억눌린 듯한 음성이 들려온다.

바로 진원명 자신의 입에서 흘러나온 목소리이다. 진원명은 몸을 일으키며 분노했다.

현실은 지금 이 순간, 이 장소이다.

이 년 뒤, 장원이 몰살하고 남은 인생을 복수귀가 되어 살아가게 되는 기억, 바로 그것이 꿈인 것이다.

"눈에 보이는 현실과 꿈을 혼동하다니 그게 말이나 되는 일인가!"

격하게 분노하던 진원명이 잠시 후 갑자기 멍한 표정으로 돌아왔다.

"…방금 말을 한 것은 대체 누구지?"

진원명은 혼란에 빠졌다.

"방금 전의 내 생각은 도대체……."

지금 눈앞의 모습을 꿈이라 믿었던 진원명은 말을 채 끝맺지 못했다.

자신의 머릿속에서 지금 눈앞의 모습을 현실이라 믿는 또 한 명의 진원명이 그 말을 막고 소리쳤기 때문이다.

"빌어먹을, 이제 그만 생각하고 그만 말하라고! 이건 내 몸이야!"

진원명은 순간 멍해졌다.

곁에서는 어머니가 진원명이 갑자기 보이기 시작한 이상한 행동에 어쩔 줄 몰라 하고 계셨지만 진원명은 그러한 사실을 눈치 채지 못했다.

진원명이 방금 전 자신의 머릿속에 존재하는 또 다른 진원명의 의식을 깨달았기 때문이다.

그것은 자신이지만 자신이 아니었다.

같은 머릿속에서 울려 퍼지는 생각이지만 두 생각이 펼치는 의견이 너무나도 상이하고 대립적이다. 같은 사람의 의식이 이처럼 말도 안 되는 차이를 두고 나누어지는 것은 불가능할 것이다.

두 의식은 말 그대로 서로 '다른 사람'의 의식이었다.

하지만 두 의식은 하나의 몸 안에 들어와 있었다.

서로가 서로의 다름을 속속들이 다 알 수 있는 형편에 서로의 의견이 다르고 서로가 생각하는 근간이 다르니 그사이 충돌이 일어나지 않을 리가 없다.

같은 몸 안에 존재하고 있는 두 개의 서로 다른 의식이 대치하고 경쟁하면서 이내 진원명은 어떤 움직임도 취할 수 없는 몸이 되었다.

그사이 어머니의 거처에 아복이 불러온 의원이 당도하고 진원명은 하인들에 의해 자신의 방으로 옮겨졌다.

그때까지도 여전히 진원명은 어떤 외부적인 반응이나 움직임도 보이지 않았다.

진원명의 머릿속에서 두 의식은 끊임없이 경쟁하고 있었고, 해답을 내리지 못하고 있었다.

의원이 떠나가고 날이 저물 즈음이 되서야 진원명은 처음으로 움직임을 보였다.

두 의식이 마침 공통된 하나의 의문을 가졌기 때문일 것이다.

진원명은 작게 중얼거렸다.

"도대체… 나에게 무슨 일이 일어난 것이지?"

십육 년 뒤 어느 날 일어났던 일

진원명은 죽어가고 있었다.

죽어가면서 진원명은 의문을 가졌다.

"도대체… 무슨 일이 일어난 것이지?"

진원명은 자신의 가슴을 꿰뚫은 칼과 그 칼을 쥐고 있는 사람을 바라보고 있었기에 그 질문에 대한 대답을 모르는 바는 아니다.

질문을 잘못했다. 자신이 정말 물어보고 싶었던 것은…….

"왜 내가 당신을 찌른 것인지 궁금한가요?"

바로 그것이다. 진원명은 자신을 바라보는 익숙한 얼굴을 향해 고개를 끄덕여 보였다. 평소와 변함없는, 아름답지만 무표정한 여인의 얼굴.

생각해 보면 작년 여름 파양을 향하던 관도 위에서 처음 그녀를 만났을 때부터다.

그녀를 희롱하던 건달들을 물리치고 그녀를 구해냈을 때부터 줄곧 그녀는 자신에게 한결같았다.

이후 그녀가 자신의 적에게 생명을 위협받게 되었을 때도, 다시 한 번 자신에 의해 구출된 뒤 자신과 같이 머물게 되고 결국 자신의 아내가 되었을 때도 마찬가지다.

그 때문에 자신이 적의 표적이 되어 수없이 죽을 고비를 넘기던 순간에도, 그리고 그런 그녀를 위해 수없이 위험 속에 몸을 던지는 자신을 바라보던 순간에도 그녀는 자신에게 한 번도 어떠한 표정을 지어 보인 적이 없었다. 그리고 자신은 그러한 사실에 어떠한 관심도 두지 않았다.

오늘 그녀를 구하기 위해 다시 한 번 위험을 무릅썼고, 결국 그녀의 칼에 목숨을 잃게 되었다. 하지만 진원명은 지금 분노에 앞서 다른 감정을 느꼈다.

그녀의 한결같은 무표정에 이제껏 아무런 관심도 두지 않았던 자신에 대한 안타까움과 이런 순간까지 자신에게 무표정할 수 있는 그녀에 대한 의문.

진원명은 다시 물었다.

"이유가… 무엇이지, 수연(粹蓮)?"

수연이라 불린 여인은 대답하지 않은 채 진원명에게서 고개를 돌려 먼 곳을 바라보았다.

마치 그녀가 바라보는 그곳에 자신의 대답이 있다는 듯.

진원명은 잠시 수연을 바라보다가 그녀의 시선을 따라 고개를 돌렸다.

진원명과 수연을 둘러싸고 포위한 수많은 사람들의 모습이 보인다. 저들은 대부분 자신에게 원한을 가진 자들일 것이다. 아니면 헛된 명성을 노리는 자들이거나.

척흉회(斥凶會).

이곳은 자신, 흉신 불사귀를 척살하고자 하는 무림인들 간의 집회가 벌어지던 곳이기 때문이다.

납치된 아내를 구출하기 위해 진원명은 오늘 이곳에 단신으로 뛰어들었다.

"왜 당신은 나에게 언니가 있는지 묻지 않았죠?"

수연의 목소리가 들려온다. 진원명은 다시 수연에게로 고개를 돌렸다.

평소와 다른 울림을 지닌 가늘게 떨리는 음성. 그 음성에 실린 감정에 순간 신경이 쓰여 그 말의 내용은 조금 뒤에야 깨달을 수 있었다.

"네가… 네가 그녀의 동생이었구나."

진원명은 그렇게 중얼거리며 가볍게 실소했다. 그녀의 마지막 질문은 진원명의 질문에 대한 대답이 되었다. 아마 수연의 칼에 찔렸을 때부터, 아니, 일 년 전 처음 수연을 보았을

때부터 진원명의 의식 깊숙한 곳에서는 이미 그 사실을 알고
있었는지도 모른다.

진원명이 사랑한, 진원명을 배신한, 그리고 진원명에게 죽
임당한 여인, 진원명의 불행의 시작점이라 말할 수 있는 여인
이 바로 수연의 언니였던 것이다.

아민(娥民).

그녀의 이름을 되뇌며 진원명은 문득 그동안 떠올리지 않
으려 했던 자신의 오랜 과거를 떠올렸다.

아민을 처음 만난 것은 십오 년 전이었다.

아민은 그해 가을, 어머니의 간병을 맡을 하인으로 진가장
에 들어왔다.

어머니는 아민을 무척 마음에 들어하셨다. 아민은 영민하
고 사려 깊어 병자를 편하게 배려할 줄 알았기 때문이다.

당시는 진원명이 무예에 흥미를 가지기 시작했을 때였다.
그의 형 진원정이 한 해 전 강호에 나서 강서일룡이라는 별호
를 얻어 온 것이 그 이유였다.

진원명은 형을 동경하여 닮고 싶어했다.

하지만 진원명은 어머니를 닮아 날 때부터 병약했기에 형
과 다르게 무예를 수련하기에 적합한 몸이 아니었다.

진원명은 무예를 수련하는 동안 곧잘 앓아눕곤 했다. 어머
니는 그럴 때면 항상 아민을 보내주셨다.

진원명은 그런 어머니의 호의가 마음에 들지 않았다.

진원명이 보통 사람들보다 유약한 자신의 신체에 대해, 그리고 그런 자신이 무공을 익힘에 있어 주변 사람들이 자신의 나쁜 건강을 과하게 의식하는 것에 대해 적지 않은 불만을 가지고 있었기 때문이다.

진원명은 어머니가 이처럼 자신이 앓아누울 때마다 어머니의 간병인인 아민을 보내주시곤 하는 것이 부담스러웠다.

아민의 방문은 진원명에게 마치 자신이 다른 사람들과 다르다는, 형과 다르다는 것을 확인시켜 주는 어떤 절차처럼 느껴졌다.

게다가 아민은 진원명보다 고작 한 살 아래인 여자 아이인데다 어리지만 그 미색 또한 고왔다.

진원명으로서는 같은 또래의 여자 아이를 자신의 간병인으로 대하는 것이 편할 리가 없었다.

진원명은 아민이 더 이상 자신을 찾아오지 않기를 원했고, 일부러 아민을 퉁명스럽게 대하거나 평소에 쌓아둔 이런저런 불만을 아민을 상대로 풀어내곤 했다.

진원명은 어린 아민이 자신의 구박을 견디지 못하고 어머니에게 불평한다면 그것을 핑계로 어머니에게 자신의 간병인을 더 이상 보내주지 마시라 말씀드릴 생각이었다.

그렇게 몇 달이 지났다.

그동안 아민은 진원명이나 어머니에게 어떤 불평이나 불

만도 표시하지 않았다.

그리고 진원명은 더 이상 아민에게 화를 내지 않게 되었다.

아민은 특이한 아이였다.

아민은 주변 사람을 편하게 만드는 힘이 있는 듯했다.

단순히 몸의 편안함을 말하는 것이 아니다. 아민과 함께 있을 때면 진원명은 몸보다 오히려 마음이 편해짐을 느꼈다.

아민이 진원명의 보이지 않는 아픔과 상처마저 이해하고 배려해 줄 줄 알았기 때문이다.

진원명이 가진 형에 대한 애증과 아버지에게 기대받지 못하는 아픔, 자신의 병약함에 대한 자책.

아민과 함께 있을 때면 진원명은 자신의 그런 아픔들을 자연스럽게 잊을 수 있었다.

그리고 진원명은 어느 날부턴가 자신이 오히려 아민의 방문을, 아민과 함께하는 시간을 기다리게 되었다는 사실을 깨달았다.

점차 아민과 함께할 시간에 대한 기다림은 아민에 대한 그리움으로 바뀌어갔고, 얼마 지나지 않아 아민에 대한 그리움은 아민에 대한 애정이 되었다.

다시 몇 달이 지났을 때 진원명은 아민을 사랑하게 되었다.

그 이후, 아민과 함께 한 일 년은 진원명의 인생에 가장 행복했던 순간이라 할 수 있었다.

하지만 그 행복했던 순간은 결과적으로 진원명의 인생에

가장 불행한 순간으로 기억되게 되었다. 훗날 진원명이 당시 느꼈던 행복이 거짓에서 비롯되었다는 사실을 알게 되었기 때문이다.

아민이 장원에 거주한 지 일 년째 되는 날, 진원명의 장원은 낯선 복면인들의 습격을 받아 멸문했다.

그리고 그 복면인들 사이에는 아민의 모습이 있었다.

습격에서 간신히 살아남은 뒤 수년을 복수만을 위해 살았다.

그 당시의 자신은 단 한 가지의 목표만을 바라보고 있었다.

아민에 대한 복수라는 목표.

그 당시 세상은 단순했고 진원명은 자신의 목표에 대한 어떤 의심도 느끼지 않았다.

그 단순한 세상이 흔들린 것은 아민과 재회한 뒤였다.

십 년 전 한중 외곽에 위치한 작은 마을의 허름한 기방에서 만난 아민은 죽어가고 있었다, 눈과 귀가 멀고 혀와 손발의 힘줄이 끊긴 모습으로.

아민이 그런 모습이 되어 그곳에 버려진 것은 자신의 장원이 멸망한 시기와 큰 차이가 없었다.

아민이 지금껏 살아왔던 것은 아민이 버려진 곳이 기방이기 때문이었고, 아민이 폐인이 된 뒤에도 그녀의 아름다움이 변함없었기 때문이다.

아민은 피해자였다. 아민에게는 진원명과는 달리 자신의 원수에게 복수할 힘도 능력도 가지고 있지 않았다. 아민의 삶은, 그것을 단지 유지하는 것만으로 진원명의 원한을 만족시킬 수 있을 것처럼 보였다.

하지만 진원명은 아민을 베었다.

아민은 자신의 손바닥에 진원명이라는 글자가 남겨졌을 때 살짝 미소 짓는 듯했다.

진원명의 삶은 그 이후에도 변함이 없었다.

복수.

아민을 제외한 그의 가문을 습격한 다른 원수들에 대한 끊임없는 복수.

진원명은 지금까지처럼 자신의 원수를 찾아 강호를 헤맸다.

하지만 아민과의 만남을 경계로 진원명의 가장 중요한 것이 변해 버렸다. 바로 자신의 목표다.

진원명은 알고 있었다, 자신이 아민을 죽인 순간 자신의 목표가 흔들렸다는 것을. 하지만 이제껏 진원명을 지탱해 온 것은 복수였으니 그것이 사라지게 된다면 진원명의 삶에는 더 이상 아무것도 남지 않을 것이다.

때문에 진원명은 전과 달리 자신의 과거를 떠올리려 하지 않았다.

피어오르는 의심과 미련들을 묻어버리고, 진원명은 자신

의 미래와 목표만을 떠올리려 애썼다.

진원명의 그러한 노력은 성공적이었다. 마공을 수련하며 단련한 심공이 도움이 되었다.

이후 진원명은 자신의 삶과 목표에 어떤 의심도 갖지 않고 살아갔다. 일 년 전, 수연을 만나기 전까지는 말이다.

수연을 만난 뒤 진원명은 더 이상 자신의 복수에 신경 쓰지 않게 되었다.

수연이 깨닫지 못한 사이에 진원명의 목표를 바꿔놓았기 때문이다. 자신이 걸어놓은 심공이 깨져 나간 지금에야 진원명은 그것을 깨달을 수 있었다.

수연은 아민을 닮은 외모와 자신을 닮은 내면을 가지고 있었다. 진원명은 아민과 자신을 닮은 수연이 행복하기를 원했다.

서로의 비참한 운명에 휩쓸리지 않고 행복하게 살아가는 자신과 아민의 모습, 그것이 진원명이 그토록 외면해 왔던 자신의 진정한 바람이었기 때문이다.

하지만 그러한 자신의 바람은 자신의 지나간 과거에 대한 미련과 후회에 불과했다.

결코 이루어질 수 없음을 알기에 처음부터 외면했지만 수연이 그 바람을 떠올리게 만들었다.

"덧없는 희망이 아닌가."

진원명은 나직하게 중얼거리며 눈을 감았다.

이미 시야가 흐려져 앞이 보이지 않았기에 눈을 뜨고 있다 하여도 소용없는 일이었다.

진원명의 마음속에는 그동안 심공으로 암시를 걸어 애써 무시해 왔던 묵은 기억들과 감정들이 걷잡을 수 없이 터져 나오고 있었다.

과거에 대한 지나친 미련과 후회는 사람을 과거에서 멈추도록 만든다. 과거에서 멈춘 사람은 죽은 사람과 같다. 때문에 진원명은 그러한 과거를 애써 잊으려 해왔다.

하지만 이제 자신은 죽어가고 있다. 이제는 지금까지처럼 자신의 본심을 외면할 필요가 없을 것이다.

흐려지는 의식 속에서 진원명은 마지막 힘을 끌어내 자신이 깨달은 진정한 염원을 입에 담았다.

"돌아가고 싶다."

진원명은 미소 지었다. 그것이 바로 자신의 진심이다.

말을 마친 뒤 진원명은 묘한 해방감을 느꼈다.

시야는 어두워져 아무것도 보이지 않았지만 진원명은 알 수 있었다.

자신의 앞에 있는 수연의 입술이 입이 작게 움직이는 것을.

진원명은 그 중얼거림의 의미를 굳이 떠올리려 하지 않았다. 아니, 떠올릴 시간이 없었다.

그보다 진원명은 다른 곳에 신경을 기울이고 있었다.

평원 저편에서 자신을 바라보고 있는 두 쌍의 시선이다.

그중 호위무사들에게 둘러싸인 사람 좋아 보이는 인상의 소유자는 이번 집회의 회주인 용무백이라는 자가 분명하다.

그리고 그 곁에서 유생 복장을 한 채 날카로운 눈매로 자신이 있는 방향을 바라보는 자는 집회의 총군사를 맡은 서심강이라는 인물일 것이다.

두 사람 모두 그동안 무림에 잘 알려지지 않은 인물이었다는 이유로 오히려 유명한 인물이다.

하지만 진원명은 서심강이라는 인물을 보며 왠지 모르게 낯익은 느낌을 받았다.

어디서 보았던 인물이지?

의문은 길지 않았다.

진원명은 자신이 사라져 간다는 것을 느꼈다. 마치 어딘가 먼 곳으로 끌려가는 듯한 느낌. 그 다급한 느낌이 자신의 행동을 재촉하고 있었다.

진원명은 마지막으로 주의를 돌렸다. 저 멀리 떨어진 평야 외곽의 언덕 위에서 자신을 바라보는 익숙한 얼굴의 사내를 향해.

사내의 얼굴은 지금 염려와 안타까움으로 물들어 있었다.

이처럼 자신을 걱정해 주는 이는 세상에 단 하나, 이 사람뿐이리라.

진원명은 새삼 고마움을 느끼며 사내를 바라보았다.

이제 자신에게 주어진 시간은 끝났다.

마지막으로 세상에 단 하나뿐인 자신의 친구를 한 번 더 바라본 뒤, 그 세상에서 소멸했다.

십육 년 전 어느 날의 계속

햇살이 감은 눈을 괴롭힌다.

소년은 서서히 눈을 떴다. 익숙하면서 익숙하지 않은 풍경
이 그를 반긴다.

누운 채로 생각한다. 꿈을 꾸고 있는 것인가. 어제부터 수
없이 자신에게 던져 본 질문이다. 그리고 어제부터 수없이 내
렸던 그에 대한 대답 역시 같았다. 꿈이 아니었다.

"하아!"

한숨과 함께 침상에서 몸을 일으킨다.

몸이 살짝 휘청거린다. 몸의 사소한 움직임들을 통해 항
시 운기하는 것이 생활화되었던 미래의 버릇이 발동했던 결

과다.

소년은 당황함과 침착함이 반씩 섞인 특이한 표정을 잠시 짓다가 몸을 일으켜 창가로 다가갔다.

지금의 몸 상태를 감안하지 않은 운기를 행한 탓에 가슴이 살짝 욱신거린다. 창문을 통해 비추는 햇살을 받으며 소년은 호흡을 가다듬었다.

따뜻한 햇살이 쌀쌀한 새벽 공기로 차가워진 몸을 따뜻하게 데워주는 것이 느껴진다. 소년은 잠시 햇살을 받으며 멍하게 서 있다가 중얼거린다.

"난 지금 죽어 꿈을 꾸고 있는 것인가?"

"그럴 리가 없잖아? 지금은 명백한 현실이야. 도대체 어떻게 내가 그런 말도 안 되는 생각을……."

차분히 중얼거리는 듯한 질문에 곧바로 이어지는 당황한 듯한 대답은 소년 한 사람의 입에서 나온 것이다.

갑자기 소년은 다른 사람이 된 듯 거친 동작으로 창가에서 몸을 돌려 안절부절못하는 모양새로 방 안을 서성이기 시작했다.

그리고 소년은 잠시 후, 그 행동과 어울리지 않는 침착한 목소리로 말했다.

"하지만 난 죽지 않았던가?"

"그러니까 그게 바로 꿈이란 것이지! 그냥 단순한 꿈!"

다시 소년은 언성을 높이며 외친다. 누군가 보았다면 소년의 정신 상태를 의심할 법한 모양새다.

침상에 털썩 걸터앉으며 소년 또한 지금 자신의 정신이 이상한 것인지도 모른다는 의문을 가졌다.

아니, 이상한 것은 자신의 기억이다. 어제 어머니에게 문안인사를 드리던 순간 갑자기 머릿속으로 흘러들어 온 십육 년 후의 기억.

아니, 이상한 것은 지금의 현실이다. 어제 자신의 죽음을 받아들이는 순간 눈앞에 나타난 십육 년 전 어느 날의 한때.

어제부로 십육 세의 기억과 삼십이 세의 기억을 동시에 갖게 된 올해 십육 세의 소년 진원명은 다시 한 번 한숨을 깊게 내쉬며 중얼거렸다.

"하지만 꿈이라기엔 너무 생생하지."

"두 기억 모두가 말이지."

이번엔 좀 더 차분해진 목소리가 두 번 이어졌다.

잠시 고민하던 진원명이 말을 이었다. 이번엔 두 번에 나누어서 말하지 않았다.

"그렇다면 나에게 도대체 무슨 일이 벌어진 것이지?"

진원명의 목소리는 조금 지친 듯 들렸다. 사실 지칠 만도 했다.

어제, 미래의 비참한 기억들을 부정하는 과거의 자신과 과거의 한순간을 경험하고 있다는 사실을 인정하지 못한 미래의 자신이 머릿속에서 충돌한 뒤, 하루 내내 머릿속에서 두

개의 다른 의견이 다툼을 벌였다.

덕분에 진원명은 바보가 된 듯 멍한 모습으로 어제 하루를 보내야 했다.

그리고 하루가 지난 지금에 와서야 두 명의 자신 모두 조금씩 현실을 부정하기보다 긍정하려 들고 있었다.

적어도 두 기억은 이제 서로가 거짓이나 환상은 아닐지도 모른다고 조금씩 양보하기 시작했다.

그것은 다행스러운 일이었다.

머릿속에서 두 가지 의견이 나름의 논리를 가지고 거의 시간 차 없이 계속해서 생겨나는 경험은 끔찍했다.

게다가 그 두 가지 의견이 모두 자신의 의견이었고, 둘 모두 옳다고 느껴진다는 점, 그리고 그 두 의견 모두가 절실하게 와 닿는다는 것은 진원명으로 하여금 자신이 처한 상황에 대한 어떤 해답도 내리지 못하게 만들었다.

"어머니가 무척 걱정하시겠는데……."

문득 어머니의 놀라시는 얼굴이 떠올랐다.

기억의 혼재가 시작된 것은 어제 문안 인사를 드리던 도중이었다.

갑자기 생겨난 자신이 경험해 보지 못한 미래의 기억과 기존의 기억의 충돌로 인해 진원명은 몸조차 제대로 가누지 못했었다.

당시에는 주변을 제대로 살필 정신이 없었지만 어렴풋이

기억나는 기억의 단편들을 통해 진원명은 자신이 사람들에게 들려서 자신의 방으로 돌아왔다는 것을 알고 있었다.

그 뒤로 자신의 방을 몇 명의 의원이 다녀갔다는 사실도 어렴풋이 기억이 났다. 물론 자신은 몸에 무슨 이상이 있는 것이 아니니 의원으로서도 딱히 방도가 있었을 리 없다.

"아무래도 빨리 어머니를 찾아뵈어야겠는걸."

어머니라면 분명 또 의원을 부르게 할 것이다. 그러니 그전에 찾아뵙고 자신의 몸에 이상이 없음을 알려야 하는 것이다.

진원명은 그렇게 생각하고서도 잠시 침상에 그대로 앉아서 멍한 표정으로 창밖을 바라보았다.

멀리 창밖을 지나다니는 하인들의 모습이 보이고 두런거리는 말소리가 들려온다. 진원명은 잠시 그렇게 앉아 있다가 이내 인상을 쓰며 몸을 벌떡 일으켰다.

"이런, 이거 또 왜 이러는 거야!"

갑자기 눈물이 날 것 같았기 때문이다.

현실을 인정하기 시작한 미래의 기억이 동요한 결과다.

자신을 걱정해 주시는 어머니가 계셨고, 잿더미로 변한 장원이 지금 눈앞에 있다. 도대체 이런 기적이 일어날 수 있는 것인가?

진원명은 문득 자신이 죽기 전 중얼거렸던 한마디를 떠올렸다.

"돌아가고 싶다."

이번엔 웃음이 나왔다.

진원명은 키득거리는 웃음을 멈추지 못했다.

자신의 꼴사나움을 자책하는 또 다른 자신이 머릿속에서 자신의 행동을 멈추려 했지만 쉽지 않다.

"도련님, 일어나신 겁니까?"

창밖에서 아복의 목소리가 들려온다.

"아복이냐?"

"네, 식사를 가져왔습니다."

문이 열리고 아복이 언제나처럼 순박한 웃음을 지으며 들어온다.

진원명이 잠시 아복을 멍하게 바라보다가 이내 다가가 식사를 받아 들어 탁자에 올린다.

"아, 도련님, 제가 하겠습니다요."

"아니, 괜찮아. 이 정도야 뭐."

당황한 아복을 바라보며 진원명이 빙긋 웃는다.

아복이 조금 당황한 표정으로 바라보고 있을 때, 진원명은 상을 차리고는 몸을 돌리더니 갑자기 팔을 벌려 아복을 가볍게 껴안았다.

"도련님, 갑자기 왜 그러십니까?"

진원명이 재빠르게 아복에게서 떨어진다.

진원명의 표정은 기묘했다. 눈은 웃고 있는데 나머지 얼굴이 붉으락푸르락한 색으로 일그러져 있다.

"그게, 나 때문에 너무 고생이 많지? 고마워서 그런 거야."

"네? 아, 네. 그럼 전 이만 나가보겠습니다요."

진원명의 마음속에서 벌어지는 기묘한 대치를 모르는 아복은 그저 의아한 표정으로 진원명을 바라보다가 피식 웃으며 고개를 꾸벅 숙여 보이곤 밖으로 나간다.

잠시 떠나가는 아복의 모습을 지켜보던 진원명이 이내 한숨을 내쉰다.

"아, 그나마 울지 않아서 다행이지 이게 무슨 추태람."

어제 어머니 앞에서 눈물을 흘린 것처럼 자신은 아복을 보는 순간 솟구치는 감정을 억제하지 못했다.

이런 추세라면 장원의 다른 사람들을 보게 되었을 때도 매번 지금과 같은 꼴이 되지 않을까 걱정이다.

"그냥 지금 상태에 적응될 때까지 며칠간 아프다고 누워버릴까?"

하지만 진원명의 그러한 생각은 계획조차 되기 전에 파기되었다. 문밖에서 들려온 아복의 목소리 때문이다.

"아, 도련님, 그러고 보니 방금 전 장 총관님을 만났는데, 도련님이 걸리신 병의 원인이 아무리 생각해도 장 총관님 자신인 듯하니 오늘도 도련님이 아프시다면 장주님을 찾아뵙고 석고대죄라도 드려야겠다고 말씀하시더군요. 그런데 도대체 석고대죄가 무엇인가요?"

진원명의 표정이 일그러졌다. 장 총관을 잊고 있었다.

장 총관은 진가장의 총관이자 진원명의 글선생이기도 했다.

장 총관은 진원명의 할아버지 때부터 장원에서 일해온 가장 원로 가신이었고, 가문에 대한 충심이 지극했다. 문제는 그만큼 진원명의 교육에 너무도 열심이라는 점이었다.

아마 어제 다녀간 의원을 통해 자신에게 별반 이상이 없었음을 알았다면 장 총관은 자신이 꾀병을 부린다고 생각했을 것이다.

장 총관은 한다면 하는 사람이니 결국 자신이 아버지께 경을 치게 될 것이다.

"아, 그러고 보니 나 이제 몸이 많이 좋아졌어. 어머님께 의원은 부르시지 않아도 된다고 전해 드려. 지금 꼭 전해 드려야 해. 곧 찾아 뵙겠다고도 전하고."

"아, 네. 알겠습니다!"

아복이 떠나가는 기척이 들리자 진원명의 식사하는 속도가 자연스레 빨라졌다. 진원명은 지금이 자신이 경험한 기이한 일에 대해 생각할 때가 아니라 눈앞에 닥친 불부터 꺼야 할 때라고 판단했다. 다행히 그에 대한 반대 의견은 머릿속에 떠오르지 않았다.

진원명은 고개를 들어 물끄러미 하늘을 바라보았다.

해가 저물고 있었다.

서산 뒤로 가려지기 시작하는 해를 바라보며 진원명은 부러움을 느꼈다.

"나도 저 해처럼 어디 숨어버릴 곳이라도 있으면 좋겠구나."

진원명의 뒤로 지나가는 하인들의 시선들이 따갑다.

장원이 크다 해도 출입하는 인원은 거의 정해져 있고, 정해진 인원 간에 이루어지는 일상이란 쉽게 질리게 마련이라 진원명이 오늘 행한 기행(奇行)에 대한 소문은 반나절도 되지 않아 장원의 모든 사람, 특히 하인들 사이에서 일파만파로 번져 나갔다.

그리고 이제 정해진 일과가 슬슬 끝나가는 무렵이 되자 한꺼번에 몰려와 이처럼 묘한 기대감에 찬 표정들을 하고 자신을 훔쳐보고 있는 것이다.

진원명은 일부러 하인들의 모습을 외면한 채 스스로 자문했다.

저들은 자신이 일부러 인적이 드문 연무장 후문에 서 있는데도 주변을 오가는 하인들이 이처럼 많다는 것을 이상하다 여기리라 생각하지 않는 것일까?

게다가 그중 대부분이 말 그대로 이리 갔다 저리 갔다 하고 있다는 것을 정말 자신이 모르고 있다고 생각하는 것일까?

잠시 고민하던 진원명은 해답을 내렸다.

아니, 저들은 자신이 알아도 상관없다고 생각하는 것이리라.

진원명은 고개를 저으며 중얼거렸다.

"내 이제 더 이상 실수하지 않으리."

오늘 자신은 장원을 돌아다니며 갑자기 껄껄 웃는다거나, 느닷없이 하인들이 하는 일을 도우려 한다거나, 주변 사람들을 갑자기 껴안거나 하는 등의 행동을 일삼았다.

분명 마음속으로 충분히 조심한다 생각하면서도 일단 감정이 복받쳐 오르면 몸이 한순간 통제가 되지 않는 것이다.

장원에 알려진 것 중 가장 압권은 임 사범을 만나 '내가 임 사범을 얼마나 좋아하는지 알죠?' 라고 외치며 임 사범의 볼에 입을 맞춘 일이었다.

임 사범은 당황하기보다 크게 기뻐했다.

나중에 듣기로 임 사범이 아복을 시켜 자신에게 숙취 해소제를 전달하도록 부탁했던 것으로 보아 임 사범은 아마 자신이 어디서 낮술이라도 한 것으로 알았음이 분명했다.

"그래, 그래도 그 일은 밖으로 알려지지 않았으니."

순서상으로 맨 처음에 위치했기에 하인들의 눈을 피할 수 있었고, 밖으로 알려지지 않은 또 한 가지 기행이 있었다.

마음의 대비가 물렀던 탓에 그 수위가 가장 높았던 기행이다.

아마 그 일마저 알려졌다면 자신이 지금 이렇게 고개를 들고 서 있기 어려웠으리라.

진원명이 그렇게 자신을 위안하고 있을 때 진원명의 등 뒤에서 누군가의 목소리가 들려왔다.

"너 오늘 장 총관에게 보고 싶었다고 울며불며 매달렸다면서? 왜 그랬던 거야?"

방금 전의 목소리가 들려오는 순간 주변을 지나다니던 하인들의 발걸음이 잠시 멈췄던 것처럼 느껴진 것은 자신의 착각이었을까?

진원명은 울고 싶은 기분을 느끼며 다시 고개를 들어 하늘을 바라보았다.

"그래, 이제 다 알려졌구나, 다 알려졌어. 고개를 들고 서 있는 게 어려울 게 뭐람? 뭐, 홀가분한 게 참 좋기만 하군. 하하!"

"명아, 하늘에 뭐가 있는 거야?"

목소리가 다가온다. 달관한 진원명은 대답했다.

"형 때문에 내가 더 부러워하게 된 태양."

"그게 도대체 무슨 소리야?"

"그러니까… 형 때문에……."

진원명은 말을 멈추었다.

위기가 아직 끝이 아님을 깨달은 자신과 십육 년 만의 형과의 재회에 감격하는 자신이 순간 머릿속에서 충돌했기 때문이다.

지금처럼 주변에 많은 사람이 모여 있는데 또 말도 안 되는 일을 벌일 수는 없다.

진원명의 마음 한편은 그렇게 생각하며 필사적으로 형을 쳐다보지 않으려 노력했지만 또 다른 한편의 마음이 가진 절실함을 막지 못했다.

무언가에 막힌 듯 느린 속도로 돌아간 고개가 진원명의 좌측을 향한다.

진원명의 형 진원정의 얼굴이 보인다. 진원정은 진원명의 시선을 따라 하늘을 올려다보다가 진원명의 시선을 느낀 듯 고개를 숙여 진원명을 바라보며 씩 웃어 보인다.

"솔직히 말해봐. 너, 장 총관에게 꾸중 들을까 무서워 꾀를 부린 거지? 그 덕분에 장 총관이 지금 걱정이 이만저만이 아니라고."

진원명은 대답하지 않았다.

진원명은 머릿속에 떠오르는 영상들이 그것을 방해하고 있었다.

십오 년 전의, 아니, 일 년 후에 일어나게 될 그날의 기억. 눈앞의 형의 모습에 그 영상들이 겹치고, 형의 목소리가 지금과는 전혀 다른 의미로 들려온다.

"명아, 여기서 몸을 다스려라. 얼마가 걸릴지 모르겠다만,

명심해라. 내가 돌아올 때까지 절대 이곳을 떠나지 않도록 해야 한다. 알겠느냐?"

형의 옷은 피범벅이었다.

그리고 그것은 진원명 역시 마찬가지였다.

그의 형 진원정(陳原正)은 부상으로 몸도 제대로 가누지 못하는 그를 데리고 장원을 탈출했다.

형의 무위는 대단했지만 동생의 몸까지 보호해 가며 자신을 돌보기엔 무리가 있었다.

형은 적의 피로 옷이 물들었을 뿐이라며 웃어 보였지만 진원명은 그 대부분이 형 자신의 몸에서 흐른 것을 알 수 있었다.

형은 부상이 심한 진원명을 형의 지인의 집에 맡기고 떠나갔다. 진원명은 부상으로 의식이 희미한 와중에도 떠나는 형에게 물었다.

"형, 어디로 가는 거야?"

"응? 내가 가긴 어딜 가?"

진원정이 의아한 표정으로 되묻는다.

진원명은 지금 몽롱한 표정을 한 채 형을 바라보고 있었다. 진원명의 기억 속에서 형이 대답했다.

"개봉."

"개봉? 개봉은 무엇 때문에?"

진원명은 질문했으나 그 질문에 대한 대답은 듣지 못했다.

그 질문을 한 뒤 곧바로 정신을 잃었기 때문이다. 그 후, 그 질문에 대한 대답은 영영 들을 수 없었다.

형은 그렇게 떠났고, 돌아오지 않았다.

진원명이 힘을 기른 이후 오랫동안 하남성을 헤매고 다닌 이유가 그것이었다.

특히 개봉 근방은 가보지 않은 곳이 없을 정도로 샅샅이 찾아 헤맸다. 그리고 진원명은 그곳에서 자신의 형에 대한, 그리고 형이 그곳을 찾아야 했던 이유에 대한 그 어떤 단서도 발견하지 못했다.

"왜 그러는 거야? 안색이 안 좋은데, 이거 정말로 몸이 안 좋았던 모양이네. 명아, 내 말 들려?"

진원명의 어깨를 잡고 흔드는 진원정의 손길이 느껴진다. 진원명은 서서히 오랜 기억에서 빠져나와 현실로 돌아왔다.

정신을 차린 진원명의 눈앞에 형의 걱정스러워하는 얼굴이 보였다.

진원명은 잠시 그 얼굴을 멍하게 바라보았다. 그리고 깨달았다.

그의 미래를 어떠한 경위로 알게 된 것인지, 혹은 그가 사후에 무슨 수로 과거로 돌아온 것인지는 중요하지 않았다.

자신이 갖게 된 미래의 기억, 그 끔찍한 기억들이 되풀이되지 않게 하는 것, 그것이 중요한 것이다.

자신이 보았던 미래가 사실이라면 자신은 그 미래를 바꾸어야 한다.

미래의 자신은 지금과 비교도 되지 않을 만큼 강했다. 하지만 그 강함은 쓸모가 없었다. 그는 원수를 갚기 위해 힘을 길렀지만 정작 그 힘을 원수들에게 한 번도 제대로 써보지 못했기 때문이다.

하지만 이제는 그 힘이 비로소 제대로 된 쓸모를 찾을 것이다. 그렇게 해야 한다.

머릿속에서 울려 퍼지던 두 목소리도 이번에는 하나로 합쳐졌다.

진원명은 진원정을 바라보며 웃어 보였다.

"어때, 형? 이 정도면 장 총관도 멋지게 속아 넘어가지 않았겠어?"

잠시 어리둥절한 표정으로 진원명을 바라보던 진원정이 인상을 구긴다.

"이 녀석, 내 장 총관께 꼭 고자질하고 말겠다."

"으윽, 안 돼! 장 총관이 안 그래도 이번에 아버지를 찾아 석고대죄한다고 했단 말야!"

"오, 그거 재미있겠는데? 아버지가 그 모습을 보면 과연 뭐라고 할지도 기대되고."

"형, 제발……."

진원명이 간절한 표정으로 진원정을 바라보았다. 진원정이 잠시 그런 동생을 내려다보다 이내 씩 웃는다.

"흠, 그래. 이번 한 번만 봐주도록 하지. 그러니 앞으로 나한테 잘하라고. 하하하!"

형의 호탕한 웃음이 보기 좋았다.

십오 년간 진원명은 자신을 구하고 떠나가는 순간의 모습으로 형을 기억해 왔다.

형은 진원명을 안심시키기 위해 웃고 있었지만, 진원명에게는 그 모습이 마치 울고 있는 것처럼 슬퍼 보였었다.

"그러고 보니 임 사범도 요 며칠간 네 몸 상태를 자주 묻던데, 아마 곧 무공 수련을 재개한다고 하지 않을까?"

"혹시 형이 먼저 내 몸이 좋아졌으니 무공 수련을 같이 해야 한다고 부탁드린 것 아냐?"

"하핫, 눈치 챈 건가? 네가 없으면 영 심심해서 말이야."

진원명은 형이 이런 장난스런 모습을 보이는 것이 자신을 대할 때뿐이라는 것을 알고 있었다.

형은 장원의 식구들이나 부모님, 혹은 심지어 친구들을 대할 때마저도 절대 느슨한 모습을 보이지 않으려 했다.

"내가 만약 무공 수련을 하다 쓰러지기라도 한다면 다 형 탓이야."

"임 사범은 의술에 제법 조예가 있으니 네가 꾀병으로 쓰러지더라도 대번에 알아볼걸?"

"으음……."

머리를 싸매는 진원명을 보며 형은 크게 웃었다.

그런 형의 모습을 보는 진원명의 입에도 역시 가벼운 미소가 떠올라 있었다. 저 웃음이 결코 우는 것보다 슬픈 모습이 되도록 하지 않을 것이다.

진원명은 그렇게 다짐했다.

第二章 출행(出行)

"어느 날 깨달았다, 몸[身]은 마음[心]을 비추는 거울이라는 것을. 나의 마음이 강해져 갈수록 나의 몸 역시 강해져 갔다."

비무전주(比武前週)

조용한 밤이었다.

구름에 숨어 있던 달이 고개를 내밀자 창가를 통해 달빛이
스며들어 침상을 비춘다.

그 달빛을 통해 침상 위에 가부좌(跏趺坐)를 틀고 있는 한
인영이 드러난다.

진원명이다.

"후우!"

진원명은 길게 호흡을 뱉으며 운기(運氣)를 마쳤다.

진원명이 수련을 시작한 지 이 주가 지났다.

그 이 주간 진원명이 이룬 내공 성취는 상당한 것이었지만 진원명의 표정은 그다지 밝지 못했다.

그 성취의 구 할이 수련을 시작하고 처음 며칠간에 이룬 것이기 때문이다.

진원명의 성장은 날이 갈수록 빠르게 더뎌지고 있었는데, 지금은 단지 운기만 하고 있을 뿐 성장은 거의 정지해 있는 것이나 마찬가지였다.

몸을 그릇이라 한다면 작은 물그릇에는 바다를 담을 수 없다는 것이 바로 진원명이 처해 있는 문제였다.

진원명의 몸은 작다 못해 군데군데 깨진 그릇이었다. 바로 진원명의 병약함 때문이다.

어려서부터 앓았던 여러 가지 병마가 진원명의 전신 혈맥(血脈)을 너무도 단단히 막아놓았다.

보통 무공을 배우지 않고 나이를 먹으면 혈맥이 굳어 무공, 특히 내공을 수련하기 힘든 몸이 된다.

이십 세 이후라면 수련의 효율이 어린 시절의 절반으로 떨어지고, 삼십이 지나면 또 그 절반으로, 사십이 지나면 거의 수련의 성과를 보기 어려워진다.

진원명은 겉모습을 제외한 단전(丹田)과 혈맥의 상태만을 본다면 무공을 수련하지 않은 환갑의 노인과 진배없었다.

그 말은 무공을 익히는 것이 거의 불가능하다는 말과 같다.

하지만 방법이 아주 없는 것은 아니다. 조금 기이한 우연들이 겹치긴 했지만 과거의 자신 역시 이런 몸을 하고서도 결국 무공을 익히지 않았던가?

지금 과거의 방법을 그대로 재현할 수 없었지만 오히려 더 단순한 해결 방법이 있었고, 진원명이 생각하기에 그 방법은 자신이 할 수 있는 최선이자 최고의 방법이었다.

진원명의 몸은 어찌 되었든 십육 세의 소년이다. 그럼에도 불구하고 혈맥이 이토록 굳은 이유는 진원명의 병약한 체질이 십육 년간이나 이어져 왔기 때문이다.

때문에 진원명의 건강이 회복되고 그 상태가 유지된다면 굳어 있던 혈맥은 자연스럽게 뚫릴 것이고, 진원명은 무공을 익힐 수 있는 몸이 될 것이다.

그것이 바로 방법이었다.

자신이 우선적으로 해야 하는 일은 최선의 몸 상태를 계속 유지해서 건강을 회복해야 하는 것이다. 그리고 이후에 건강해진 몸 상태에 맞추어 자신의 내공을 회복해야 한다.

이것은 보통 사람에게는 무척 어려운 일이지만 진원명에게는 어려운 일이 아니었다.

십육 년 뒤의 진원명은 자신의 몸 상태를 최선으로 관리하는 것을 거의 습관처럼 행해온 경험이 있었기 때문이다.

진원명의 장기는 진기의 효율적인 운용이었고, 한 줌의 진기만을 운용할 수 있다면 자신의 약해진 신체와 장기에 무리가 가지 않도록 관리할 능력이 있었다.

그리고 과거의 단련된 육체는 잃었으되 그 기억과 경험, 그리고 그로 인한 요령은 고스란히 남아 있는 진원명이라면 일단 그릇이 커지면 그 안에 물을 채워 넣는 것은 너무나도 쉬운 일이다.

오히려 너무나도 쉽다는 것이 문제였을지도 모른다.

"으음……."

운기를 마치고 잠시 눈을 감은 채 명상에 빠져 있던 진원명이 신음을 흘린다.

심마(心魔)였다.

보통 심마가 찾아드는 것은 무공의 진전이 멈추었을 때 수련에 조바심을 내는 경우가 대부분이다.

지금의 진원명이 바로 그런 상황이었다.

오히려 이미 경험한 적이 있는 길을 걷지 못하고 자신의 몸의 회복을 기다려야 하는 형편이니 그 조바심이 보통 사람보다 더 큰 것이다.

산전수전(山戰水戰) 다 겪어본 진원명이지만 심마에 익숙해질 수는 없었다.

게다가 미래의 자신은 마음을 다스리는 심공(心功)의 경지가 어느 수준에 이른 뒤로는 이런 식으로 심마에 시달려 보지도 않았다.

마음이 동요되는 것이 느껴진다.

운기가 끝난 뒤인데다 자신의 내공 수위 또한 일천하여 당장 내상을 입을 걱정은 없었지만 신경이 쓰이는 것은 어쩔 수가 없다. 이미 며칠 전부터 수시로 진원명에게 찾아드는 심마도 동일했다.

심마는 자신이 경험한 장원의 멸망이었다. 비명 소리와 사방에 넘실대던 화염, 수많은 복면인들과 그들에게 죽어가는 장원 사람들, 자신을 구하기 위해 피 흘리던 형.

순식간에 수많은 장면들이 머릿속을 스쳐 가기 시작한다. 오래전의 기억이고 굳이 떠올리려 노력한 적도 없었던 만큼 대부분이 부정확하고 모호한 기억들이었다. 하지만 단 하나, 뚜렷하게 기억나는 모습이 있다. 바로 복면인들 사이에서 자신을 바라보는 아민이었다.

"빌어먹을."

일 년이다. 이제 일 년이 지나면 아민이 장원을 찾을 것이다. 그것이 사건의 시작이고, 그로부터 다시 일 년 뒤 아민은 복면인들을 이끌고 장원을 습격할 것이다.

아민을 이용해야 한다. 그녀의 뒤를 캐서 그녀의 일당을 알아내고, 가능하다면 사전에 그들의 습격을 저지해야 한다.

자신이 원래 힘의 오 할만 되찾는다면 굳이 타인의 도움을 빌리지 않더라도 혼자서 해결이 가능할 것이라 여겼다.

잠시 생각에 잠겨 있던 진원명은 이내 눈살을 찌푸리더니 거칠게 고개를 저었다.

"그런데 왜 마음이 내키지 않는 것이지?"

하지만 진원명은 망설이고 있었다.

아민의 뒤를 캐는 것을, 아민을 이용하는 것을, 그 이전에 아민과 재회해야 한다는 사실을 부담스러워하고 있었다.

아민의 마지막 모습 때문일 것이다. 그 비참했던 모습 때문에 진원명에게 아민은 가해자가 아닌 자신과 같은 피해자처럼 느껴지고 있는 것이리라. 단순히 그것뿐이다. 아니라면 그녀를 동정하기 때문인지도 모른다.

진원명은 그렇게 끊임없이 이유를 생각하려 애썼다.

자신이 단순히 아민과 적이 되고 싶지 않아하고 있다는 마음을 부정하기 위해, 아민과의 만남이 아민에게 미래에 경험했던 것과 같은 불행을 안겨줄지도 모른다는 것을 겁내는 자신의 마음을 부정하기 위해, 진원명은 자신이 죽어가던 순간 자신이 원했던 과거의 모습에 자신뿐만 아니라 아민의 행복한 모습 또한 포함되어 있었다는 사실을 애써 기억해 내지 않으려 했다.

진원명이 그렇게 심마와 싸우며 신음하는 동안 밤은 더욱 깊어갔다.

"도련님, 일어나셨습니까? 식사 가져왔습니다!"
"그래, 들어와."
문이 열리고 식사를 든 아복이 고개를 꾸벅 숙인다.
"안녕히 주무셨… 습니까요?"
아복이 고개를 살짝 갸웃거린다.

"도련님 안색이 좋지 않아 보이는데, 괜찮으십니까?"

"응, 괜찮아."

대답하는 진원명은 입술이 부르트고 눈이 휑한 것이 전혀 괜찮아 보이지 않았다. 어제저녁 아민에 대한 생각과 자신의 미래에 대한 생각들로 잠을 설쳤던 탓이다.

아복이 의아한 표정을 짓다가 이내 탁자에 상을 차리기 시작했다.

"그러고 보니 도련님 오늘은 장 총관님께서 수업을 쉬신다고 합니다. 도련님의 몸이 좋지 않아 보이니 잘된 일이군요."

아복이 상을 차리며 말한다. 진원명이 의아한 표정을 짓는다.

"장 총관이 수업을 쉬어?"

"네. 요즘 장 총관님이 보름 후에 있을 연회(宴會) 때문에 많이 바쁩니다. 도련님께 죄송하다고 전해달라더군요."

"흐음, 연회라…….."

진원명이 중얼거렸다. 그러고 보니 얼마 지나지 않아 연회가 있다. 포양호(鄱陽湖) 남북에 자리한 세력들 간에 친목을 도모하기 위한 연회였다. 얼마 전까지만 해도 무척이나 기다리고 있던 연회였는데, 요즘 정신이 없다 보니 까맣게 잊고 있었던 듯하다.

"며칠 사이에 나 혼자만 폭삭 늙어버린 느낌이군."

진원명의 입에서 어리광 섞인 중얼거림이 흘러나온다. 그

동안 근심 걱정 없이 살던 자신이 단 며칠 새에 먼 미래에 일어날 불행을 대비해야만 하는 신세가 되었으니 과거의 성격이 튀어나와 불평을 토한 것이다.

시간이 지나면서 진원명의 머릿속에서 맴도는 두 가지 성격은 점차 융화되어 가고 있었다.

가끔가다 한 번씩 어느 한쪽의 성격이 튀어나오는 일이 있었지만 예전처럼 서로 다른 생각이 동시에 머릿속에 떠올라 혼란스럽게 하는 경우는 드물었다.

어차피 둘 모두 진원명 자신의 성격이니 다소 의견의 차이가 있었더라도 점차 절충하고 이해해 가고 있는 것이리라.

"저는 이번 연회에서 열릴 친선 비무가 무척 기대됩니다. 작년에 큰 도련님이 세 번을 이기셨으니 이번에는 네 번 이상은 이기시지 않겠습니까?"

진원명은 잠시 기억을 떠올려 보고는 빙긋 웃었다.

"음, 꼭 그렇게 되지 않을지도 모르지."

"도련님의 말씀은 좀 이해하기가 어렵습니다."

아복이 어리둥절한 표정으로 대답한다.

진원명은 말없이 웃고 있었다. 아직 일어나지 않은 이런 소소한 일들을 자신이 알고 있다는 것이 재미있었기 때문이다.

안타까운 것은 요 며칠간 지금부터 일어날 자신이 알고 있는 여러 가지 사실들을 떠올려 보았지만 그중 자신의 무공을 조금이나마 회복한 연휴라면 몰라도 지금 당장 도움이 될 만한 사실은 마땅히 떠오르는 것이 없었다는 것이다.

"도련님, 그럼 저는 가보겠습니다."

아복이 인사를 하고 방을 나선다.

진원명은 고개를 끄덕여 아복의 인사를 받다가 문득 묘한 위화감을 느꼈다.

"그러고 보니 곧 형의 비무행이 있겠구나."

보름 후에 연회가 열리고 그 연회에서 친선 비무가 열릴 것이다.

진원명의 형 진원정은 그 대회에 출전하고 좋은 활약을 보인다. 물론 그 좋은 활약이 주변의 기대와 다른 방식으로 이루어지지만.

"흐음."

진원명은 팔짱을 끼고 의자 등받이에 몸을 기댔다. 뭔가 놓치고 있는 듯한 기분이 들었다.

형은 비무가 끝나고 난 며칠 뒤 아버지께 강호 유람을 다녀오도록 허락해 줄 것을 청했다.

형이 비무대회에서 보였던 무위를 흡족해하셨던 아버지는 그 청을 거절하지 못했고, 형의 강호행을 허락했다.

거의 일 년에 가까운 강호행 뒤 형은 강서일룡(江西一龍)이라는 별호를 얻어 돌아온다. 형이 강호행의 평계로 비무행(比武行)을 다녀왔기 때문이다.

그리고 형이 강서를 벗어난 적은 진원명이 알기로 그 한 번의 강호행뿐이었다.

"그것이었군."

진원명은 자신이 놓쳤던 사실을 깨닫고는 고개를 끄덕였다. 자신의 가문이 습격당하고 형이 자신만을 겨우 탈출시킨 뒤 떠나가면서 했던 말이 생각난다.

형은 자신이 개봉으로 간다고 말했다.

그리고 개봉은 강서성에서 천 리도 더 떨어진 하남성 북단에 위치한다.

"형은 왜 개봉으로 갔던 것일까?"

아마 그 의문에 대한 해답은 이번에 형이 떠나게 될 강호행에 있을 것이다.

처음에는 형이 적들을 찾아간 것인지도 모른다고 생각했다.

하지만 훗날 개봉을 뒤지며 자신은 형이나 적들에 대한 어떤 흔적도 발견할 수 없었고, 그 생각을 수정할 수밖에 없었다.

만약 형이 적들의 정체를 알고 있다 하더라도 무모하게 혼자서 그들을 찾았으리라고 생각하기는 어려웠으니 형은 강호행 중 알게 된 누군가에게 도움을 부탁하기 위해 개봉으로 떠났을 가능성이 더 높다.

그것도 단지 짐작일 뿐 확실한 것은 아니다.

만약 형이 도움을 요청하고자 했다면 기존에 진가장과 우호가 있었던 녹양방이나 청호상, 혹은 관에 요청하는 편이 좋았을 것이다.

미래의 진원명으로서는 답을 구할 수 없는 의문이었다.

하지만 지금은 그 답을 구하는 것이 불가능하지 않다. 그리고 경우에 따라서는 그 답이 적들에 대한 단서로 이어질 수도 있다.

"형의 강호행을 따라가야 하는 건가?"

진원명은 고민했다. 경우에 따라서는 단순한 시간 낭비가 될 수도 있는 일이기 때문에 마음을 정하기가 쉽지는 않았다.

얼마의 시간이 지나고 생각에 잠겨 있던 진원명이 이내 고개를 끄덕인다.

"뭐, 하긴 당장 시간이 있어도 할 수 있는 일이 없으니."

미래의 진원명과 달리 지금의 진원명은 아무 능력도 가지고 있지 않다.

십여 년간 강호를 홀로 헤쳐 나가며 얻은 지식과 어느 정도 자신의 주변에 관련된 미래의 일을 알고 있지만, 열여섯이라는 나이와 힘없는 지금의 육체로는 그러한 지식들을 이용하더라도 무엇인가를 시도하기가 어려웠다.

게다가 자신의 조급한 마음을 정리하는 데에도 도움이 될지 모른다. 어제저녁에도 심마 때문에 고생하지 않았던가?

진원명은 슬쩍 미소 지었다. 할 일이 생겼다는 것이 오히려 자신의 마음을 가볍게 만들어주었기 때문이다.

진원명은 조금 편해진 기분으로 다시 식사를 시작했다.

훅! 훅!

바람 소리 비슷한 소리가 울려 퍼지는 이곳은 진가장의 연무장(研武場)이다.

좀 더 설명하자면 바람 소리는 둔중한 무언가가 바람을 가르는 소리였고, 그 무언가는 삼 척이 조금 못 되는 길이의 두터운 나무 막대기였는데 바로 진가장의 장원에서 수련용으로 쓰는 목도였다.

연무장 중앙에서 둔중해 보이는 그 목도를 사방으로 휘두르고 있는 소년은 진원명이었고, 그 외곽에서 진원명의 시범을 지켜보는 두 명의 사람은 각각 임 사범과 아복이라는 호칭으로 불리는 이들이다.

진원명은 일주일 전부터 스스로 청해서 가문의 무공을 배우기 시작했다.

처음 임 사범에게 무공 수련을 청했을 때에는 건강을 회복하는 데에 필요한 적당한 운동을 해주기 위한다는 이유만을 가지고 있었지만, 오늘 오전 형의 강호행에 동행하고자 결정한 뒤로는 한 가지 이유가 늘어났다.

이번 비무대회(比武大會)에 출전하여 형 못지않은 활약을 보여야 한다는 것이다.

진원명은 주(主)로 사용하는 무공이 없었다.

그가 가장 많이 사용한 무공은 마공에 있던 무공들이지만 그마저도 언제부턴가는 사용하지 않게 되었다.

이후에는 그저 손이 가는 대로, 검이 움직이는 대로 찌르고 휘둘렀을 뿐이다.

가문을 대표하여 나가는 비무에서 가문의 무공을 쓰지 않고 아무렇게나 싸울 수는 없는 노릇이었다.

가전 무공은 황실의 무예에서 그 근원을 찾을 수 있는데, 정확히는 황실의 무예 중에서도 주로 병사들이 배우는 도법들에서 기원했다.

진원명의 할아버지인 진철상(陳喆常)이 과거 나라의 녹을 먹던 무관이었기 때문이다.

진철상이 관직을 버리고 내려와 차린 장원이 바로 지금의 진가장이었고, 임 사범 역시 과거 진철상의 제자였다.

진원명이 지금 수련하는 이십사초의 분광도법(分光刀法) 역시 진철상이 창안한 것인데, 그 변화는 단순하지만 그 동작에 힘이 있고 연습하기에 따라 다양한 방식으로 응용하기에 좋았다.

"사부님은 대단한 무재(武才)셨지. 군부에서 누구나가 수련하는 대단치 않은 무공들을 통해 이렇듯 일문을 이루신 것을 보면 알 수 있지 않나. 나는 큰 공자님이 할아버지께 그 무재를 모두 이어받은 것이라고만 생각했네. 하지만 알고 보니 그 재능은 큰 공자와 막내 공자 모두가 이어받은 것이었지 뭔

가. 하하하!"

진원명은 지금의 상황이 무척 부담스러웠다.

임 사범이 흐뭇한 표정으로 진원명의 수련을 바라보며 아복에게 건네는 말이 모두 진원명에 대한 찬양과 칭찬 일색이었기 때문이다.

"물론입죠, 임 사범님. 도련님이 얼마나 총명하신지는 어려서부터 옆에서 모셔온 제가 누구보다도 잘 알고 있습니다요. 도련님은 배우기를 꺼려하셔서 그렇지 일단 열심히 배우기만 한다면 누구보다 그 성취가 클 것이라고 마님께서도 항시 말씀하셨습니다요."

그리고 거기에 아복은 부채질을 하고 있었다.

부담감이 진원명의 초식을 보챘다.

진원명의 동작이 빨라졌지만 아복과 임 사범 누구도 그것을 알아챈 듯하지 않았다. 아복과 임 사범이 크게 의기투합하여 진원명에 대한 이야기를 나누고 있었기 때문이다.

그들이 나누는 이야기는 점점 부풀어 올라 결국 화제가 진원명의 과거에 이르렀다.

이윽고 진원명이 기억하기조차 부끄러운 과거의 비행들이 들춰져 저들에 의해 어려서부터 무언가 남달랐다는 둥, 신동(神童)의 증거로써 탈바꿈되기 시작했고, 진원명은 자신이 시간이 비었던 오전에 요즘 들어 자주 찾아오는 심마를 대비하기 위해 심공을 수련한 것을 다행으로 여기게 되었다.

이처럼 외공을 수련하면서 심마를 얻을 줄은 꿈에도 몰랐으니 그때 마음을 가다듬어 두지 않았다면 지금쯤 주화입마에 빠졌을 것이다.

진원명은 동작을 더욱 빨리 하여 다행히 주화입마에 빠지기 전 임 사범이 가르쳐 준 세 가지 요결대로 세 번의 분광도법을 모두 마칠 수 있었다.

"임 사범님, 다 끝냈어요!"

진원명이 잽싸게 외쳤다.

"아니, 벌써……. 커험! 정말 대단하십니다, 막내 공자. 아마 제가 펼치더라도 그보다 더 잘할 수는 없을 것입니다. 하하하!"

진원명은 임 사범이 그가 펼치는 무공을 제대로 보기는 했는지조차 의심스러웠다.

진원명이 물었다.

"그럼 저는 이제 무엇을 해야 하나요?"

"막내 공자는 이미 스스로 분광도법의 요체를 모두 깨우쳤으니 제가 특별히 가르쳐 드릴 게 없습니다. 이제는 연무장의 다른 수련생들과 함께 배우면서 잘못된 자세를 바로잡고 분광도법이 실전에 어떻게 쓰일 수 있는지 배워야 합니다. 예전에 큰 공자를 가르칠 때도 이 정도로 빠르게 분광도법을 깨우치지는 못했습니다. 큰 공자가 가르치는 사람이 보람을 느끼게 하는 천재라면 막내 공자는 가르치는 사람이 보람을 느낄 새도 갖지 못할 정도의 천재라고 해야 할 것입니다. 하하하!"

얼굴에 금칠이 두터워 숨이 막히는 듯했다.

"하, 하하! 저, 그런데… 물어볼 게 있습니다."

"말씀하시지요, 막내 공자."

"보름 후에 장원에 연회가 열리는 것으로 알고 있습니다."

"네, 맞습니다. 해마다 진가장과 청호상, 녹양방에서 한 번씩 돌아가며 주최하는 연회이지요. 이번이 우리 장원의 차례라 장주님이나 장 총관님이 그 준비로 요즘 눈코 뜰 새 없이 바쁘신 것이 아닙니까?"

그 덕에 오늘은 장 총관에게 시달리지 않아서 좋았지. 진원명은 내심 중얼거리며 말을 이었다.

"연회 중간에 비무대회가 열리는 것으로 알고 있는데요."

"아, 그렇지요. 아마 이번 비무에서도 큰 공자가 큰 활약을 할 겁니다. 작년엔 아쉽게 세 번을 이기고 마지막에 지쳐서 패하셨지만 정말 대단하셨죠. 올해는 실력이 작년보다도 크게 나아지셨으니 오 연승도 가능할지 모르겠습니다. 하하하!"

"그렇다면 그 비무대회에 저도 출전할 수 있을까요?"

임 사범의 얼굴이 웃는 표정 그대로 굳는다.

"하하, 하! 아, 그게, 그… 막내 공자가 재능이 대단하다고는 해도 배운 기간이 너무 짧고 아직 무공을 가지고 사람을 상대한 경험이 너무 부족하여……."

"연무장의 수련생들도 자유롭게 출전할 수 있도록 하지 않나요? 우리 가문의 무공이 아닌 다른 무공을 상대하면 아마 좋은 경험이 될 것이라 생각합니다."

임 사범이 난감하다는 듯 헛기침을 하며 말을 이었다.

"허험, 막내 공자가 연무장에 제대로 나온 적이 드물어 모르시는 것 같은데, 연무장의 수련생들이라고 아무나 비무대회에 나갈 수 있는 게 아닙니다. 비무대회에 나가고 싶어하는 수련생들 간에 경합(競合)을 벌여 그중 실력이 뛰어난 다섯 명만을 추려서 내보내는 것이지요."

"그렇다면 그 경합에 저도 참가하고 싶습니다."

"허허, 막내 공자도 이제 정식으로 수련생이 되셨으니 경합에 참가하시고자 한다면 할 수 있겠지요. 하지만 막내 공자가 무공을 배운 기간은 너무나 짧습니다. 경합에 나가려는 다른 수련생들은 다들 몇 년 동안 무공을 수련해 온 수련생들뿐이니 공자가 상대하기엔 무리가 있을 것입니다."

그렇게 말하는 임 사범의 얼굴은 '내가 그 마음 다 이해하고 있지' 라고 말하는 듯했다.

"…경합에 나가려는 다른 수련생들은 다들 몇 년 동안 무공을 수련해 온 수련생들뿐이니 막내 공자가 상대하기엔 무리가 있을 것이라 생각했습니다."

그렇게 말하는 임 사범의 얼굴은 '나는 이 일을 결코 이해할 수 없어' 라고 말하는 듯했다.

"그런데 결과는 어땠소?"

질문하는 사람은 현 진가장의 장주인 진무평(陳武平)이다.

"큰 공자는 너무 실력이 월등하니 큰 공자는 일단 제외하고 경합을 벌여 네 명을 선발했습니다만……."

"음, 설마 명이가 그 네 명 중에 뽑히기라도 했다는 것이오?"

임 사범이 대답 대신 한숨을 내쉬며 하늘을 보았다.

처마 끝에 살짝 걸쳐 보이는 보름달이 아름다웠다. 임 사범이 잠시 그 달의 아름다움에 취했다.

'문득 생각나는구나. 어느 날 저녁 사부님이 나를 불러 달과 같은 인물이 되라 하셨지. 그날 사부님과 함께 보았던 그 달의 아름다움은 영원히 잊혀지지 않을 듯하다. 어린 나는 그 뒤로 존경하는 사부님의 말을 가슴 깊이 새겨두었다가 태양이 없을 때만 나타나 세상을 호령하는 달처럼 사부님이나 사형들이 없을 때만 골라 나보다 어린 수련생들을 부려먹곤 했지.'

과거를 추억하는 임 사범의 입가에 흐뭇한 웃음이 떠올랐다.

그의 손은 자신도 모르게 당시 진철상에 의해 부러졌던 정강이를 쓰다듬고 있었다.

"답답하오. 도대체 무슨 일이 있었던 것이오? 혹시 명이가 다치기라도 한 것이오?"

진무평의 다그침에 잠시 현실 도피에 빠져 있던 임 사범이 정신을 차렸다.

그에 대한 대답을 하려니 다시 한숨이 흘러나왔다.

"아닙니다. 오히려 그 반대를 걱정해야 할 지경이었지요. 막내 공자는 이번 경합에 상대했던 수련생들을 모두 이겼습니다. 이번 경합의 우승자는 막내 공자였습니다."

그의 태도가 미심쩍어 무슨 사고가 있었던 것인지 걱정하던 진무평이 안도하며 가슴을 쓸어내리려다 멈칫했다.

"…그런데 어떻게 명이가 그런 결과를……?"

잠시 생각하던 진무평은 이내 크게 웃었다.

"하하하, 이제 보니 임 사범이 나를 놀린 것이었구려. 언제나 몰래 그렇게 명이에게 무술을 가르쳤단 말이오? 임 사범이 정이를 가르칠 때부터 임 사범에게 무예를 가르치는 남다른 소질이 있음을 내 알아봤소. 하하하!"

임 사범의 한숨이 깊이를 더했다.

"그것이 아닙니다."

"무엇이 아니라는 것이오?"

"막내 공자는 누구에게도 무공을 배운 적이 없었습니다. 수련생과 큰 공자에게도 확인해 보았고, 장주님 역시 지금 말씀해 주신 것으로 확인이 된 셈이군요."

진무평이 숨을 크게 삼켰다.

"무공을 배우지 않고서 수련생들을 상대했다는 말이오?"

"정확하게는 기본공(基本功)과 기초적인 호흡법 정도는 이전에 가르쳐 드린 적이 있습니다. 하지만 분광도법을 배운 지는 이제 겨우 삼 주가 되었을 뿐입니다. 공자는 분광도법만으로 수련생들을 모두 제압했습니다."

"임 사범이 아닌 다른 이가 그런 말을 했다면 농담이라 여겼을 것이오."

그렇게 말하고 있는 진무평은 여전히 믿지 못하겠다는 표정이었다.

"제 생각에 막내 공자는 적어도 무예에 관해서는 그 자질이 하늘에 닿아 있음이 분명합니다. 분명 막내 공자가 펼치는 분광도법은 초심자의 그것이었지만 그 어설픈 도법이 이르는 시기와 방향은 지켜보는 저로서도 감을 잡을 수가 없었습니다. 저도… 만약 순수하게 초식으로만 막내 공자와 겨룬다면 과연 이길 수 있을지 장담하기 어려울 정도였습니다."

임 사범의 말에는 진심이 담겨 있었다. 진무평은 그제야 믿었다.

"하하핫, 장주님께 못난 꼴을 보여 드리는 듯합니다. 이거야말로 진정 기뻐해야 할 일인데 말입니다. 하하하!"

임 사범은 침울함을 떨치려는 듯 크게 웃다가 이내 다시 한숨을 내쉬었다.

"…큰 공자를 가르칠 땐 이렇지 않았었는데 이상한 일이지요. 큰 공자가 실력이 느는 모습이 마치 저의 일인 것처럼 기뻤습니다. 아마도 막내 공자는 그런 기쁨을 느낄 여유조차 없었기 때문인가 봅니다. 막내 공자는 형(形)을 보여주는 순간 의(意)를 깨달았습니다. 한 번 스승은 평생 스승이라지만 막내 공자는 장원의 수련생 누군가가 가르쳤더라도 제가 가르치는 것과 차이가 없었을 것입니다. 스스로 막내 공자의 스승이라 말하기 부끄럽습니다. 스승으로서 부족한 저의 모습이 한스럽습니다."

진무평은 임 사범을 동정했다.

임 사범에게서 그가 한때 겪었던 아픔을 보았기 때문이다.

진무평은 그의 아버지인 진철상이 느지막이 얻은 유일한 혈육이었다. 무평(武平)이란 이름에는 진철상이 그런 그에게 거는 기대가 담겨 있었다.

그 기대대로 진무평은 어려서부터 철저하게 무인으로서 교육받았지만 그에게는 무예에 대한 재능이 없었다.

그에게는 대신 계산과 경영의 재능이 있어 그의 대에 이르러 진가장은 큰 발전을 이루었지만 진철상은 자신이 숨을 거두는 순간까지 진무평을 인정하려 하지 않았다.

그 후로 자신에게 없는 무재(武才)를 가진 자들에게 진무평은 한동안 심한 열등감을 느껴야만 했다.

진무평은 일찍이 자신의 재능이 부족함을 깨닫고 무예에 뜻을 버렸다지만 임 사범은 평생을 가문의 무예에 매진해 온 몸이다.

그가 지금 자신의 제자에게 느끼고 있을 상실감과 죄책감을 진무평은 짐작조차 할 수 없었다.

"어쨌든 장주님께서 막내 공자가 비무에 나간다는 것을 아셔야 할 것 같아서 찾아뵈었습니다. 괜찮으시겠지요, 장주님?"

진무평은 '임 사범이야말로 괜찮으시오?'라고 묻고 싶었다.

"괜찮지 않을 게 무엇이오. 이렇게 찾아와서 말해주시지 않아도 괜찮았을 텐데 임 사범의 수고에 감사드리오."

임 사범은 잠시 고민했다.

"정말 괜찮으신 거지요?"

진무평은 가슴을 내밀고 짐짓 호기롭게 외쳤다.

"물론이외다. 임 사범은 내 걱정일랑 마시고 이만 들어가 쉬시오."

"그럼 전 이만 안심하고 물러가 보겠습니다."

돌아서는 임 사범의 시선이 진무평을 떠나기를 머뭇거렸다. 그 시선에 자신에 대한 염려가 담겨 있는 듯했기에 진무평은 의아해했다. 그리고 진무평은 그 시선의 이유를 처소에 들어 잠을 청하려 할 때가 되어서야 깨달았다.

"…부인께는 어떻게 설명해야 하지……."

진무평은 그날 잠을 제대로 이룰 수 없었다.

비무 당일(比武當日)

연회가 하루 뒤로 다가왔다.

그간 비무 선발 경합이 있었던 후로 임 사범의 한숨이 늘어
나고, 임 사범이 다녀간 다음날 부인의 처소에서 반나절을 보
내고 나온 진무평의 주름살이 늘어난 것을 제외하면 연회는
아무런 문제 없이 준비되어 갔다.

"그나저나 비무 준비는 잘돼가?"

연회 중 벌어질 비무를 참관(參觀)하기 위해 장원을 찾은
관인(官人)들을 맞이하여 인사를 나누고 돌아오는 중에 진원
정이 묻자 진원명이 빙긋 웃으며 대답했다.

"그야 뭐, 나는 백 년에 한 번 나올 무재(武才)니까."

요즘 들어 진원명을 부를 때 임 사범이 애용하기 시작한 호칭이었다.

"하하핫, 너무 자신만만한 거 아니야? 난생처음 보는 무공을 상대하면 당황할 수도 있으니 미리 마음에 대비를 해두는 게 좋을걸."

진원명은 빙긋 웃었다. 형의 배려가 고마웠기 때문이다.

하지만 그는 수련생들과 맞상대를 하며 자신감을 가질 수 있었다. 자신과 그들의 수준 차이가 너무나도 컸기 때문이다.

힘과 체력은 그들에게 미치지 못하지만 월등하게 앞서는 경험과 기술이 그 부족함을 메우고도 남았다.

아마 그들과 비슷한 수준의 상대라면 그가 패배하는 경우는 결코 없으리라.

이미 진원정이 비무대회에서 어떤 결말을 얻는지 알고 있었던 진원명이 오히려 충고했다.

"형이야말로 조심해야 할걸? 모두가 형의 실력을 아는데 형이 나오면 누가 맞상대를 하려 들겠어?"

그다음 날 진원명의 말은 맞았으나 진원명의 생각은 틀렸음이 밝혀졌다.

"진원정 공자에게 이어서 도전할 분이 아무도 없으시오?"

조용해진 비무장 안에 임 사범의 외침이 울려 퍼진다.

방금 전 진원정은 지난해 자신과 두 번째로 겨루어 이각이 넘게 박빙으로 겨루다 아쉽게 패배했던 녹양방의 대제자 이무삼과 겨루었는데 그 시간과 결과는 지난해와 같았으나 그 방법은 달랐다.

진원정은 비무 내내 수세를 취했고, 이무삼은 비무 내내 공세를 취했다. 그리고 진원정은 이무삼의 모든 실력이 유감없이 발휘되었음을 느꼈을 때 대결을 마쳤다.

얼핏 보기에 우연처럼 진원정의 도가 이무삼의 검과 마주치고 튕겨진 도가 이무삼의 목 앞에 멈춰졌다.

하지만 비무장에 있던 대다수 사람들은 그것이 우연이 아님을 알 수 있었다.

진원정이 우연을 가장하여 이길 수 있을 정도로 이무삼과 실력 차가 컸을 뿐이다.

그 이상으로 대결이 지속되었다면 자신이 제풀에 못난 꼴을 보였을 것임을 아는 이무삼은 진원정의 실력과 배려에 깊이 감명받았다.

그 감명이 비무를 기다리던 나머지 대기자들 모두에게까지 가슴 깊이 전해졌기에 임 사범의 외침은 그 보답을 기대하기 어려워 보였다.

"진 공자의 실력이 놀랄 만큼 일취월장했군요. 정말 진 장주의 자식 복이 부럽습니다. 하하!"

녹양방주 설공현이 아끼던 제자의 패배에도 불구하고 감탄하는 표정으로 진무평을 돌아보았다. 평소와 같았으면 '자식 복이 부럽다면 자식부터 낳아보시오' 라고 넉살 좋게 받아 넘겼겠지만 진무평은 대답없이 흐뭇한 표정으로 진원정을 바라보고만 있었다.

아버님이 이 모습을 보셨어야 하는 건데……. 정이의 손에 진가장은 진정한 명문 무가로 거듭날 것이리라. 진무평은 그렇게 확신하고 있었다.

"역시 큰 도련님이십니다. 조금 아슬아슬해 보이긴 했어도 결국 이기시지 않았습니까?"

곁에서 아복의 말이 들려온다.

진원명은 고개를 끄덕이며 한숨을 내쉬었다.

그래, 내 안목은 아복과 동급이었던 것이로군.

진원명은 분명 이날의 대결을 기억하고 있었다.

그리고 진원명의 기억 속에서 자신은 그 대결에 대해 아복과 같은 감상을 내렸었다.

진원명이 중얼거렸다.

"주위에서 아무리 형을 천재라고 불렀어도 실감하지 못했는데 형은 진정 무예에 천재였구나."

스스로 자만한 것이 우습게 느껴진다.

형은 강했다. 그가 상대했던 이름난 명문 정파의 제자들도 이 정도는 아니었다.

진원명의 얼굴에 미소가 떠오른다. 형이 자랑스럽기에 생겨난 미소다.

"정말 아무도 도전할 분이 없으십니까?"

임 사범의 외침이 다시 울려 퍼졌다.

역시 아무도 대답하는 이가 없다.

임 사범이 다시 한 번 외치려 할 때 청호상의 상주(商主)인 곽인천이 일어나 그를 만류했다.

"내가 보기에 아무래도 진 공자의 무예가 극에 달해 이미 그 그릇이 이 정도의 비무대회에는 어울리지 않는 듯하오. 진 공자는 이제 비무는 그만 하고 이쪽으로 와서 이 노인네들에게 다음 비무에 대한 평을 들려주는 게 어떻겠소?"

곽인천이 앉아 있는 자리는 비무장의 최상석으로 각 세력의 원로들이나 지역 내의 명망있는 인사들만이 앉게 되는 자리였다.

곽인천이 진원정을 그곳으로 부르는 것은 그가 진원정을 한 세력의 원로들과 동등하게 대우한다는 의미이니 비무장의 많은 참가자들은 곽인천에게 이끌려 비무장을 내려가는 진원정을 질시의 시선으로 바라보았다.

그리고 그와 반대로 임 사범은 곽인천의 옆에 자리를 마련해 합석하는 진원정을 감동의 시선으로 바라보다가 진무평이 그를 불러서야 겨우 정신을 차리고 비무를 이어나가기 시작했다.

비무장은 이내 활기를 되찾았다.

단순히 강한 자를 가려내려는 것이 아닌, 젊은 수련생들 간

의 친목을 목표로 한 비무이기 때문에 비무에 특별한 형식이
있는 것은 아니었다.

대결에서 이긴 사람이 계속해서 다음 도전자를 받는 형식
으로 비무가 진행되었는데, 승자가 지쳐서 비무를 그만 하길
원한다면 그만둔 사람은 체력을 회복하더라도 그 비무에 다
시 도전할 수 없다는 것이 규칙의 전부였다.

그런 규칙을 두다 보니 비무에 참가한 사람들은 그 연승의
많고 적음으로 실력이 평가되곤 했다.

하지만 비무에 참가하는 자들의 실력이나 연배가 모두 비
슷하다 보니 이 연승을 하는 자도 극히 드물었고, 오 연승 이
상 한 자는 아직까지 한 번도 나온 적이 없었다.

임 사범은 오늘 진원정에 의해 그 기록이 깨질 것을 기대했
으나 이제는 어려우리라 여겨졌다.

비무자들의 실력은 모두 엇비슷해 보였다.

하지만 그만큼 보는 입장에서 흥미진진한 비무가 연이어
펼쳐졌기에 연회는 점점 흥을 더해갔다.

정오에 시작된 비무가 해가 기울어질 즈음까지 계속되었
다.

그리고 점점 열기를 더해가던 비무장이 한순간 조용해졌
다.

임 사범은 지그시 눈을 감고 고개를 끄덕였다.

'그래, 내 이미 공자가 무언가 일을 낼 것을 짐작했소. 이젠 더 놀랍지도 않구려.'

임 사범이 비무대 위로 올랐다.

"진가장의 제자 진원명이 천주필 대협의 제자 신비령을 이겼소이다. 이로써 진원명 공자는 사 연승을 하였소. 진원명 공자는 계속해서 비무를 하시겠습니까?"

임 사범의 목소리가 조용해진 비무장을 울린다.

그제야 사방에서 억눌렀던 함성이 터져 나온다.

패자인 신비령이 바닥에 주저앉아 억울하다는 듯 땅을 쳤다.

그 이유는 진원명의 지금 모습에서 찾을 수 있었다.

진원명은 혼자서 비라도 맞은 듯 흠뻑 젖어 있었는데, 진원명의 몸에서 흐른 물이 땅에 떨어져 증발한 자리에 소금기가 어리는 것으로 그 물기가 모두 땀이라는 것을 알 수 있었다.

게다가 진원명의 다리는 쉴 새 없이 부들부들 떨고 있었는데, 그가 아직 주저앉지 않고 서 있는 것은 바닥에 댄 그의 칼이 체중의 상당 부분을 버티고 있기 때문인 듯했다.

그런 모습으로 자신에게 마지막 일격을 가하려던 신비령의 검을 옆으로 흘리고 온몸을 던져 목을 칼등으로 베었다.

진원정과 달리 진원명은 이번 비무에 첫 출전이고, 비무가 시작되기 전부터 진원정이 다른 참가자들에게 집중적으로 견

제되고 경계의 대상이 되었던 것과 다르게 진원명은 누구에게도 주목받지 못했다.

그리고 그러한 점이 진원명에게 이득으로 작용했다.

처음 진원명과 싸웠던 인물은 청호상의 호위무사로 이익겸이라는 이름을 가지고 있었는데, 호리호리한 체구를 보고 진원명을 얕잡아보고 큰 기술을 사용하려 들다가 진원명의 날카로운 한 수에 제대로 공격 한 번 못해보고 무기를 잃었다.

다음 도전자는 역시 청호상의 호위무사로 금자방이라는 이름을 가지고 있었다.

금자방은 비무대에 올라와 방금 패배한 이익겸을 바라보며 한심하다는 눈길로 피식 웃어주었는데, 다분히 의도적인 행동이었고 금자방이 의도한 결과대로 이익겸은 굴욕적인 표정을 지으며 금자방의 시선을 피했다.

그들 같은 고용무사는 고용주의 신뢰를 얻는 것이 무엇보다 중요했다.

고용주의 신뢰가 바로 그들의 임금으로 이어지기 때문이다. 지금은 바로 청호상주인 곽인천의 신뢰를 얻을 수 있는 몇 안 되는 기회 중 하나였다.

이런 좋은 기회를 한 번의 방심으로 날려 버린 이익겸은 금자방이 보기에 한심하기 그지없는 녀석이었다.

그리고 잠시 후, 금자방은 비무대 바닥에 대 자로 누운 채 마침 자신의 뒤쪽에 앉아 있던 이익겸의 뒤집어진 얼굴을 바라보아야 했다. 그 눈길이 말해주었다.

'그러는 당신도 똑같구려.'

금자방은 이익겸과 달리 신중하게 공세를 펼쳐 들어갔으나 그 결과는 이익겸만 못했다.

진원명이 한 수에 무기를 빼앗으면서 금자방의 몸마저 뒤로 날려 버렸기 때문이다.

진원명의 공격이 도대체 어떻게 들어온 것인지조차 알 수 없었던 금자방은 방금 전 이익겸이 지었던 것보다 더 굴욕적인 표정으로 비무대에서 내려와야 했다.

앞서 경기를 펼친 두 호위무사가 침울한 표정으로 고개를 떨구고 있을 때 다음 비무가 시작되었다.

다음으로 비무장에 올라온 것은 소림 속가제자 출신으로 참장의 자리에 오른 조구표라는 사람이었다.

소림이라는 이름이 허명이 아닌지라 조구표는 앞서의 두 명과 다르게 진원명이 사용하는 수법이 상대방의 힘을 역으로 이용하는 수법이라는 사실을 깨닫고 있었다. 그리고 저처럼 완벽하게 그러한 수법을 성공시키는 일이 무척이나 어렵다는 것도 잘 알고 있었다.

몇 번의 소극적인 공격을 통해 진원명을 떠본 조구표는 이내 공세를 그치고 전력을 다해 수비에만 치중하기 시작했다.

진원명의 실력은 그의 형 못지않게 뛰어나 보였다. 진원명

의 특기가 받아치기라면 함부로 먼저 들어가서 빈틈을 보여
서는 안 될 것이다.

일 다경 정도의 공방이 이어졌다.

상대방의 연이은 공격을 받아내며 조구표는 내심 회심의
미소를 짓고 있었다.

상대방의 체력에 문제가 있음이 분명해 보였기 때문이다.
눈에 띄게 부자연스러워진 움직임과 어긋나기 시작한 호흡이
그것을 말해주고 있었다.

상대방의 초식은 날카로웠지만 그 초식에 실린 힘은 대단
치 않아 막기가 불가능하지 않았다. 조금만 더 방어에 치중한
다면 상대방은 제풀에 지쳐 항복할 것이다.

지켜보던 주변 사람들 역시 시합의 흐름을 읽고 조구표와
비슷한 생각을 하기 시작했다.

그 순간 진원명의 공세가 거칠어졌다.

쉴 틈을 주지 않고 몰아치는 공격이 조구표의 전신을 노린
다.

얼마 동안 정신없이 그 공격을 막던 조구표는 어느 순간 자
신의 목 앞에 들이대져 있는 진원명의 검을 볼 수 있었다.

조구표는 고개를 떨궜다.

"항복이오."

관중석에서 함성이 터져 나왔고, 조구표와 반대로 두 호위
무사는 떨궈진 고개를 조금은 들어 올릴 수 있었다.

아직도 조금 수그려진 고개 사이로 보이는 두 사람의 눈빛이 빛나고 있었다.

'거봐, 우리가 괜히 패배한 게 아니라니까.'

앞서 진원정의 경우처럼 진원명 역시 잠시 동안 다음 비무를 신청하는 사람이 나오지 않았다.

임 사범이 세 번을 부르고서야 나선 것이 바로 강서성에서 제법 명망 높은 고수 천주필의 제자인 신비령이었는데, 그 출전의 계기가 진원명의 낯빛이 창백하고 다리가 살짝 떨리는 듯 보이는 것과 무관하지 않았다.

신비령은 초반부터 작심하고 방어에 들어갔다.

진원명은 방금 전 보였던 거친 공세를 초반부터 보이기 시작했다. 하지만 그 공세가 방금 전처럼 지속되지는 못했다.

공세는 빠르게 느려져 갔고, 버티기 어려워 보이던 신비령은 점차로 대결에 여유를 찾아가기 시작했다.

다시 지루한 공방이 시작되고, 곧이어 문외한의 눈에도 진원명의 패배가 자명하다 느껴질 정도로 진원명의 공격은 힘을 잃었다.

하지만 진원명은 결국 마지막 순간 반격을 성공해 냈다.

신비령은 패배했지만 상대적으로 멀쩡했고, 진원명은 승리했지만 서 있을 힘조차 없어 보였으니 신비령이 공세로의 전환을 조금만 더 참고 계속 방어에 치중했다면 비무의 승패는 바뀌었을지도 모르는 일이었다.

신비령의 억울함은 당연했다.

도저히 이길 수 없어 보이던 승부를 이기고 진원명이 결국 사 연승을 거두자 한순간 조용해졌던 비무장은 이내 조용함을 만회라도 하려는 듯 엄청난 함성에 휩싸였다.

두 호위무사가 누구보다 크게 기뻐했다.

첫 출전에 사 연승이라는 것은 아마 대회가 시작된 이후로 처음 있는 일이라 여겨졌다.

임 사범은 잠시 진원명의 모습을 바라보다 고개를 설레설레 저었다.

자신이야 진원명에게 무공을 직접 가르쳤기에 진원명이 가전 무공을 수련한 지 고작 한 달 정도 지난 완벽한 초보라는 것을 알고 있다지만 과연 그 말을 한다면 지금 이 자리의 누가 믿을 것인가?

임 사범은 진원명이 자신의 재량으로는 도저히 납득할 수 없는 천재임을 실감했다.

진무평의 주위에서도 축하하는 말과 진원명의 믿기지 않는 무위에 대한 이야기가 계속 오갔지만 진무평의 귀에는 모두 들리지 않았다.

진원명의 믿기지 않는 분투를 모두 지켜본 진무평의 감동이 그의 이목을 흐릴 정도로 컸기 때문이다.

'정이만으로도 자식 복이 과하다 생각했는데 명이까지……. 내 전생에 얼마나 대단한 공덕을 쌓았을지 짐작이 가

지 않는구나.'

진무평은 자리에서 일어나기 위해 준비했다.

비무대까지 직접 나가 진원명을 맞아주기 위해서이다.

진무평은 그래야 한다고 여겼다. 여태껏 첫째를 챙기느라 둘째에게 소홀했던 것에 새삼 미안함이 느껴졌다.

그러나 이어지는 진원명의 말을 듣고 진무평은 일어서는 자세 그대로 몸을 멈췄다.

"…비무를 계속하겠습니다."

소란스럽던 비무장이 다시 조용해졌다. 임 사범이 귀를 후비고 되물었다.

"…막내 공자, 방금 혹시… 계속한다고 하신 것입니까?"

진원명이 칼을 땅에서 떼고 몸을 일으켜 세웠다.

휘청, 몸이 들어 올린 칼을 따라 오른쪽으로 기울어졌다가 되돌아온다.

"네, 비무를 계속하겠다고 했습니다."

진원명의 목소리에 나직하게 힘이 실리는 것이 느껴졌다.

"하하하, 진가장의 막내 공자는 참으로 그 소문과 다른 아이였군요."

녹양방주 설공현이 옆에서 크게 웃는다.

진무평은 녹양방주와 평소에도 친분이 있어왔기에 막내아들에 대한 이야기도 종종 나눈 적이 있었다.

'사실 나도 지금 저기 있는 저 아이가 내 유일한 골칫덩어

리 막내가 맞는지 의심스럽다오.'

진무평이 속으로만 대답했다.

"막내 공자는 아무래도 비무를 계속하기엔 너무 지쳐 있는 듯 보입니다만."

임 사범이 걱정스러운 표정으로 말했다.

"괜찮아요, 임 사범. 다음 비무자를 불러주세요."

진원명이 괜찮다는 듯 말하고는 있지만 임 사범에게는 눈에 띄게 진원명의 다리가 떨리는 모습이 보이고 있었다.

"그만하면 충분하지 않습니까? 막내 공자의 상태가 너무 좋지 않아 보입니다. 이번엔 사 연승으로 만족하시고 내년을 노려보심이 어떻습니까? 막내 공자의 재능이라면 내년에는 큰 공자 못지않은 수준에 오르실 것이 분명합니다."

"아니오. 올해가 아니면 안 됩니다. 다음 비무자를 불러주세요, 임 사범님."

"허어, 올해가 아니면 어째서 안 된다는 것입니까?"

"중요한 이유가 있습니다. 임 사범님, 다음 비무자를 불러주십시오."

진원명의 고집이 완강해서 임 사범이 난감해하자 진무평이 나섰다.

"명아, 오늘은 이만 충분하지 않느냐? 처음 출전에 사 연승이니 내년엔 얼마나 대단할지 상상이 가지 않는구나. 지금 네 모습은 너무 지친 듯하여 너와 상대해야 할 비무자에게도 예의가 아닐 것이다. 이제 그만 하고 쉬도록 하려무나."

진원명이 고개를 저었다.

"아닙니다, 아버님. 꼭 오 연승을 해야 합니다. 비무를 허락해 주십시오. 반드시 이길 것입니다."

진원명이 계속 고집을 부리자 진무평 역시도 난감해졌다.

"무엇 때문에 그리 오 연승에 집착하는 것이냐? 따로 이유가 있는 것이냐?"

진무평의 그 물음이야말로 진원명이 기대하던 것이었다.

진원명이 잠시 침묵하다가 말을 이었다.

"실은 아버님께 드릴 청이 있습니다. 아버님께서 쉽게 허락해 주실 것 같지 않으니 공을 세워 아버님께 말씀드리고자 한 것입니다."

진원명의 대답을 들은 진무평의 얼굴에 순간 당혹스러움이 떠오른다. 진원명의 장난기 많은 성품을 익히 알고 있기 때문이다.

무슨 어려운 부탁이기에 이토록 승부에 집착하였단 말인가?

진무평이 눈살을 찌푸리며 대답을 고민하고 있을 때, 진무평의 난감해하는 표정을 곁에서 본 설공현이 빙긋 웃으며 입을 열어 진무평의 결정을 도왔다.

"공자의 청이 무엇이든 오늘 보여준 공자의 모습이라면 아버님께서 거절하실 리가 있겠소이까? 공자는 안심하고 이제 그만 다음 비무자들에게 자리를 내어주는 게 어떻겠소?"

지금의 발언이 방금 전 녹양방 제자의 패배의 앙금과 전혀 무관하지 않을 것이라 생각한 진무평이 설공현을 슬쩍 원망스럽게 노려보았다.

녹양방주인 설공현이 이렇게까지 말했으니 설공현의 체면 때문에라도 진무평이 그 말을 뒤엎기는 어려워졌다.

설공현이 슬쩍 자신의 시선을 피하는 것을 본 진무평이 속으로 한숨을 내쉬며 말했다.

"이미 네가 보여준 모습에 내 충분이 감복하였다. 너의 청이 무엇이든 추후에 내가 반드시 들어주도록 하마."

"아버님, 정말 감사합니다."

진원명은 정녕 기쁜 듯 환하게 웃으며 졸도했다.

비무후주(比武後週)

연회가 치러진 뒤로 일주일이 지났다.

진원명이 의식을 되찾고 자신의 청을 말하고 간 뒤 진무평은 그 청에 대한 허락을 하기까지 하루 밤낮을 고민하였다.

진원명은 강호 유람을 떠나고 싶다고 말했다.

약속을 하였으니 들어주긴 해야 하는데, 막내 혼자 강호로 떠나보내기엔 걱정도 되거니와 막내라면 자기 몸보다 더 위하는 부인이 어떻게 나올지 상상이 가지 않는다.

이미 전날의 비무에서 막내가 졸도했다는 소식을 전해 들은 부인은 그로부터 막내가 정신을 차렸다는 소식을 들을 때까지 꼬박 하루 동안 침식을 이루지 못했던 터이다.

만약 다음날 진원정이 찾아와 진원명과 동행하겠다고 나서지 않았다면 진무평의 고민은 더욱 길어졌으리라.

결국 이 일은 일주일 뒤에 진원정과 진원명이 강호 유람을 떠나는 것으로 결론지어졌다.

어머니는 진원명의 건강을 염려하며 극구 반대하였지만 끝내 아들의 고집을 꺾지는 못하였다.

진원명은 밤하늘을 올려다보았다.

구름이 잔뜩 끼어 별빛뿐 아니라 달빛조차 보이지 않는 밤하늘이 지금 자신의 마음과 닮아 있는 듯했다.

진원명이 나와 있는 이곳은 장원 외곽의 사람이 잘 다니지 않는 공터였다. 비무가 끝난 뒤 지난 한 주간 그가 연공하던 곳이다.

어머니의 우려는 타당했다.

지난 비무 이후로 그의 몸 상태는 줄곧 정상이 아니었기 때문이다.

일주일간 자신의 몸을 추스르기 위해 최선을 다했지만 아직까지 몸속의 진기가 고르지 못함이 느껴진다.

나는 이런 몸으로 잘도 마공을 익혔구나.

스스로의 무모함이 새삼스럽게 느껴졌다.

아니, 그때는 마공을 익힌다는 것이 어떻게 위험한 것인지도 몰랐다는 것이 정확한가?

진원명이 문득 임 사범을 떠올리며 중얼거렸다.

"당신의 말처럼 나는 백 년에 한 번 나올 재능을 가진 자는 절대로 아니지만 백 년에 한 번 나올 운을 가졌음은 분명한가 봅니다."

진원명은 마공을 대성했다.

아니, 대성이란 말은 옳지 않을 것이다. 마공에 나온 무학을 통해 진정 상승의 무리(武理)를 깨우쳤다고 말하는 것이 옳을 것이다.

마공에 적힌 무공의 종류는 많지 않았다. 그리고 그 무공들은 상승의 무공이라 말하기도 어려웠다.

단지 마공에 적혀 있던 한 가지 운기법(運氣法)에 잘 어울리는 패도적인 무공이었을 뿐이다.

그 운기법이 바로 마공의 핵심이었다.

그 운기법은 한 번에 큰 기(氣)의 흐름을 유도해 내는 방법이었고, 그 흐름으로 인한 힘은 실로 엄청나서 정상적으로 내, 외공을 쌓은 자가 그에 힘으로 맞서기란 거의 불가능했다.

문제는 생겨난 힘을 운용하는 것이었다.

큰 기의 흐름을 부르는 것에는 큰 위험이 뒤따르는 것이 당연했다.

그것은 사용법을 모르는 어린아이에게 날이 선 비도를 들려주는 일과 같다. 그 힘을 제어하는 법을 모른다면 스스로가 그 힘에 피해를 입기 십상인 것이다.

하지만 그가 가진 마공서에는 진기의 흐름을 만드는 방법만이 기술되어 있을 뿐 기의 운용에 대한 자세한 설명이나 수련 방법은 나와 있지 않았다.

때문에 진원명이 마공의 운용에 대한 연습을 하기 위해서는 직접 그 흐름을 일으키는 것 이외의 다른 방법이 없었다.

마공을 연마하던 중 처음 그 사실을 깨달았을 때 진원명은 자신이 가야 할 길을 천 장의 절벽이 가로막고 있는 듯한 기분을 느꼈다.

하지만 그 길은 분명 가장 가까운 길이었다. 그리고 진원명에게 돌아갈 만한 길은 보이지 않았다.

절벽에서 추락하는 것보다 자신의 걸음을 멈춰야 하는 것이 더 두려웠기에 진원명은 결국 삶과 죽음의 경계를 걸으며 그 운용을 수련할 수밖에 없었다.

셀 수 없이 주화입마의 초입(初入)을 경험했고 수없이 많은 심마(心魔)와 마주했다.

쉴 틈을 주지 않고 이어지는 육체의 고통과 마음의 번뇌를 견디기 위해 스스로 마음의 일부를 걸어 잠글 수 있는 심공을 수련하기 시작한 것도 이 시기였다.

하지만 그 모든 시련을 이겨내고 그 운용의 묘를 모두 터득한 뒤 진원명이 보게 된 것은 끝이 보이지 않는 낭떠러지였다.

마공을 마공(魔功)이라 부르도록 한 근본적인 이유가 있었고, 그것은 도저히 극복이 불가능한 문제였던 것이다.

마공은 큰 기의 흐름을 만들어내지만 애초에 존재하지 않는 기를 운용할 수는 없는 노릇이다.

그렇기에 마공을 운용하게 되면 그 흐름을 유지하기 위해 운용한 자의 진원진기(眞元眞氣)는 물론 선천지기(先天之氣)마저 그 흐름을 따르게 된다.

그렇게 흐름에 휩쓸린 진원진기나 선천지기는 다시 채워지지 않으므로 결국 마공을 수련한 자의 결말은 진기의 운용을 실수하여 주화입마로 죽거나, 고갈된 선천지기를 마공을 통해 끌어올린 마기(魔氣)가 대신해 이지(理智)를 잃고 미쳐 죽게 되는 두 가지 길뿐이었다.

"여전히 이해할 수 없구나."

진원명은 죽지 않았다. 있을 수 없는 일이었다.

처음 마기를 이기지 못하여 산동혈사를 일으킨 뒤 진원명은 한동안 진지하게 자결을 고민했다.

진원명의 몸은 최악의 상태였고, 그런 몸을 이용하여 적과 싸우려면 마공을 일으키는 수밖에 없었다.

하지만 마공을 일으킨다면 다시 마기를 이기지 못하고 발작하게 될 것이다.

진원명은 자신의 얼마 남지 않은 생을 유지하는 방법이 자신의 복수와 무관한 자들을 해치는 길뿐이라면 차라리 지금 스스로 자신의 남은 생을 끝내 버리는 편이 더 나으리라 여겼다.

하지만 진원명은 끝내 자결을 망설였다.

'혹시라도 죽기 전에 나의 원수들을 만날 수 있게 된다면……'

그 한 가닥 희망이 진원명을 마지막까지 붙잡았기 때문이다.

그리고 진원명은 결국 그 희망은 이루지 못했으나 대신 살아남는 것을 이루었다.

당시의 진원명은 경험도 실력도 부족했다.

그가 가진 것은 단지 마공으로 일으킬 수 있는 강한 힘과 패도적인 무공뿐이었다.

그렇기에 진원명은 추격자들을 피해 도주하는 것에만 전력을 다했고, 정확히 언제 자신의 몸에 변화가 일어나기 시작한 것인지는 알지 못했다.

그저 어느 날 문득 진원명은 자신의 몸이 더 이상 마기에 물들지 않는다는 것을 알게 되었다. 자신의 몸이 알 수 없는 기운으로 충만한 상태였던 까닭이다.

그 기운이 진원명의 마공으로 인한 선천지기와 진원진기의 사용을 항시 메워주었기에 진원명은 더 이상 마공의 사용에 부담을 느끼지 않을 수 있었다.

진원명은 이후로 자신을 쫓는 수많은 자들을 상대로 끊임없이 마공을 사용해 대적해 가며 마공의 진정한 효용을 깨달을 수 있었다. 마공은 남들이 생각하는 만큼 사악한 무공은 아니었다.

마공은 진정 상승의 무리를 담고 있었으나 그것을 배우는 것이 정상적인 방법으로는 거의 불가능했을 뿐이다.

진기의 운용을 두려워하지 않게 된 후 진원명은 마공을 운용할 수 있는 수많은 방법을 궁리하고 시험해 보았다.

그것을 통해 진원명은 진기의 흐름을 이용하여 자기 내부의 기뿐만이 아닌 외부의 기를 운용하는 법을 알게 되었고, 사용한 기를 다시 갈무리하는 방법 역시 알게 되었다.

그것을 깨우치고 난 얼마 뒤 진원명의 몸에 깃든 이상한 기운은 사라졌지만 진원명은 걱정하지 않았다.

이미 진원명의 진기 운용이 극에 달해 더 이상 기의 흐름에 진원진기나 선천진기가 휩쓸리는 일이 없었기 때문이다.

만약 큰 힘이 필요하여 그 힘을 꺼내 쓰더라도 진원명은 그 기운을 되돌려 다시 갈무리할 수 있는 경지에 올라 있었다.

진원명은 그가 수련한 마공의 원리를 깨우침으로써 마교에 전설로만 내려오는 상대방의 기운을 상대방에게 되돌리는 무공이나 상대방의 내공을 흡수하여 자신의 것으로 만드는 무공들이 모두 실존한 것이었음을 알 수 있었다.

그중에서도 상대방의 기운을 이용하여 상대방을 치는 무공은 항상 다수의 적과 싸웠기에 힘을 아껴야 했던 진원명이 특히 즐겨 사용하는 무공이었다.

"하지만 알아도 무슨 쓸모가 있단 말인가? 지금은 어느 하나 쓸 수가 없으니……."

진원명은 다시 구름 낀 밤하늘을 바라보며 중얼거렸다.

진원명의 진기의 운용이 아무리 극에 달했다 해도 지금 자신의 몸에 마공을 일으키는 것은 어려웠다. 아니, 불가능했다.

마공은 진기의 흐름을 유도하는 방법이고, 진원명의 몸은 진기의 흐름을 만들어내기에는 너무나도 많은 혈맥이 막혀 있었다.

게다가 어찌어찌 마공의 흐름을 만들어낸다 하여도 그 힘이 운용될 공간이 부족하니 자칫 조금이라도 실수를 해 혈맥에 충격을 준다면 곧바로 내상으로 이어질 가능성이 높았다.

불안과 조급한 감정이 마음 한구석에 피어오르는 것이 느껴졌다. 미래의 자신이라면 결코 느끼지 않았을 불필요한 감정이다.

과거의 의지과 미래의 의지가 섞이면서 과거의 여리고 순수한 감정이 되살아난 것일까?

아니, 복수라는 목표와 심공이 사라진 자신은 원래 이렇게 나약했던 것인지도 모른다.

눈살을 찌푸리고 생각에 잠겨 있던 진원명은 이내 고개를 저었다.

불안해할 필요도 조급해할 필요도 없다.

강호가 힘하다고 하지만 미래에 형이 다녀온 강호행에는 그다지 큰 위험이 있지 않았다. 당장 자신에게 큰 힘이 필요한 것이 아니라는 얘기다.

아직 가문의 참사가 일어나기까지는 대략 이 년의 시간이 남아 있다.

지금처럼 침착함을 잃고 행동하는 것은 자신의 수련에도 좋지 않고, 그로 인해 강호행 중에도 자칫 중요한 사실을 놓치게 될 지도 모른다.

자신은 좀 더 마음에 여유를 갖는 게 필요하다.

바람이 구름을 밀어낸 듯 가려져 있던 구름 사이로 하얀 얼굴을 살짝 드러낸다.

진원명은 그 달에 시선을 맞추었다.

아무리 자욱한 구름도 달을 계속 가리고 있지 못하는 것처럼 자신의 미래 또한 그럴 것이다.

지금은 구름 낀 밤하늘처럼 한 치 앞도 보이지 않지만 언젠가는 구름이 걷히고 밝은 희망이 그 빛을 드러낼 것이다.

진원명은 가볍게 심호흡을 하며 자신의 마음속에 피어오르는 알 수 없는 불안감을 떨쳐 버렸다.

"결코 이전처럼 되지 않을 것이다."

이어지는 낮고 힘있는 목소리가 다음날 있을 진원명의 강호행에 대한 의지를 말해주었다.

다음날 아침 일찍 임 사범이 찾아와 몇 가지 옷과 며칠 분의 건량과 노자, 그리고 한 자루의 칼이 들어 있는 봇짐을 건네주었다.

그리고는 두 시진이 가깝도록 강호에 나가서 주의해야 할 점에 대해 설명했는데, 이미 전날 장 총관에게 들은 말과도, 또 그 전날 아버지에게 들었던 말과도 내용이 대동소이했기에 진원명은 물론이고 진원정마저도 중간에 조는 모습을 보였다.

아마도 전날 흥분으로 잠을 못 잤던 탓이리라.

임 사범은 그렇게 이해하며 혹시 듣지 못한 내용이 있을까 염려하여 두 번, 세 번 확인했다.

진원명 형제가 장원을 떠나갈 때 임 사범과 장 총관은 물론이고 진무평마저 일을 제쳐 두고 나왔다.

어머님 역시 오래간만에 처소 바깥으로 나와서 그들의 떠나는 모습을 배웅했다.

어머님은 끝내 눈물을 보이셨고, 아버님은 그런 어머님을 달래시느라 형제가 떠나는 모습을 제대로 지켜볼 수가 없었다.

장 총관과 임 사범만이 마을로 접어드는 길목까지 그들을 따라 나와 배웅해 주었다.

영락(永樂) 이십 년의 봄, 진원명은 그렇게 다시 강호로 나섰다.

관도를 따라 반나절을 걸은 뒤, 파양(鄱陽)의 나루터에 이르러 진원정이 진원명에게 말했다.

"특별히 돌아보고 싶은 곳이 있다면 먼저 그쪽으로 가보도록 하자꾸나."

"난 형이 가자는 대로 따르기로 결정했는데?"

"아버님께 청을 올린 건 너잖아. 무언가 생각이 있어서 강호에 나오려 한 거 아니야?"

"뭐, 생각이야 있긴 하지."

진원명은 그렇게 말하며 빙긋 웃었다.

"그게 무슨 생각인 건데?"

진원명의 웃음에서 느껴지는 뭔지 모를 의미심장함에 진원정이 자신도 모르게 긴장하며 되묻는다.

"아, 그건 말이지……."

나루터에서 배를 기다리는 사람들 사이로 섞여들면서 진원명이 낮게 말을 이었다.

"나는 진작부터 형이 비무행을 하고 싶어하는 것을 알고 있었거든."

진원정의 몸이 굳었다.

진원정은 잽싸게 주위를 둘러보고는 그들의 이야기를 들은 사람이 없다는 것에 안심하며 진원명의 입을 틀어막았다.

"으읍! 뭐 하는 거야, 지금?"

"이 녀석, 몰라서 묻냐?"

"아, 알았어. 더 이상 말하지 않을 테니 그만 이 손 좀 치워줘."

진원명이 그렇게 말하며 주변을 힐끔거렸는데, 좁은 나루터에서 두 형제가 갑자기 몸싸움을 벌이자 이미 주변의 시선이 모두 그들에게 쏠린 터였다.

그 시선 속에서 한심함을 느낀 진원정은 고개를 들지 못하고 나직이 속삭였다.

"이따 이야기하자, 이따가."

"알았어, 형. 아, 창피하게."

진원명도 역시 고개를 푹 숙인 채 대답했다.

형제는 나룻배로 여행하는 내내 고개를 숙이고 주변 사람들을 외면했다.

날이 저물고 목적지인 도창(都昌)의 나루터에 내린 뒤에서야 진원정은 입을 열었다.

"도대체 어떻게 안 거야? 난 아무한테도 그 이야기는 한 적이 없는데."

"형 얼굴에 쓰여 있던걸?"

진원명이 그렇게 대답하고는 마침 그의 곁을 지나가던 행인에게 근방에 묵어갈 만한 객잔을 물어봤기 때문에 둘의 대화는 잠시 중단되었다.

답답해하던 진원정이 행인이 멀어지자마자 말을 걸었다.

"장난이 아니란 말이야. 도대체 어떻게 알게 된 거야? 혹시 너 말고 알고 있는 사람이 더 있는 거야?"

"걱정하지 마. 나밖에 모르는 일이니까. 사실 나도 정확히 알고 말한 건 아니야. 그냥 한번 떠본 거라고나 할까? 그런데 역시 내 예상이 들어맞았던 거네."

진원명은 능청스럽게 대답했다.

진원정이 안도의 한숨을 내쉰다.

"난 또. 뭐, 정말 너만 아는 일이라면 차라리 잘된 건지도 모르겠다. 너한테 안 그래도 말하려고 했거든. 난 네가 아니더라도 이번 비무대회 이후에 아버님께 강호 유람을 부탁드리려고 했어. 그 이유는 네가 말한 대로 비무행을 하려는 것이고. 물론 이것은 아무에게도 말하지 않았어."

"걱정하실까 봐?"

"응, 그런 셈이지. 예전부터 관에서는 무림인 간의 사적인 비무를 금지시키고 있었으니까. 부모님이 조금이라도 눈치 채신다면 무척 걱정하실 거야."

"역시 효자네, 형은."

"바보. 효자라면 애초에 비무행을 나오질 않았겠지. 난 내 욕심을 이기지 못했어. 내 실력이 정말 이 넓은 세상에서도 인정받을 수 있을 만큼의 것인지 알고 싶은 욕심. 장원 사람들은 다들 나를 무재니 천재니 하지만 난 인정할 수 없었거든. 세상이 이토록 넓은데 장원을 벗어나 내가 모르는 곳으로 나가면 나 정도의 재능을 가진 사람은 수도 없이 많이 있는 것은 아닌가 하는 의심이 머리를 떠나질 않더라고. 뭐, 당장 너만 해도 나로서는 도저히 따를 수 없는 천재이기도 하고."

"난 내가 그다지 천재라고 생각하지 않는데? 형이라면 모를까."

진원정이 진원명의 머리를 쥐어박는 시늉을 했다.

"이 녀석, 이럴 때만 겸양이냐? 어쨌든 난 이번 강호 유람을 통해 비무행을 하고 싶어. 뭐, 네가 허락한다는 전제하에 말이지. 비무행은 불법인 데다 비무할 상대방에 대해서도 잘 알지 못하는 만큼 당연히 위험할 수도 있고, 네가 반대한다면 그냥 강호 유람만 하다가 돌아갈 수도 있어. 만약 네가 허락한다면 네가 강호 유람하는 중간중간 나 혼자 그 근방의 이름난 고수들을 찾아다니며 비무를 하도록 할게. 어때? 내가 이번 강호 유람 동안 비무행을 해도 괜찮겠어? 당장 대답하지 않아도 좋으니 천천히 생각해 보고 대답해도 좋아."

"아니, 아까 말했잖아. 벌써 짐작하고 있었다고. 정확히는 형이 나를 따라 아버님께 강호행을 부탁드리리라는 것도 계산에 있었던 일이야."

진원명이 대답하며 빙긋 웃었다.

만약 자신이 먼저 청을 하지 않고 형이 먼저 아버님께 강호행을 청했다면 애초 비무행을 계획 중이던 형은 어떤 이유를 들어서라도 진원명이 따라오는 것을 반대했을 것이다.

하지만 진원명이 먼저 아버님께 강호행을 청함으로써 형은 오히려 진원명 자신의 편이 될 수밖에 없게 되었다.

만약 아버님이 자신과의 약속을 어기면서까지 자신의 강호행을 거절해 버린다면 이후에 형이 강호행을 청했을 때 그 전례 때문에라도 허락하실 리가 없게 되어버리기 때문이다.

하지만 그러한 내막을 알 리 없는 진원정은 눈을 크게 뜨며 진원명에게 물었다.

"그게 무슨 소리야?"

"그러니까 내 강호 유람의 목적은 형의 비무행을 따라가려는 것이었다는 이야기지."

진원정의 표정에 황당함이 깃든다.

"야, 그건 그냥 추측이라며? 내가 비무행을 생각하지 않았더라면 어쩌려고?"

"뭐, 그땐 어쩔 수 없이 그냥 지루하게 강호 유람만 하다 왔겠지. 하지만 역시 내 예상이 맞았잖아? 그러니까 일정은 형이 원하는 대로 짜도록 해. 나는 형이 하자는 대로 따를게. 알았지?"

진원명은 그렇게 말하며 진원정과 이야기하는 동안 도착한 객점 안으로 들어가 방을 잡았다.

진원정은 걸음을 멈추고 그 모습을 잠시 멍하게 바라보았다.

어찌 되었든 진원정으로선 잘된 일이었다. 진원정은 오히려 진원명이 비무행을 거부하면 어떻게 설득할지를 고민하던 터였다.

"그 때문에 밤잠을 설쳤는데, 야속한 녀석."

객잔 안에서 진원명이 그에게 빨리 들어오라는 손짓을 하는 것이 보였다. 층계참에 서 있는 것이 벌써 방을 잡은 것처럼 보인다.

"그러고 보니 이 녀석, 혼자 집 밖을 나서는 건 처음일 텐데 왜 이리 능숙해 보이는 거야?"

진원정은 나직하게 투덜대며 진원명의 뒤를 쫓았다.

第三章 업(業)

"내가 경험했던 십육 년의 세월은 이제 존재하지 않는 것이 되었다. 그렇다면 내가 범한 죄(罪) 역시 그 세월과 함께 사라진 것인가?"

원명불망원(原明不忘怨)

일행은 그 뒤로 이틀을 배로 이동해 호북성(湖北省)에 이르렀다.

호북의 초입에서 뭍으로 내려와 대로를 타고 호남성으로 방향을 바꾸었는데, 진원정의 말로는 호남의 유양에 비무를 즐겨 비무광(比武狂)이라는 별호를 가진 자가 산다고 했다.

비무광 곽무일. 이자와의 비무가 형의 명성을 세상에 알리는 데 제법 크게 작용했음을 이미 알고 있는 진원명은 작게 고개를 끄덕이며 형의 뒤를 따랐다.

그렇게 반나절을 관도를 따라 이동하던 중 진원정이 문득 걸음을 멈췄다.

진원명 역시 따라서 걸음을 멈춘다. 형제는 잠시 주변을 둘러보았다.

길게 그늘을 뻗어 내린 나뭇가지들 사이로 봄날의 따스한 햇살이 드리우고, 사방에서 울려 퍼지는 산새들의 지저귐이 정겹게 들린다.

나무 그늘을 피해 낙하한 햇살이 떨어져 내리는 자리에 망울져 피어나기 시작한 이름 모를 꽃봉오리들의 향이 은은하고, 그 사이로 길게 늘어진 오솔길의 운치는 여행자들의 피로를 절로 잊게 해줄 것처럼 보였다.

그들 형제가 아닌 다른 여행자였다면 아마도 그러했을 것이다.

고뇌하는 표정의 진원정이 입을 연다.

"…이 길이 아닌 거 같은데……."

진원명이 동의했다.

"내가 보기에도 그런 것 같아."

형제는 약속한 듯 똑같이 한숨을 내쉬었다.

"분명 대로를 타고 제대로 왔다고 생각했는데……. 역시 아까 갈림길에서 반대로 가야 했던 건가?"

"음, 처음에는 제대로 된 길을 따라왔으니 일단 길을 되짚어 돌아가 보면 알 수 있지 않을까?"

"그래, 네 말대로 하는 게 좋겠다."

그들은 곧바로 길을 되돌아가기 시작했다. 그리고 그들은 한 여인을 만났다.

"저기, 소저, 잠시만요!"

그녀는 얼핏 봐서 나이를 짐작하기 어려웠다.

진원정과 비슷한 나이인 듯했으나 차분한 그녀의 눈빛이 그녀 나이에서 보여주기 어려운 연륜을 담고 있어 보였기 때문이다.

그녀는 바쁜 일이 있는 듯 빠르게 걷다가 진원정이 한 번 더 불러서야 멈춰 섰다.

"무슨 일이시죠?"

"아, 반갑습니다, 소저. 소생의 이름은 진원정이라고 합니다."

진원정이 포권을 취하는 것을 본 그녀가 눈살을 찌푸리고 자신의 뒤편을 살피는 눈치를 보이자, 곁에서 보고 있던 진원명이 끼어들어 그냥 본론을 말했다.

"대로를 따라 통성(通城)으로 가려다가 길을 잃었습니다."

"이 길은 함녕(咸寧)으로 통하는 소로예요. 통성으로 가려거든 이 길을 다시 되돌아 올라가서 갈림길이 나오거든 우측으로 가세요."

"정말 감사드립니다, 소저."

진원정이 다시 포권을 취했지만 그녀는 인사를 채 듣지도 않고 가던 길을 다시 가버렸다.

그녀가 멀어지자 진원정이 말했다.

"호북 사람들은 꽤 쌀쌀맞구나."

진원정의 말에 진원명이 대답했다.

"음, 아마도 급한 일이 있었던 게 아닐까? 제법 실력있는 무인 같던데."

"정말? 방금 그 소저가 무인이야?"

진원정이 놀라자 진원명이 이어서 말했다.

"걷는 듯한 발걸음으로 보통 사람 뛰는 것보다 빠르면 당연히 무인이겠지."

진원정이 잠시 방금 전 일을 떠올려 보고 감탄했다.

"음, 그러고 보니 그랬구나. 이 녀석 눈치가 상당한데?"

"훗, 형이 둔한 거야."

"뭐야, 이 녀석!"

그들이 그렇게 오던 길로 다시 되돌아가고 있을 때 그녀가 왔던 방향에서 다섯 명의 사내가 달려왔다.

"다들 인상이 장난이 아닌데?"

진원정이 그렇게 중얼거리는데 사내들이 갑자기 진원정 일행에게 다가오기 시작했다. 그 모습이 상당히 위협적으로 보였기에 진원정은 내심 그의 말이 들린 건가 의심했다.

그들에게 다가온 사내 중 맨 앞의 눈매가 날카로운 사내가 말했다.

"혹시 이 길로 어떤 여자가 한 명 지나가지 않았소?"

진원정이 무의식적으로 진원명의 몸을 가리듯 앞으로 나

섰다. 사내의 눈빛에서 왠지 모를 위험한 느낌을 받았기 때문이다.

"그랬습니다만⋯⋯."

"혹시 그녀와 이야기를 나누었소?"

"저희가 길을 잃어 길을 물어보았습니다."

사내가 잠시 뭔가를 생각하는 듯하다가 말을 이었다.

"당신들은 어디로 가는 중이었소?"

"통성으로 향하던 중 길을 잃었습니다."

"통성이라⋯⋯. 통성이란 말이지?"

사내들의 표정이 모두 조금씩 굳는 듯했다.

그것을 본 진원명이 손을 뒤로 돌려 자신의 봇짐을 멘 끈을 살짝 풀어 내렸다.

잠시 후 눈빛이 날카로운 사내가 표정을 풀고는 어쩔 수 없다는 듯 한숨을 내쉬더니 진원정에게 말했다.

"공자, 혹시 공자는 그녀가 어떤 인물인지 알고나 있었소이까?"

"제가 그걸 어찌 알겠습니까? 저는 그녀와 방금 처음 만난 사이인데요."

사내가 주위를 잠시 둘러보더니 비밀스러운 얘기를 하려는 듯 진원정에게 좀 더 가까이 오라는 손짓을 하면서 말했다.

"그녀의 정체는 말이오⋯⋯."

진원정이 자연스레 사내의 행동에 맞추어 귀를 기울이는 순간, 사내의 왼손이 번쩍하고 빛을 발했다.

그 순간 진원명의 봇짐이 사내의 얼굴로 날아갔다.

이미 끈을 풀어두었던 터라 옷가지와 건량이 이리저리 날리며 사내의 얼굴을 가린다.

사내가 놀라 뒤로 물러서는 것과 동시에 진원정도 뒤로 물러섰다.

물러선 사내의 왼손에는 비수가 들려 있었다.

"이게 무슨 짓들이오? 이제 보니 이놈들, 강도가 아닌가?"

진원정이 호통과 함께 봇짐에서 칼을 빼 들었다.

진원명은 이미 칼을 빼 들고 있었고, 사내들 역시 조용히 칼을 빼 들었다.

암습이 실패했는데도 어떤 동요도 드러내지 않는 것으로 보아 이 사내들은 보통내기가 아닌 듯 보였다.

"쳐라!"

눈빛이 날카로운 사내의 지시에 눈빛이 날카로운 사내를 포함한 세 명이 진원정에게로, 나머지 두 명이 진원명에게로 달려들었다.

만만치 않다.

진원명은 그들의 첫 공격을 통해 그렇게 느꼈다.

그들의 예리한 살기가 그 공격을 통해 전해져 왔기 때문이다.

진원명은 이토록 확고한 살의를 보이는 적과의 대결이 가장 어렵다는 것을 경험으로 알고 있었다.

이런 자들을 상대하게 되면 자신이 그들보다 실력이 월등하게 뛰어나지 않는 이상 스스로가 죽거나 상대방을 죽이거나 둘 중 한 가지로 결론이 나게 되는 경우가 대부분이다.

그런 연유로 이자들은 어지간한 상처에는 눈도 깜짝하지 않고 덤벼올 것이다.

챙! 챙!

몇 번의 검격을 흘려가며 진원명은 연신 뒤로 물러섰다.

설상가상으로 두 명의 합격 또한 만만치 않았다.

분명 손을 많이 섞어본 자들이다. 자신의 힘과 내공이 적에 비해 크게 부족하니 정면으로는 적과 상대하기 어려웠다.

하지만 진원명은 자신이 불리하다고는 생각하지 않았다.

굳이 이기려들 필요가 없었기 때문이다. 자신은 시간을 끌며 형의 도움을 기다리기만 하면 된다.

그리고 적을 반드시 이겨야 하는 것이 아닌, 적의 공격을 단순히 막아내기만 하는 것은 진원명에게 그리 어려운 일이 아니었다.

당장 서로 몇 초식 교환하지 않아 적에게서 당황한 기색이 비치기 시작했다.

마치 예상이라도 한 듯 진원명의 움직임이 그들의 사각으로만 움직였기에, 그들은 마치 그들 혼자서 아무도 없는 빈

공간에 대고 검을 휘두르는 느낌을 받았다.

몇 번의 공격이 그런 식으로 완벽하게 무위에 그치자 그들은 공세를 멈추고 잠시 뒤로 물러섰다.

진원명이 보기와 다르게 만만치 않은 상대라는 것을 깨달은 것이다.

그들은 신중한 눈으로 진원명의 이어지는 움직임을 살폈다.

하지만 진원명은 그런 그들을 우롱하듯 여유있게 그들에게서 시선을 돌려 진원정의 상태를 살폈다.

적들의 머릿속이 뜨거워졌고, 반대로 진원명의 머릿속은 차가워졌다.

적들은 자신들을 안중에 두지 않는 진원명의 모습에 분노했기 때문이고, 진원명은 진원정의 상태가 자신보다 훨씬 좋지 않았음을 깨달았기 때문이다.

진원명은 한 가지 중요한 사실을 잊고 있었다.

진원정은 목숨을 걸고 누군가와 싸우는 것이 처음이라는 것을.

진원정은 적에게 살수를 쓰지 못했다.

결정적인 순간마다 칼에 망설임이 보인다.

그런 머뭇거림을 놓칠 만큼 어수룩한 적들이 아니었기에 진원정은 진원명이 바라보는 짧은 순간에도 몇 번의 위기를 넘기고 있었다.

이대로라면 형은 얼마 버티지 못할 것이다.

'내가 눈앞의 적들을 물리치고 형을 도와줘야 한다.'

그렇게 생각한 진원명의 눈이 날카롭게 빛났다.

그 순간 진원명의 머릿속에서 과거의 의식이 가라앉고 미래의 의식이 부상했다. 바로 복수만을 위해 살아왔던 불사귀의 의식이다.

위기를 느끼면서도 진원명의 마음은 오히려 차분하게 가라앉았고, 의식은 또렷하고 맑아지기 시작한다.

하지만 진원명은 그런 자신의 변화를 깨닫지 못했다. 그의 모든 의식이 눈앞의 적을 이기는 것에만 집중되어 있었기 때문이다.

진원명은 자신의 주의력이 숨결 하나하나에서부터 적의 몸 구석구석의 작은 떨림 하나하나에까지 미치기 시작하는 것을 느끼고 있었다.

분노에 찬 적들이 먼저 행동을 보였다.

두 명이 좌우로 갈라져서 재빠르게 다가오며 순간 동시에 검을 뻗는다.

상당한 연습을 거친 듯 그 호흡이 무척이나 절묘해서 가운데에서 좌우로 공격받는 진원명으로서는 뒤쪽으로 물러서는 방법 이외에는 피할 길이 없어 보인다.

하지만 진원명은 물러서는 대신 좌측으로 한 걸음 내디디며 검을 뻗었다.

좌측에서 들어오는 적의 공격을 원천적으로 차단하는 한 호흡 빠른 공격이다.

진원명의 앞선 움직임에 왼편의 적이 공격을 살짝 머뭇거리는 순간 진원명은 잠시도 망설이지 않고 몸을 오른쪽으로 회전시키며 고개를 푹 숙였다.

그리고 진원명의 고개가 사라진 빈자리를 오른쪽의 적이 휘두른 검이 매섭게 가르고 지나간다.

부웅!

투툭!

검이 바람을 가르는 소리와 진원명의 잘려진 머리카락 몇 올이 허공에 흩날리는 소리였다.

검세가 이처럼 매서운 이유는 오른쪽의 적이 마지막 순간까지 자신의 칼이 진원명의 머리를 벨 것이라는 사실을 전혀 의심하지 않았기 때문이다.

그만큼 절묘한, 마치 묘기와도 같은 회피였다.

그리고 그 덕분에 기세가 죽지 않은 그 일검은 왼쪽의 적이 진원명을 대신해 받아야 했다.

채앵!

"윽! 미, 미안해."

"그보다 뒤를 조심해!"

오른쪽의 적이 사과하는 순간 왼쪽의 적이 소리쳤고, 진원명이 틈을 타 자신들의 배후를 잡았다는 사태를 깨달은 두 명은 지체없이 동시에 앞으로 몸을 굴렸다.

데굴데굴.

좋은 판단이었지만 적들이 흙바닥을 뒹굴고 일어나는 동안 진원명은 오히려 뒤로 물러나 거리를 넓게 벌렸기에 결과적으로는 무용한 판단이었다.

적들이 얼굴을 붉히며 다시 검을 겨눴고, 진원명과 적들은 방금 전과 서로 위치가 바뀐 채 잠시 대치했다.

진원명은 적들과의 접전이 끝나는 순간부터 고민하기 시작했다.

확실한 타격을 주기에 자신의 힘이 부족하니 정면에서 두 명과 싸우는 것은 어렵고, 이긴다 하더라도 그동안 형이 버티지 못할 것이다.

이기되 큰 부상 없이 신속하게 이겨야만 한다. 그래야만 형을 도울 수 있다.

잠시 머릿속으로 그들과 자신의 실력을 가늠하며 대책을 떠올리던 진원명은 오래지 않아 결단을 내렸다. 그리고 그 결단에 따라 망설임없이 뒤돌아 달렸다.

진원명이 도주하리라곤 상상도 못한 적들은 잠시 어리둥절한 채 서로의 얼굴을 바라보다가 이내 대경실색하여 황급히 진원명의 뒤를 쫓았다.

진원명이 향하는 방향은 숲 속이었다. 숲이 제법 울창해서 일단 놓친다면 찾기 어려울 것으로 보였다.

그것을 깨달은 두 명은 더욱 전력을 다해 쫓았다.

진원명은 달리면서도 쫓아오는 적들의 움직임을 마치 보는 것처럼 머릿속에 그려 넣고 있었다. 시각은 놓쳤지만 그 나머지 감각들이 아직 적들을 놓치지 않았기 때문이다.

진원명은 전장을 바꾸려 했다.

정면으로 싸울 수 없다면 그렇게 싸우지 않아도 될 장소를 찾으면 된다.

진원명은 적들의 움직임을 놓치지 않으면서 동시에 주변 지형을 살피며 달렸는데, 곧 그의 시선에 그의 생각과 부합하는 장소가 보였다.

진원명은 곧바로 행동을 개시했다.

쫓아오던 자들은 크게 당황했다. 그들의 눈앞에서 도주하던 진원명의 모습이 갑자기 사라졌기 때문이다.

"이, 이 녀석, 도대체 어디로 간 거야?"

"이거 혹시 놓친 거 아니야? 대사형에게 뭐라고 말하지?"

적들이 당황해서 주변 풀숲을 뒤지기 시작했을 때 진원명은 그들의 뒤편 수풀 사이에서 그들을 지켜보고 있었다.

진원명이 갑자기 사라진 것은 과거 상대했던 자객(刺客)들이 간혹 보여주곤 하던 은신술(隱身術)의 기초를 응용한 결과였다.

사람이 일정한 속도로 움직이는 사물을 보게 되면 그것이 무언가에 가려 보이지 않게 되더라도 그 사물이 움직이던 속도 그대로 그 궤적(軌跡)을 쫓게 되게 마련이다.

진원명은 자신과 적들과의 사이가 엄폐물(掩蔽物)로 가려지는 짧은 순간 지금껏 이동하던 방향과 반대로 이동해서 손쉽게 그들의 시야를 따돌릴 수 있었다.

그리고 진원명에게는 다행히도 적들은 이제껏 이런 유의 싸움을 경험해 보지 못했음이 분명했다.

이런 엄폐물이 많은 장소에서 적이 은폐한다면 자신 역시 스스로의 몸을 최대한 은폐하는 것이 옳다.

저런 식으로 사방이 트인 장소에 서서 두리번거리는 것은 은폐한 자에게 노리기 좋은 표적이 되어주는 꼴이다.

그렇다면 더 시간을 끌 필요 없이 최대한 빠르게 결판을 내는 것이 좋을 것이다.

적들이 주변을 살피는 동안 진원명이 준비해 둔 돌멩이를 그가 있는 반대편의 수풀로 던지고 근처의 나무 위로 뛰어올랐다.

"놈이다!"

이 돌멩이가 벌어주는 짧은 시간 동안 한 명을 우선 벤다. 진원명은 그렇게 생각하며 적들의 시선이 한순간 수풀로 향하는 동안 잠시도 지체함 없이 나무 위를 내달리기 시작했다.

기회는 한 번뿐이다.

날카로워진 의식을 통해 적들이 주의가 향하는 방향이 느껴진다. 그자가 주의를 향하는 방향이 곧 그자의 시선이 향하는 방향이라 할 수 있었다.

적들의 주의가 수풀에서 이내 주변으로 향했다가 진원명의 달리는 소리를 따라 나무 위를 향했을 때, 진원명은 몸은 이미 그들의 머리 위로 뛰어내리고 있었다.

"아니, 위!"

촤악!

피육이 갈라지는 섬뜩한 음향과 함께 더운 피가 쏟아진다.

남은 적의 시선에, 일격에 상체가 반으로 갈라진 채 천천히 땅으로 쓰러지는 시신의 모습이 보이고 있었다.

그 시신은 바로 방금 전까지 자신과 어깨를 맞대고 싸우던 동료였다.

그 뒤로 동료의 피를 온몸에 뒤집어쓴 진원명이 드러난다.

남은 적은 순간 느껴지는 두려움에 자신도 모르게 몸을 떨며 뒷걸음질쳤다.

진원명의 시선은 그 모습을 놓치지 않았다.

'나를 두려워하고 있다.'

기회라는 생각보다 빠르게 거의 반사적으로 진원명이 그 자를 덮쳐 간다.

진원명의 자세가 상당히 커서 그 사이로 빈틈이 보였으나 두려움에 빠진 적은 일단 방어를 생각했다.

그리고 진원명의 칼과 적의 검이 부딪쳤다.

채앵!

온몸을 던지다시피 한 일격이었다.

적의 방어세가 무너졌고, 진원명의 자세도 같이 무너졌다. 하지만 진원명의 회복이 좀 더 빠르다.

진원명의 칼이 다시 치솟아 올랐다.

방금 전과 같은 자세, 역시 진원명의 온 힘이 실린 일격이었다.

적은 피할 틈을 갖지 못하고 황급히 다시 검을 들어 올렸다.

채앵!

적의 얼굴이 공포로 물드는 것이 보였다.

검을 쥔 적의 손이 떨리고 있다. 손이 저려오는 것이리라.

진원명의 도는 진가장에서 가져온 것으로, 강호에서 일반적으로 쓰이는 유엽도(柳葉刀)보다 조금 더 두텁고 무거운 편이었다.

애초에 처음의 큰 일격을 허용해서는 안 되었던 것이다.

후회하고 있을 적에게 진원명의 칼이 다시 떨어졌다.

채앵!

적의 검이 땅에 떨어졌다.

황급히 손을 휘저으며 뒤로 물러서는 적을 바라보는 진원명의 칼이 역시 똑같은 자세로 치솟아오른다.

"사, 살려주……."

촤악!

말은 더 이상 이어지지 않았다.

진원명은 빠르게 칼을 한 번 털어낸 뒤 잠시도 지체하지 않고 뒤돌아 달렸다.

진원명의 등 뒤로 역시 상체가 반으로 갈라진 적의 시체가 쓰러지고 있었다.

"멈춰라, 이 녀석들!"

진원명이 크게 소리치며 숲 속에서 뛰어나왔다.

숲에서 뛰어나온 진원명의 온몸이 피범벅이었기에 싸우고 있던 네 명 모두 잠시 움찔했다.

진원명은 상황을 살피고는 안도했다. 진원정은 생각보다 안정적으로 맞서 싸우고 있는 듯했다.

하지만 안도는 한순간이었다.

"형, 뒤!"

처음 이야기를 꺼냈던 그 눈매가 날카로운 사내였다.

그가 진원정이 한순간 진원명에게 주의를 빼앗기는 순간 진원정의 뒤를 찔러갔다.

진원명이 달려든다.

진원정이 눈치 채고 칼을 내밀었지만 늦었다.

막을 수 없다. 진원명의 마음이 순간 공포로 물든다.

또다시 가족을 잃게 되는 것인가?

챙강!

진원정을 노리던 사내의 칼이 땅에 떨어지는 소리였다. 진원정은 황급히 뒤로 물러섰다. 진원정을 노리던 사내의 팔이 붉게 물들어 있었다.

'어떻게?'

진원정은 살아났다는 사실에 안도하기보다 그 이유에 의문을 느꼈다.

목숨을 건진 진원정이 뒤로 물러나고 진원정과 상대하던 적들 역시 뜻밖의 사태에 놀라 움직임을 멈췄을 때, 진원명이 재빨리 전장에 뛰어들었다.

진원명은 진원정의 앞을 가로막고 섰다.

그 눈이 분노로 불타올랐다.

자신은 여전히 무력했다. 방금 진원정의 죽음을 눈앞에 두고서도 아무런 행동도 취할 수 없을 만큼.

"고맙소."

진원명이 말했다.

그 말에 진원정이 의문을 가졌을 때 진원정의 뒤편에서 대답이 들려왔다.

"애초에 나로 인해 일어난 일이니 고마워할 필요는 없습니다."

진원정이 돌아보니 아까 길을 물어보았던 여인이 그곳에 있었다.

그녀가 자신을 도와준 것인가?

진원정은 진원명이 그녀를 실력있는 무인이라고 평했던 것을 기억해 냈다.

"고맙소. 적어도 내 고마운 마음만은 진심이오."

진원명은 그렇게 말하고 곧장 적에게 달려들었다.

대답을 듣고 살짝 웃던 그녀 역시 적들에게 몸을 날렸다. 고맙다는 말은 내가 해야 할 말이 아니었던가 고민하던 진원정이 가장 마지막으로 전장에 뛰어들었다.

대결의 양상이 다섯 명 대 두 명에서 세 명 대 세 명으로 바뀌자 가장 크게 변모한 것은 진원정이었다.

일 대 일의 대결에서는 그의 실력이 적을 크게 웃돌았기에 적을 크게 상하게 하지 않고도 제압할 수 있었던 까닭이다.

진원명도 역시 적을 압도하고 있었다.

분노는 이미 사라졌다.

일단은 지금 상대하고 있는 적을 제압하고 그들에게 덤벼든 이유를 물어야 한다.

진원명은 냉정하게 한 수 한 수를 내뻗으며 적을 궁지로 몰아넣고 있었다.

세 명 중 진원정의 목숨을 구한 여인만이 적과 팽팽한 대결을 펼쳤다.

그녀가 상대하는 적이 적들의 우두머리로 보이는 눈매가 날카롭던 사내였는데 그녀에게 당한 오른팔을 사용하지 못하는 상황에서도 그녀와 제법 대등하게 싸우고 있었다.

진원정의 싸움이 가장 먼저 끝났다.

진원정을 상대한 적은 무기를 잃고 진원정의 칼등에 한쪽 다리가 부러진 채 나동그라졌다.

두 번째는 진원정을 도와준 여인이었다.

진원정이 싸움을 끝내는 모습을 본 눈매가 날카로운 사내가 자신이 상대하던 여인에게로 세차게 쇄도해 갔는데, 그녀가 그 기세에 잠시 머뭇거리는 순간 그는 그녀에게 자신의 무기를 던지고 재빠르게 뒤돌아 달아나기 시작했다.

그녀는 당황하지 않고 침착하게 적이 던진 무기를 쳐냈다.

그리고 달아나던 적의 등에 그녀의 검이 박혔다.

진원명의 시선이 순간 상대하던 적 대신 그녀를 향했다.

진원명은 자신의 싸움을 하는 중에도 주변의 정황을 모두 살피고 있었다.

하지만 진원명의 감각은 진원정을 구한 그녀가 적이 던진 무기를 쳐내고 그녀의 검이 적의 몸에 박혔다는 사실밖에 인식하지 못했다.

진원명은 그녀가 도망치는 적에게 검을 던지는 순간은 인식할 수 없었다.

암기가 아니다. 비도(飛刀)였다.

진원명은 그제야 눈치 챘다.

처음 진원정을 찌르려던 적의 팔을 꿰뚫은 것은 작은 비도였다는 것을.

자루가 없이 날만을 가진 작은 비도를 사용하는, 던지는 순간을 전혀 파악할 수 없었던 비도술. 진원명의 기억 속에 분명 존재하는 무공이다.

그런데 누가 사용하던 무공이었지?

진원명은 그것까지는 기억해 내지 못했다.

진원명은 한눈을 팔면서도 상대하는 적을 계속 몰아붙이고 있었다.

진원정이 그녀의 검에 꿰뚫린 적에게 다가가 그의 상태를 확인했을 때 진원명이 상대하던 적의 검이 하늘 높이 떠올랐다.

적의 상태를 살피던 진원정이 몸을 일으키며 고개를 저어 보일 때 진원명이 상대하던 적의 목에 진원명의 칼이 들이대졌다.

진원명이 상대하던 적이 고개를 떨구고 양손을 들어 올렸다.

그렇게 진원정 형제가 강호에 나와 최초로 행한 싸움은 끝이 났다.

"네가 상대하던 적들은 어떻게 된 거냐?"

살아남은 적들을 포박한 뒤 진원정이 물었다.

진원명은 싸움이 끝나자마자 자신의 몸을 살폈다.

이미 진원명에게 별다른 외상이 없음을 알고 있는 진원정이기에 방금 전 질문에 대한 대답도 이미 예상하고 있을 것이다.

"모두 죽었어."

"그래."

진원정은 살짝 고개를 떨구며 말했다.

진원정은 자신이 아닌 동생의 손을 더럽혔다.

만약 두 명의 적을 처리한 진원명과 시기 적절하게 자신을 도와준 여인이 아니었다면 자신은 이미 죽은 목숨이었을 것이다.

자신뿐만이 아니다.

방금 전 자신이 제대로 적을 맞서 싸우지 못했기 때문에 동생 역시 위험에 처했을 수도 있었다. 진원정은 그 사실을 알았고, 그것에 대해 자책했다.

하지만 다음에 이와 같은 일이 다시 한 번 일어난다면 자신은 과감하게 살수를 펼칠 수 있을 것인가.

진원정은 확신할 수 없었다. 진원정은 스스로의 나약함에 한숨을 내쉬며 고개를 들었다.

진원정의 시선이 동생에 이어서 그를 구해준 그녀에게로 향했다.

"늦었지만 은공에게 감사드립니다."

"은비연(殷緋姸)이라고 해요. 아까도 말했지만 이들이 당신들을 공격한 것은 저 때문입니다. 오히려 당신들에게 제가 도움을 받은 셈이니 은공이란 말은 당치 않아요."

"저는 진원정이라 하고, 이쪽은 제 동생으로 진원명이라 합니다. 사정이 어찌 되었든 은공께선 제 목숨을 구해주셨습니다. 그 은혜를 어찌 갚지 않을 수 있겠습니까?"

"진정 은혜를 갚고 싶으시다면 그 은공이란 소리만 하지 말아주세요."

은비연이라 자신을 소개한 그녀가 빙긋 웃으며 대답했다.

"그런데 은 소저는 이자들과 무슨 관계이기에 이자들이 다 짜고짜 우릴 공격한 것이죠?"

진원명의 목소리였다.

그 어조에 추궁의 느낌이 실려 있었기에 진원정이 눈살을 찌푸리며 진원명에게 무어라 말하려 했지만 은비연의 대답이 더 빨랐다.

"그렇지 않아도 이 일을 설명드리려 했어요. 우선 제 소개부터 다시 해야겠네요. 저는 천강파의 삼대제자 중 첫째인 은비연이라 합니다."

순간 진원명의 눈이 놀라움에 크게 떠졌다.

그녀의 부릅뜬 눈이 그를 노려보고 있었다.

그 눈에 담긴 증오와 살의가 진원명을 얼어붙게 한다.

"내 죽어서도 네놈을 용서하지 않을 것이다."

그녀의 한 맺힌 목소리가 귓가를 맴돌았다.

형이 암습을 당할 때부터 균열을 보이던 진원명의 평정심이 순간 산산이 부서져 내렸다.

"뭔가 문제가 있나요?"

은비연의 목소리에 진원명이 정신을 차렸다.

그녀의 눈에는 약간의 염려와 의아함만이 담겨 있을 뿐 증오와 살의는 찾을 수 없었다.

진원명은 침착해 보이려 애쓰며 말했다.

"아니, 괜찮습니다. 계속하세요."

진원명은 은비연을 기억해 냈다. 그리고 그 기억에 크게 동요했다.

진원명은 그 사실이 마음에 들지 않았다. 불필요한 기억이라면 잊어버리는 편이 좋다. 미래의 자신이라면 애초에 동요조차 하지 않았겠지만.

"이들은 거릉방(巨隆幇) 사람들이에요. 거릉방은 통성 이남에 자리 잡고 있던 제법 커다란 방파인데 통성 이북에 자리 잡고 있는 저희 천강파와 항시 사이가 좋지 않았죠."

"사이가 좋지 않은 정도가 아닌 듯하군요."

진원정이 어두운 기색으로 말했다.

"다섯 달 전에는 그랬다는 얘기예요. 이제 거릉방은 존재하지 않습니다."

"무슨 소리입니까?"

"다섯 달 전 저희 천강파와 거릉방 사이에 전쟁이 일어났고, 그 결과 천강파가 승리했어요. 저들은 거릉방의 오결(五結)이라 불리는 신진 고수들인데 개개인의 실력도 대단한 데다 합격술이 만만치 않아 결국 놓치고 말았죠. 저는 함녕에서 일을 보고 돌아오는 길이었는데 중간에 저들을 만났습니다. 저들은 제가 천강파의 인물임을 알자 문파의 복수를 하려 들었고, 저는 도망치다가 당신 일행을 만나게 된 거죠."

"그런데 저들은 왜 관계없는 우리에게 독수를 쓴 것입니까?"

"당신들이 향하는 곳이 하필 통성이었기 때문이에요. 저들의 입장에선 행여나 당신들이 통성을 지나가던 중 내가 처해 있는 상황을 천강파에게 알릴지도 모른다고 염려했던 것이겠지요."

그런 이유로 아무 죄도 없는 행인을 해칠 생각을 한단 말인가. 진원정은 소문으로만 들은 강호의 비정함을 실감한 듯 한숨을 내쉬었다.

"이제 제가 도움을 받았다고 한 의미를 아시겠죠? 당신들이 아니었으면 오히려 저야말로 큰 곤경에 처했을 거예요. 정말 감사드립니다, 은공."

은비연은 그렇게 말하며 정중하게 포권을 취했다.

그것이 왠지 진원정을 따라하는 듯했기에 진원정이 난감한 표정으로 말했다.

"서로 도움을 받았으니 비긴 것으로 합시다. 서로 은공이라 부르면 어색하지 않겠습니까?"

"진 대협이라 부르도록 할게요. 마침 가시는 길이 같으니 통성까지 동행하는 것이 어떨까요?"

진원정이 눈을 살짝 찌푸린다.

"대협이라 부르시면 대답하지 않을 겁니다. 은 소저라 부를 테니 은 소저도 그냥 진 공자라고 부르도록 하세요."

"그렇게 할게요, 진 공자."

은비연이 그렇게 대답하며 빙긋 웃고는 이내 그를 빤히 쳐다보자 진원정이 무안해했다.

"왜 그러십니까? 무슨 할 말이 있는 것입니까?"

"진 공자에게 할 말은 없지만 들어야 할 말은 있는 듯하네요."

진원정은 자신이 아직 그녀의 질문에 대한 답을 하지 않았음을 깨닫고 황급히 말했다.

"물론 동행할 것입니다. 저기 묶인 두 명은 천강파에서 처리해야 할 듯하니 그들을 압송하려면 저희와 함께 이동하는 것이 좋을 것입니다."

무림의 다툼은 관에 맡기기 어렵다.

다툼 자체가 위법이므로 연루한 자 모두 처벌을 받기 때문이다.

진원정의 대답에 은비연이 빙긋 웃으며 하늘을 보았다.

"그럼 시간을 보아 아무래도 오늘은 노숙을 해야 할 듯하니……."

은비연이 다시 옆에 누워 있는 시체를 가리켰다.

"일단 죽은 사람들은 간단하게 매장해 주어야 할 듯하고……."

그리고 은비연은 진원명을 쳐다보았다.

"여기 작은 공자는 씻고 옷을 갈아입을 필요가 있을 듯하네요. 길을 따라 내려가다 보면 우측에 시내가 나올 거예요. 오늘은 그곳까지 가서 야영하도록 해요."

은비연의 말대로 되었다.

원명불상업(原明不喪業)

진원명은 모닥불을 바라보았다.

사로잡은 두 명을 묶어는 놓았으나 끈이 충분치 못하여 팔만을 묶는 데 그쳤다.

그렇기에 만약의 사태를 대비해 돌아가며 불침번을 서기로 했는데 진원명의 순번이 가장 처음이었다.

"잠이 올 것 같지도 않았으니 다행이로군."

진원명이 그렇게 중얼거리며 옆을 돌아보았다.

다리가 부러진 적이 작게 신음하고 있었다.

부목을 대고 간단히 약도 발라두었으나 부러진 다리에 부담이 가지 않을 만큼 좋은 자세를 취하기란 뒤로 손이 묶여 있는 지금의 상태로는 어려울 것이다.

마음 약한 사람이 본다면 동정심을 일으킬 법한 모양새였지만 진원명은 부상자를 배려해 그들의 묶인 줄을 느슨하게 해준다거나 하지는 않았다.

이것은 그들이 자초한 일이었기 때문이다.

상대방을 죽이려 했으니 자신이 오히려 상대방에게 당해 죽는 경우도 염두해 두었으리라. 그들은 지금 살아 있는 것만으로도 행운으로 여겨야 할 것이다.

'하긴, 소속한 문파가 망하고 그 복수를 하려던 중 결국 남아 있던 형제들마저 죽고 원수들의 손에 최후를 내맡겨야 하는 입장이라면 차라리 죽는 것만 못하다고 볼 수도 있겠구나.'

진원명은 생각이 거기까지 흐르자 가볍게 한숨을 내쉬었다.

그렇기에 복수를 하려거든 스스로의 실력을 좀 더 길렀어야지.

저자들의 실력으로는 자신들을 만나지 않았더라도 아마 오늘이 가기 전에 은비연의 손에 모두 최후를 맞이했을 것이다.

진원명은 생각을 떨쳐 내려는 듯 고개를 저으며 눈을 돌려 모닥불 반대편에 누워 있는 은비연을 쳐다보았다.

순간 이루 말할 수 없을 불쾌감이 치솟는다.

진원명은 은비연을 계속 쳐다볼 수 없었다. 곧바로 시선을 옆으로 돌린다.

진원명은 오늘 그녀의 정체를 알게 된 뒤 한 번도 그녀를 똑바로 바라보지 못했다.

그녀는 진원명의 묵은 잘못[罪]을 떠올리게 했다. 진원명은 자신의 잘못을 마주할 용기가 없었다.

물론 강호로 나오며 자신이 예전에 상대했던 적들을 만나게 되는 것을 예상하지 못한 것은 아니었다.

하지만 왜 하필 그녀란 말인가.

진원명은 한동안 잠자코 모닥불을 바라보다 잠시 후 옆에 놓인 장작을 들어 모닥불을 들쑤셨다.

기분이 나아지질 않는다.

아까 적들과 싸우면서 잠시 예전의 침착하고 냉정했던 자신을 되찾은 듯했으나 그 순간뿐이었나 보다. 계속해서 은비연에 대한 생각이 머릿속을 떠나지 않았다.

이제 와서 죄책감을 느끼는 것인가?

이미 일어나 버린 일은 무엇으로도 바뀌지 않는다. 그렇기에 과거에 구애되는 것은 시간 낭비일 뿐이다.

이미 일어난 과거라면 그것이 아무리 잘못된 일이더라도 긍정하고 받아들이는 것, 그것이 바로 자신의 방식이 아니었던가.

앞으로 일어날 일에 대해 생각하는 것으로도 머리가 터질 듯하다. 이런 작은 일에서부터 흔들려서는 안 된다.

진원명은 팔을 뒤로 돌려 머리를 받치며 드러누웠다.

"그리고 보니 지금 내가 하려는 것이 이미 일어나 버린 일을 바꾸려는 것이 아닌가."

"그게 무슨 소린가요?"

진원명이 깜짝 놀라 몸을 일으키자 자신을 쳐다보는 은비연이 보인다.

진원명은 그 눈을 마주 보지 못하고 얼굴을 돌렸다.

"공자는 제가 그리도 마음에 들지 않으신가요? 오늘 이곳까지 오는 동안 내내 저를 피하려는 듯하던데 이유가 무엇인가요?"

"은 소저는 마지막 순번이니 빨리 주무시는 게 좋을 것입니다."

진원명의 냉정한 대답에 은비연이 오히려 모닥불 가로 다가와 앉았다.

"작은 공자가 왜 그리 저를 미워하는지 궁금해서 잠이 오지 않는군요."

진원명은 대답하지 않았다.

숲은 고요했다. 방금 전까지 들려오던 신음 소리도 지금은 들리지 않는다. 잠이 든 것인가.

은비연이 옆에 준비해 둔 장작 몇 개를 모닥불에 던져 넣으며 한숨을 쉬었다.

"작은 공자가 나를 싫어하는 것은 당연한지도 모르지요."

진원명이 그녀를 쳐다본다.

그녀는 모닥불을 바라보고 있었다. 그녀가 잠시 머뭇거리다 이어서 말했다.

"작은 공자라면 이미 눈치 챘을지도 모른다고 생각했어요. 아니기를 바랐지만."

진원명은 눈살을 찌푸렸다. 무슨 알아듣지 못할 소리를 하는 것인가.

그녀가 한숨을 내쉬며 말을 이었다.

"하지만 당신들을 이용하려던 것은 아니었어요. 그것은 믿어주세요. 지금에 와서 이런 말을 한다는 게 우습게 들리겠지만, 전 당신들이 걱정되었어요. 그래서 돌아온 것이에요. 제가 곧바로 돕지 않은 것은… 당신들의 실력이 제 생각보다 더 뛰어났기에… 좀 더 당신들의 실력을 지켜보고자 했던 욕심이 생겼기 때문이에요. 죄송해요. 늦었지만 공자에게 사과하는 제 마음은 진심이에요. 내일 큰 공자에게도 사실대로 말하고 사죄드리겠어요."

진원명으로서는 뜻밖의 말이었다.

그녀가 그들의 싸움을 처음부터 지켜보고 있었다는 것인가? 그렇다면 자신이 수풀로 도망쳤을 때는?

진원명은 잠시 고민하다 대답했다.

"도와주신 것만으로 감사하게 생각합니다. 죄송해할 필요도 없고요. 그리고… 형에게는 굳이 말하지 않아도 괜찮습니다."

은비연이 진원명의 대답에 잠시 어두운 표정을 지었으나 진원명은 고개를 돌리고 있었기에 보지 못했다.

그녀는 이내 표정을 풀고는 대답했다.

"그럼 큰 공자에게는 마음으로만 미안하다고 전하는 것으로 만족하도록 하죠."

은비연은 이어서 진원명에게만 간신히 들릴 정도의 낮은 목소리로 속삭였다.

"그리고… 비밀은 반드시 지켜 드릴 테니 걱정하지 마세요."

진원명은 놀라며 고개를 들고 은비연을 쳐다보았다.

진원명이 그녀를 쳐다보자 그녀가 짐짓 믿음직한 표정을 지어 보였기에 진원명은 그녀에게 무언가 오해가 있음을 깨달았다.

은비연은 이내 싱긋 웃고는,

"그럼 이만 잘게요."

라고 말하고 자리로 돌아가 누웠다.

그녀의 웃음에서 명백하게 자신에 대한 호의가 느껴졌기에 그 웃음을 통해 진원명은 은비연이 무엇을 잘못 생각했는지 알게 되었다.

"그랬던 것인가."

진원명은 나직이 중얼거렸다.

은비연은 자신을 그녀와 비슷한 처지로 오해했음이 분명했다.

은비연이 보인 호의는 그런 오해에서 비롯된, 그녀가 자신에게 느끼는 동질감에 의한 것이리라.

진원명은 그 호의가 부담스러웠다.

그녀가 자신을 멀리하면 멀리할수록 좋다.

차라리 자신을 싫어하거나 증오하는 편이 더 마음이 편할 것이다.

"뭐, 어차피 내일 오후까지뿐이니."

통성에 다다르면 은비연과는 이제 이별이다. 진원명은 그렇게 스스로를 위로했다.

                    *   *   *

진원명은 창문을 열었다.

밤 공기가 시원하여 답답했던 가슴이 조금 나아지는 듯했다. 진원명은 크게 심호흡을 하다가 갑자기 사래가 들린 듯 기침을 하기 시작했다.

창문 밖으로 내려다 보이는 넓은 뜰의 왼편에 꽂혀 있던 깃발이 밤바람에 나부꼈기 때문이다.

그 깃발에는 '천강파(天罡派)'라는 세 글자가 쓰여 있었다.

진원명은 부서질까 걱정되도록 세게 창문을 닫고는 옆에

있던 침대에 드러누웠다.

"그래, 어차피 오늘 밤까지일 뿐이야."

진원명은 어제저녁과 마찬가지로 스스로를 위로했다.

지금 묵고 있는 곳은 천강파의 객실이었다.

진원명의 계획대로라면 지금쯤 형과 자신은 이곳으로부터 삼십 리 정도 더 남쪽에 위치한 통성의 객잔에서 쉬고 있어야 했다.

그 계획이 어긋난 것은 어제 진원정에게 다리를 다친 포로 때문이었다.

어제는 목발을 만들어 들고 옆에서 조금 부축해 주면 충분히 걸을 수 있는 정도였으나 오늘 아침에 일어나 보니 다리가 크게 부어올라 걸을 때마다 통증을 호소했다.

어쩔 수 없이 나머지 포로 한 명과 진원정이 절반씩 나누어서 업고 왔으니 이동이 느려지는 것은 당연했다.

"후우!"

진원명은 한숨을 내쉬었다. 포로들을 떠올리니 다시 기분이 울적해진다.

"그러게 오늘 이곳에서 그자들과 헤어지고 통성까지 갔어야 하는 건데."

그 포로들의 존재가, 그리고 은비연의 존재가, 그리고 천강파라는 이름이 진원명에게 떠올리고 싶지 않은 기억을 떠올리도록 강요한다.

삼 년 전, 아니, 십삼 년 뒤의 기억.

자신이 어떠한 일에도 흔들리지 않을 정도로 강한 마음을 가졌던 시절의 기억을.

"생각하지 말자, 진원명. 그래, 내일이면 끝이다."

생각이 이어지는 것을 막기 위해 진원명은 고개를 크게 흔들고 손바닥으로 뺨을 때렸다.

짝, 짝, 짝!

뺨이 화끈해지며 피어오르던 생각들이 조금 사그라지는 듯했다.

"저, 혹시 무슨 문제가 있나요?"

진원명은 칼을 뽑을 뻔했다.

다행히 칼은 그의 허리가 아닌 탁자 위에 놓여 있었다.

진원명의 눈앞에 십이삼 세 정도 되어 보이는 소년이 서 있었다. 전혀 위협적이지 않은 모습이었기에 진원명은 내심 칼을 풀어놓기를 잘했다고 여겼다.

"혹시 어디 편찮으신가요?"

소년이 걱정스러운 표정을 지어 보이자 진원명이 황급히 말했다.

"아, 아닙니다. 그냥 여행에 좀 피로해서. 아니, 그보다 실례지만 누구시지요?"

소년이 아차 하는 표정으로 자기 머리를 때리며 말했다.

"아, 저는 이곳 삼대제자 중 막내인 육소정이라고 합니다.

진원명 소협 맞으시죠? 진원정 대협이 정자에서 기다리고 계십니다."

진원명이 물었다.

"늦은 시각인데 형이 무슨 일로?"

"그것은 저도 잘 모르겠습니다. 그저 꼭 진 소협을 데리고 오라고만 하셨습니다."

육소정이 환하게 웃으며 말했다.

진원명은 어리둥절한 채로 육소정을 따라 방을 나섰다. 객청을 나와 뜰을 지나가며 육소정이 말했다.

"그보다 저희 큰 사저를 도와주셔서 정말 감사합니다. 정말 소협께선 저희 사형제들에게 너무나도 큰 은혜를 베푸신 거예요."

"저희 역시 은 소저의 도움을 받았으니 피차 마찬가지입니다."

진원명의 대답에 육소정이 빙긋 웃었다.

"진원정 대협도 그렇게 말씀하셨답니다. 하지만 그래도 전이 은혜를 평생 잊지 않을 겁니다. 저뿐만 아니라 저희 사형제 모두 같은 생각일 거예요."

돌아보는 소년의 얼굴에 진심이 느껴진다. 진원명이 그 모습을 외면하며 물었다.

"얼마나 더 가야 하죠?"

"이제 다 왔습니다. 바로 저기예요."

육소정의 손이 가리키는 곳에 정자가 보였다. 불이 크게 밝혀져 있었는데, 사람들이 떠드는 소리가 제법 멀리까지 들려온다. 육소정이 먼저 뛰어가서 소리쳤다.

"사형, 진원명 소협을 모셔왔어요!"

"그래, 잠시만 기다리거라!."

대답과 함께 불빛에 진 그림자가 이리저리 움직이더니 이윽고 정자 위에서 한 사내가 달려왔다.

"정말 반갑습니다, 진 소협. 저는 천강파 삼대제자 중 둘째인 주여환이라 합니다. 어서 이쪽으로 올라오시지요. 다들 기다리고 있습니다."

주여환이라는 자가 진원명의 손을 붙잡고 정자 위로 이끌었다.

정자 위에는 술상이 펼쳐져 있었는데 진원정 역시 그곳에 있었다. 얼굴이 붉어진 것을 보니 이미 진원명이 오기 전부터 제법 많은 술을 마신 듯하였다.

"명이 왔구나. 어서 이리 와서 앉아라. 이곳의 형제들이 참으로 호방하여 정말 기분이 좋구나. 하하하!"

"어서 앉으시오, 진 소협. 저희 사형제들이 진 소협이 오시기를 목이 빠지게 기다리고 있었습니다."

주여환이 진원명의 손을 잡고 자리로 이끌었다.

"맞습니다. 진 소협이 오지 않아 아직 항주에서 구한 이화주를 개봉하지 않고 있었소이다."

진원정의 왼쪽에 앉아 있던 사내가 그렇게 소리치며 탁자 아래에서 호리병 하나를 꺼냈다. 진원명의 눈이 그 사내의 왼쪽에 앉아 있는 여인에게로 향했다.

그녀 은비연이 진원명에게 가볍게 미소 지어 보인다.

"삼사형, 그건 삼사형 혼인할 때 마신다며 아껴둔 것 아니오?"

"바보 녀석, 술이란 흥이 날 때 마셔야 하는 법이다. 내가 혼인하는 것보다 큰사저가 무사히 돌아오고 진 형을 만나 사귀게 된 오늘 마시지 않으면 언제 마시겠느냐?"

"삼사형, 솔직히 말하시오. 혼인하기를 기다렸다간 술이 썩어버릴까 걱정되었던 것이라고요. 하하하!"

웃음이 터져 나온다.

진원명을 안내했던 육소정이 술상의 끝자리에 끼어 앉으며 따라 웃는 것이 보인다. 주여환이 호통을 쳤다.

"이 녀석들, 조용히 좀 해라! 진 소협께 일단 소개부터 드려야 하지 않느냐?"

주여환이 그 자리에 모인 사람들을 차례로 소개하기 시작했다.

그 자리에는 천강파의 삼대제자 모두가 모여 있었는데, 그 첫째가 은비연이고, 둘째가 주여환, 셋째가 이주문, 넷째가 전운, 다섯째가 태연경, 그리고 막내가 육소정이었다.

분위기가 왁자지껄하여 주여환이 소개하는 내내 호통을

쳤으나 전혀 통제가 되지 않았다. 주여환이 미안한 기색으로 말했다.

"이 녀석들이 술이 좀 과한 상태라 그렇습니다. 소협이 너그럽게 이해해 주세요."

"괜찮습니다."

진원명은 그렇게 대답했다.

애초에 진원명은 주여환의 소개를 제대로 듣고 있지 않았다.

그들이 누구인지 이미 알고 있었기 때문이다. 이들이 훗날 천강오협(天罡五俠)이라는 별호를 얻는다는 것도 알고 있었고, 그들의 활약이 대단하여 천강파의 세력이 북쪽으로 함녕에까지 미치자 그곳에 터를 잡고 있던 청류방이 위협을 느껴 두 문파 간에 전쟁이 일어나게 되리라는 것도 알고 있었다.

진원명이 술을 들이켰다.

주여환이 그의 빈 술잔을 따라주며 무어라 얘기했는데, 그 말이 우스웠는지 주변 사람들 모두가 크게 웃었다.

진원명도 따라 웃었다. 웃으며 진원명은 술을 들이켰다.

우스울 것이오.

진원명은 생각했다.

'복수를 위해 당신들을 모두 죽이고 당신들의 문파를 멸한 이와 함께하는 술자리가 아니오. 당신들이 어찌 우습지 않을 수 있겠소.'

진원명이 그 생각이 우스워 다시 술잔을 비웠다.

잔을 비우자 누군가가 잔을 채워준다.

그 누군가가 자신에게 무어라 말을 하는 것 같았으나 주변이 소란스러워 잘 들리지 않았다. 하지만 그 표정에서 보이는 호의가 전해져 왔기에 진원명은 다시 술잔을 비웠다.

그가 술잔을 비울 때마다 누군가가 채워주었는데, 그 사람은 매번 달랐으나 그들이 보여주는 호의는 매번 같았다.

어느덧 이화주가 동이 나고 평범한 죽엽청과 황주가 그 자리를 대신했지만 술자리는 점점 분위기를 더해가기만 했다.

셋째인 이주문이,

"술자리에 노래가 빠져서야 되겠소?"

라며 노래를 부르기 시작했는데, 그 목소리가 심히 듣기에 괴로워서 사형제들이 심하게 야유했다.

이주문이 가까이 있던 진원명을 붙잡고 애원했다.

"진 동생, 동생의 술 마시는 모습이 예사롭지 않으니 이 우매한 사제들에게 주도(酒道)에 대해 좀 가르쳐 주시게나. 어찌 술자리에 노래가 빠질 수 있단 말인가?"

어느새 진원명은 동생이라 불리고 있었다.

"노래는 좋은데 삼사형이 부르는 노래만 싫은 거라고요!"

육소정이 말석에서 소리쳤다.

"이 조그만 녀석이 주도에 대해 뭘 안다고! 내가 부르는 왕한(王翰)의 양주사(涼州詞)야말로 술자리에서 사나이의 호기를 잘 표현한 명곡이라 할 수 있지!"

"삼사형의 노래는 주도가 아니라 주사(酒肆)라 해야 할 것이오. 삼사형과 같이 나가서 술을 마시면 항상 저 목소리로 고래고래 노래를 불러대는 통에 사람들에게 얼마나 많은 망신을 샀는지 아시오?"

넷째인 전운이 옆에서 불평했다.

곁에 있던 은비연이 웃는다. 진원명이 따라 웃었다.

'죽어서도 나를 용서치 않겠다던 당신과의 술자리가 아닙니까.'

그를 저주하는 은비연의 모습이 떠오르는 듯했기에 그 기억을 털어내기 위해 진원명이 또다시 술잔을 비우며 생각했다.

'당신도 웃지 않고서는 견딜 수 없는 것이오?'

다시 이주문의 노랫소리가 울려 퍼지고, 사형제들의 야유가 은은한 살기를 띠어가는 곁에서도 진원명은 계속해서 자신의 술잔을 비워갔다.

결국 얼마 후 참지 못한 주여환에 의해 이주문이 정자 밖으로 끌려나가고 있을 때에도 진원명은 계속해서 묵묵히 술잔을 비우는 중이었다.

잠시 후 이주문이 숨겨뒀던 고량주를 양손에 들고 주여환과 함께 노래를 부르며 정자로 돌아왔을 때에도 역시 진원명은 술잔에 손을 가져가고 있었다.

하지만 이번엔 진원명의 손이 술잔이 아닌 허공을 잡는다.

진원명이 고개를 갸웃하며 다시 술잔을 잡으려 했다.

역시 진원명의 손이 아무것도 없는 허공을 움켜쥔다.

진원명이 이어서 몇 번을 다시 술잔을 향해 손을 뻗었으나 술잔은 여전히 잡히지 않았다.

진원명은 감탄했다.

술잔의 무예가 실로 놀랍구나. 내 손이 출발할 때는 분명 그 자리에 있었던 술잔이 손이 이르는 순간 위치를 바꾸어 버리니 상대방의 움직임을 파악하여 후수의 이점을 취하는 후발선제(後發先制)의 묘용이 아닌가? 내 이제야 술은 천하장사라도 당해내지 못한다는 옛말의 진정한 의미를 알게 되었다.

그렇게 생각하며 잠시 술잔의 무공에 대해 진지하게 고민하던 진원명은 한순간 술잔의 무공에게서 큰 깨달음을 얻었는데, 그 깨달음을 통해 얻게 된 무공의 이름을 주배신공(酒杯神功)이라 짓기로 마음먹었다.

그 순간 세상이 옆으로 기울어진다.

아직 주배신공을 채 사용해 보지도 않았는데 벌써 세상이 기울어져 버린 것인가. 참으로 무서운 무공이로다.

그렇게 생각하며 세상을 다시 되돌려 놓을 일을 근심하던 진원명은 의자에 옆으로 드러누운 자세 그대로 잠에 빠져들었다.

원명불기과(原明不棄過)

진원명은 머리가 깨지는 듯한 두통과 함께 잠에서 깨어났다.

잠시 눈을 감은 채 누워 있던 진원명은 잠시 후 두통이 조금 가시는 듯하자 조심스럽게 몸을 일으켰다.

진원명은 가벼운 울렁거림을 참고 주변을 둘러보았다. 어제 자신에게 배정되었던 객실이다.

어젯밤 정자에 끌려나가 만취하도록 술을 마신 기억이 떠오른다.

창밖을 보니 이미 해가 중천에 걸려 있었다. 따가운 햇빛을 바라보자 또다시 두통이 몰려온다.

진원명은 눈살을 찌푸리며 의자에 주저앉았다.

　진원명은 이제껏 어제와 같이 술을 과하게 마신 적이 없었다. 이런 숙취를 경험하는 것도 오늘이 처음이었다.

　몸에 전혀 힘이 들어가지 않는 것이 마치 크게 병을 앓고 난 듯한 기분이다. 이대로라면 자칫 오늘도 이곳에 머무르게 될 판이다.

　순간 진원명의 정신이 번쩍 들었다.

　절대 그럴 수 없다. 가다가 쓰러지는 한이 있더라도 오늘 이곳을 떠날 것이다.

　진원명이 그렇게 생각하고 무리해서 몸을 일으키는데 뒤에서 문을 두드리는 소리가 들린다.

　"진 소형(小兄), 일어나셨어요?"

　문이 살짝 열리더니 그 사이로 육소정의 얼굴이 나타난다.

　"아, 일어나셨네요."

　육소정이 빙긋 웃고는 방으로 들어왔다.

　"숙취가 심하실 거 같아서 갈근즙(葛根汁)을 조금 달여왔어요."

　육소정이 작은 대접을 내놓는다.

　"아, 고마워."

　갈근즙을 들이키자 울렁거리던 속이 조금 진정되는 듯했다.

　'이 정도면 적어도 쓰러질 걱정은 하지 않아도 될 듯하군.'

진원명이 그렇게 생각하며 육소정에게 물었다.

"그런데 형은 지금 어디에 있지?"

"진 대형이라면 지금 연무장으로 가셨어요. 진 소형도 보러 가시겠어요?"

말하는 육소정의 얼굴이 왠지 모를 기대감에 빛나는 듯했다.

"연무장? 그곳에는 왜?"

"어? 기억나지 않으세요? 어제 술자리에서 진 대형이 저희 사형들과 비무 약속을 했잖아요."

진원명에게는 하늘이 무너지는 소리였다.

진원명이 머리를 감싸고 기억을 더듬고 있을 때 육소정이 이어서 말했다.

"비무행을 한다니 정말 대단하세요. 어제 그 말을 듣고 정말 진 대형을 우러러보게 되었어요. 저도 조금만 더 크면 사형들과 비무행을 하며 천하를 주유하고 싶어요."

진원명이 바라보니 육소정이 눈을 빛내며 자신을 바라보고 있었다.

그 눈빛이 원하는 바를 조금 알 것 같았기에 진원명은 몸을 일으키며 힘없이 말했다.

"…형의 비무를… 보러 가자꾸나."

진원명의 생각대로 육소정은 매우 기뻐했다.

연무장 중앙에서 진원정은 비스듬히 칼을 옆으로 내린 자세를 취하고 있었다.

그리고 그 반대편에서는 이주문이 신형을 한껏 움츠린 채로 진원정을 노려보고 있다.

이주문은 오른손을 뒤로 뻗어 내린 자세였는데, 진원정의 위치에서는 이주문의 검이 이주문의 몸에 가려져서 보이지 않는다. 진원정은 이주문의 자세를 보고 매우 독특하다고 느꼈다.

이주문이 말했다.

"사저에게 진 형의 무공이 상당하다고 들었으니 주인 된 예의가 아니라는 것은 알지만 먼저 출수하도록 하겠소."

"이 형, 우리 그런 예의는 차리지 말고 편하게 합시다."

빙긋 웃으며 말하는 진원정의 여유가 보기 좋았다. 이주문이 작게 고개를 끄덕이고는 외친다.

"좋소! 그럼 독룡출동(毒龍出洞)을 받아보시오!"

진원정은 당혹감을 느꼈다.

달려드는 이주문은 여전히 몸을 웅크린 상태였는데, 몸으로 검을 가리고 있어서 그 움직임이 전혀 예측되지 않았다.

진원정은 어쩔 수 없이 공세를 취했다.

이주문의 자세에서 검이 뻗어 나오기 위해서는 왼쪽 어깨가 먼저 열려야 할 것인데 그 어깨가 지금 너무나도 훤히 드러나 있었다.

때문에 진원정의 첫 공격은 이주문의 훤히 드러난 어깨를 노렸다.

하지만 이토록 뻔히 보이는 허점이라면 분명 역으로 노리는 수가 있을 것임을 염두해 두고 있었기에, 이주문이 신형을 급격히 반대로 회전시켜 진원정의 공격을 피하며 오히려 진원정의 배후를 점해왔을 때 진원정은 당황하지 않고 재빨리 몸을 뒤로 젖혀 그 공격을 피할 수 있었다.

"비룡번신(飛龍飜身)! 황룡도미(黃龍掉尾)!"

하지만 이주문의 공세가 시작된 순간부터 진원명의 첫 공격에 이어지는 두 번째 공격은 나올 기회를 잃었다.

진원정이 잠시 수세에 몰린 그 순간부터 이주문이 거세게 진원정을 몰아붙이기 시작했다.

순식간에 진원정은 이주문의 공세를 피하기에 급급한 처지가 되었다.

이주문의 초식이 변화하는 모습은 눈부시게 빨랐다. 한순간 뛰어올라 내리 베고는 다음 순간 땅바닥에 낮게 달라붙어 다리를 노린다.

진원정이 처음의 공격에 반응하는 순간 이미 출수했던 초식은 다음 초식으로 바뀌어 두 번째의 공격이 진원정의 반응에서 드러난 허점을 노린다.

간신히 그 공격을 피하려는 순간 다시 이주문의 초식이 변화하여 진원정의 무리한 회피에서 드러난 빈틈을 공략한다.

진원정으로서는 반격할 여유가 없었다.

이주문이 미리 진원정이 회피할 경로를 알고 그에 맞추어 공격을 하고 있었기 때문이다.

진원정은 공세를 간신히 피하고 있으나 오래 버티기는 어려울 것이다.

전황을 바꾸려면 더 늦기 전에 전력을 다해 이주문의 공세를 한순간이라도 멈추게 해야만 할 것이다.

그 대결을 구경하고 있던 이들, 은비연만 빠진 천강파의 삼 대제자 모두가 그렇게 생각하고 있을 때 진원명과 육소정이 연무장에 도착했다.

"진 동생 왔는가? 어제 술이 좀 과하기에 걱정했는데 몸은 좀 어떤가?"

"막내가 챙겨준 덕에 괜찮습니다."

주여환이 안부를 묻는 동안 이미 육소정은 사형제들 사이로 뛰어들어 둘의 대결을 구경하기 시작했다.

진원명 역시 대답을 한 뒤 고개를 돌려 연무장 중앙에서 벌어지고 있는 대결을 바라보았다.

진원정은 완연히 패색이 짙은 상태로 간신히 버텨내고 있었다.

진원명이 고개를 숙이고 한숨을 내쉬자 주여환은 왠지 무안하여 내심 사정없이 몰아붙이는 이주문을 욕했다. 하지만 진원명의 내심은 주여환의 짐작과는 전혀 달랐다.

진원명의 무공은 비록 예전만 못했지만 그 식견마저 사라진 것은 아닌지라 잠깐 보았을 뿐이지만 지금 대결의 숨겨진 양상을 이 자리의 어느 누구보다 잘 파악할 수 있었다.

너무 물렀다. 진원명은 그의 형을 보며 그렇게 느꼈다.

이주문은 매섭게 손을 쓰고 있다.

만약 형의 실력이 부족했다면 이미 이주문에게 크게 낭패한 꼴을 보였을지도 모른다.

하지만 형은 결코 상대방에게 모욕을 주고자 하지 않는다.

얼마 전 있었던 비무대회에서도 형은 자신의 실력을 아낀 채 상대방의 실력에 맞추어 비무를 벌였다.

형의 이토록 여린 마음은 분명 선의에서 비롯된 것이지만 그 선의가 항상 좋은 결과를 거두는 것은 아니다. 그런 유의 선의란 자칫 상대하는 자에게 오히려 모욕이 될 수도 있는 것이다.

특히 지금 보이는 이주문처럼 승부에 진심으로 진지하게 임하는 자에게는 더욱 그렇다.

"이 형이 걱정이군."

진원명의 중얼거림은 낮았으나 마침 곁에 있었던 주여환은 그 말을 들을 수 있었다.

주여환은 의아함을 느끼고 진원명을 돌아보다가 진원명의 심각한 표정을 보고 이내 비무장으로 시선을 돌려 이주문을 바라보며 내심 부르짖었다.

'이 녀석, 좀 살살 하란 말이야!'

대결은 계속되었다.

싸움이 시작된 지 일 다경 정도가 지났을 때, 지켜보던 천강과 제자들의 얼굴에 조금씩 의아함이 감돌기 시작했다.

그리고 싸움이 시작한 지 거의 한 식경(食頃)이 지났을 때, 그 의아함은 경악으로 바뀌어 있었다.

이주문의 검에서는 이미 처음의 기세가 사라져 있었다.

대결의 양상은 처음과 동일했으나 분위기가 처음과 반대였다. 몰아붙이는 이주문이 오히려 피해 다니는 진원정보다 더 지쳐 보였다.

지금 이주문이 펼치는 공격은 승리를 위한 것이 아니라 단지 패배하지 않기 위한 것이었다.

처음에는 분명 진원정이 당황한 모습을 보이고 몇 번의 위기를 간신히 넘기는 듯했다.

하지만 시간이 지나면서 진원정의 방어가 점점 더 안정되기 시작하더니 이제 진원정은 이주문이 펼칠 검술을 완전히 읽고 있는 것처럼 보이고 있었다.

어찌 같은 또래의 청년인 그와 자신의 실력이 이토록 차이가 난단 말인가.

지금의 상황을 도저히 인정할 수 없었던 이주문의 검술이 점점 무모함을 띄기 시작한다.

대결을 지켜보던 주여환이 눈살을 찌푸렸다.

비무가 지금의 상황에 이르게 된 연유를 주여환 또한 이해했기 때문이다.

이주문 대신 자신이 대결했어야 했다.

사부는 다섯 제자에게 각자의 성격에 맞추어 각기 조금씩 다른 특기를 전수했다. 그중 이주문이 배운 연환 공격(連環攻擊)은 가장 공격적인 수법이었다.

연환 공격의 가장 큰 특징은 자유로운 변초였다.

그 변초는 일단 적을 어느 정도 이상 수세로 몰아넣게 된 뒤엔 결코 그 공세에서 빠져나오지 못하도록 적을 점점 더 옭아매어 버리는데, 그것을 방지하기 위해서는 애초에 처음부터 적극적으로 공세를 취하거나 힘으로 적을 압도해 버리는 방법밖에 없었다.

문제는 사부가 이주문에게 전수한 수법에 대한 이주문의 강한 자부심이다.

진원정이 애초에 수세를 취하지 않고 이주문을 압도했더라면 모르겠지만 지금 진원정은 수세인 채로 이주문을 압도하고 있었다.

진원정은 연환 공격이란 수법 자체를 근본부터 파훼(破毁)하고 있는 것이었다.

다른 누군가의 비무였다면 이것은 상대방에 대한 배려라 말할 수도 있었을 것이다. 하지만 그러한 배려는 유감스럽게도 이주문에게는 오히려 독으로 작용했다.

지금 진원정이 보여주는 실력에 걸맞지 않은 소극성 때문에 이주문의 자부심은 완전히 짓뭉개지고 있었다.

그 때문에 이주문은 아직도 패배를 인정하지 못하는 것이다.

이것은 딱히 둘 중 누구의 잘못이라 하기가 어려웠다.

잘못이라면 진원정의 실력이 너무나도 뛰어나서 이주문의 연환 공격이 전혀 통하지 않을 정도였다는 사실과 이주문의 무공에 대한 애착과 급한 성정을 알면서도 이주문과 진원정의 대결을 방치한 주여환 자신에게 있을 것이다.

시간이 흐름에 따라 이주문의 수법은 점점 더 서로가 상하는 상황을 유도하는 방향으로 흐르고 있었다.

진원정의 회피는 점점 더 안정되고 이주문의 공격은 점점 더 불안정해지기 시작하면서 이주문이 공세를 이 이상 이어 가기 힘들었기 때문이다.

이렇게 일부러 양패구상(兩敗俱傷)을 노리는 방향으로 비무를 끌고 가는 것은 이런 식의 친선 비무에서 어울리는 것이라 하기 어려웠으나 이주문은 그런 것을 생각할 여유조차 없어 보였다.

그나마 처음에는 이주문이 조금 더 유리한 입장에서 양패구상의 수법이 펼쳐졌으나 얼마 지나지 않아 양패구상의 수를 펼치면서도 이주문이 오히려 불리한 입장에 놓이기 시작했다.

이주문은 여전히 공세를 이어가고 있었으나 그 공세는 억지에 가까웠다.

이주문이 불리한 입장임에도 진원정이 그의 공격을 받아치지 않고 피해주는 것은 무모하게 달려들고 있는 이주문이 혹시라도 자신의 반격에 상처 입을 것을 염려해서일 뿐이었다.

잠시 후 이주문 역시 그 사실을 느끼기 시작했다.

어느 순간 갑자기 이주문의 검술이 멈췄다.

진원정이 재빨리 거리를 벌린다. 공격을 멈춘 이주문은 잠시 멍하니 서 있다가 갑자기 '왁' 하며 입으로 피를 토하며 쓰러졌다.

천강파 제자들이 놀라 달려온다.

"너의 검술에 대한 강한 자부심이 너에게 득이 된다고 생각했었는데 지금은 도리어 화가 되는구나."

주여환이 안타까운 목소리로 말한다.

무리하여 내상을 입은 것은 시간이 흐르면 낫겠지만 자신의 검술에 가졌던 자신감을 잃어버리게 된다면 그 후유증은 쉽게 치유되기 어려울 것이다.

"이 형, 괜찮습니까?"

진원정이 걱정스러운 표정으로 다가오자 쓰러진 이주문의 상태를 살피던 육소정이 잔뜩 화난 표정으로 일어나 외친다.

"진 대형, 우리가 진 대형에게 소홀하지 않았거늘 어찌 삼사형을 이렇게까지 만들 수 있습니까?!"

육소정의 질책을 들은 진원정이 미안한 마음에 당황하고 있을 때 갑자기 누군가가 육소정의 뒤통수를 쥐어박는다.

"아얏! 왜 그래요, 사사형?!"

육소정이 머리를 부여잡고 소리치자, 머리를 쥐어박은 전운이 대답했다.

"몰라서 묻느냐. 넌 도대체 삼사형이 대결할 때 무엇을 하고 있었느냐?"

"그야 옆에서 구경했죠."

육소정이 머리를 쓰다듬으며 대답하자 전운이 한숨을 내쉰다.

"그렇다면 그 과정 역시 보아서 알고 있을 것이 아니냐? 진 대형이 언제 삼사형을 상하게 하더냐?"

"그, 그건……."

"쯧쯧, 성격 급한 것은 삼사형과 똑같구나."

고개를 내젓던 전운이 진원정을 향해 고개를 숙였다.

"미안합니다, 진 대형. 막내가 아직 철이 없으니 진 대형이 너그럽게 이해해 주시기 바랍니다."

"아닙니다. 저와의 대결 때문에 이 형이 내상을 입은 듯하니 정말 뭐라 사과해야 할지 모르겠습니다."

진원정이 황급히 손을 내젓는다.

"삼사제가 성격이 급해서 스스로 화를 자초한 것이지요.

진 대형의 잘못이 아닙니다. 게다가 정정당당한 대결이었으니 진 대형이 사과하는 것은 사제에 대한 예가 아닙니다."

주여환이 이주문을 들쳐 업으며 그렇게 말했다. 진원정이 여전히 미안한 기색을 감추지 못했다.

문득 주여환은 이주문을 업은 채 뒤를 돌아보았다.

한 가지 의문을 떠올렸기 때문이다.

아까 전 비무를 바라보고 있을 때 들었던 진원명의 한마디는 이런 상황을 예상하고 한 말이었을까?

하지만 주여환의 위치에서는 이주문을 둘러싸고 있는 다른 사형제들에 가려 진원명이 보이지 않는다.

"이사형?"

육소정이 의아한 표정으로 주여환을 바라본다.

주여환은 고개를 한 번 갸웃거리고는 재빠르게 걸음을 옮겼다. 일단 이주문을 의원에게 보인 뒤에 생각할 일이었다.

천강파의 제자들 역시 우르르 그 뒤를 따랐다.

진원정 역시 그들과 함께 떠났기에 잠시 후 연무장에는 진원명만이 남게 되었다.

"결국 이렇게 되고 말았군."

진원명은 잠시 그곳에서 형의 검술을 떠올렸다.

분명 쉬운 승부를 어렵게 이긴 것은 사실이다. 하지만 적의 수법의 단점을 파고들지 않고 오히려 적의 장점과 정면으로 맞서 결국 적의 수법을 파훼한 것은 진정 대단하다 하지 않을 수 없다.

이주문에게 당장 상처가 될지도 모르지만 이런 비무라면 분명 쌍방 모두에게 얻어지는 이득이 있을 것이다.

자신의 우려와 다르게 형이 비무에 보이는 저러한 소극성은 형이 그 순간 이루어지는 승부의 승패보다도 그 승부에서 얻을 수 있는 무의 본질(本質)에 더 집착하기 때문에 보여지는 모습인 것은 아닐까? 잠시 그런 생각을 해보던 진원명은 잠시 후 고개를 흔들었다. 잠시 잊고 있었던 자신의 처지를 떠올렸기 때문이다.

"뭐, 어쨌든 내일이면 이곳을 떠날 수 있겠지."

진원명은 그렇게 중얼거리며 여전히 울렁거리는 속을 부여잡고 숙소로 돌아갔다.

다음날 아침 진원명 형제는 천강파를 떠났다.

이주문을 제외한 삼대제자들이 마중해 주었다.

천강파 제자들의 말에 따르면 이주문의 상세는 그다지 나쁘지 않아 하루 정도 요양하면 괜찮아질 것이라 했지만, 진원정은 시종일관 미안한 기색을 감추지 못했다.

유양까지는 빠른 걸음으로 약 나흘 정도 거리다.

형제는 느긋하게 걸어서 닷새째 되는 날 유양에 도착했다.

유양에 도착한 다음날은 아침부터 비가 내렸다.

객잔 종업원에게 곽무일에 대해 물으니 그가 사는 곳을 가르쳐 주었다.

진원정은 비가 그친 뒤에 찾아가는 것이 좋겠다고 말했다. 진원명도 거기에 동의했으므로 둘은 하루 동안 마을을 돌아다니며 소일했다.

다음날 비가 그치자 형제는 아침 일찍 객잔을 나섰다.

곽무일의 집은 마을에서 조금 떨어진 작은 언덕에 위치해 있었다. 그리고 그곳에 도착해서 곽무일의 집 앞에 서 있는 사람을 보고 진원명은 자신의 눈을 의심했다.

진원정도 어리둥절하여 중얼거렸다.

"이 형?"

"오오, 진 형, 나에게는 인사도 없이 떠나다니 정말로 섭섭했소."

곽무일의 집 앞에 서 있던 이주문이 씩 웃으며 말했다.

진원명은 가볍게 긴장했다. 얼마 전의 비무에 앙심을 품고 그들을 쫓아온 것이 아닌가 의심했기 때문이다.

진원정이 질문했다.

"근데 이 형이 어떻게 이곳에?"

"당연히 진 형을 쫓아온 것이지요. 진 형이 떠난 다음날 말을 타고 사흘을 내달리는 바람에 지금 온몸이 쑤신다오."

"아니, 그보다 왜 저를 쫓아……."

진원정의 말이 채 끝나기도 전에 이주문이 말을 이었다.

"그러고 보니 나뿐만 아니라 사저와 사형도 와 있다오. 데리고 올 테니 잠시만 여기서 기다리고 있으시오."

진원정 형제가 멍하니 서 있는 동안 이주문이 잽싸게 언덕 아래로 사라졌다.

진원명은 이주문의 모습이 적어도 형에게 앙심을 품은 듯 보이지는 않아 안심했다.

잠시 후 이주문이 사라졌던 언덕에서 이주문과 은비연, 주여환이 걸어온다. 주여환이 가볍게 웃으며 입을 열었다.

"진 형, 어제부터 이곳에서 얼마를 기다렸는지 아시오? 진 형이 혹시라도 이곳을 그냥 지나쳐 버린 것이 아닌지 무척 걱정했다오."

"그야… 어제는 비가 그치길 기다렸던 것이지요. 아니, 그보다 왜 날 쫓아온 것이오?"

진원정이 의아한 표정으로 묻자 주여환이 짐짓 서운한 표정을 짓는다.

"섭섭하오. 진 형은 우리와 재회한 게 그다지 반갑지 않은 것처럼 보이는구려."

"내 말은 그게 아니지 않소."

"하하하, 내 설명해 드릴 테니 여기 이렇게 서서 얘기를 나눌 게 아니라 일단 우리가 머무르고 있는 객잔으로 가도록 하지요."

진원정은 하는 수 없다는 표정으로 주여환의 요구에 따랐다.

객잔은 멀지 않은 곳에 있었다.

주여환은 종업원이 내온 차를 한 모금 들이켜고는 곧바로 말을 꺼냈다.

"진 형, 우리가 동행해도 되겠소?"

말하는 시기뿐 아니라 내용 또한 단도직입적이다.

진원정은 곧장 대답하지 못하고 일단 차를 한 모금 더 마셨다.

"…주 형은 내가 무슨 이유로 강호 유람을 나온 것인지 알고 있지 않소?"

주여환이 고개를 끄덕인다.

"알고 있기 때문에 동행하고자 하는 것이오."

"재미도 없을뿐더러 위험할지도 모른다오."

"진 형도 보았다시피 우리 문파는 적이 많으니 오히려 진형과 멀리 여행하는 편이 이곳에 머무는 것보다 오히려 안전할지도 모른다오."

주여환의 결심이 굳은 듯했다.

그들이 동행한다는 것이 싫지는 않았기에 잠시 고민하던 진원정은 가볍게 한숨을 내쉬며 고개를 끄덕였다.

"제가 주 형이 따라오는 것을 어찌 막겠소이까. 다만 나중에 재미없다고 투덜거리지나 마시오."

"하핫, 여행은 사람이 많을수록 더 재미있어지는 법이라오."

주여환이 말하는 동안 옆에서 잠자코 있던 이주문이 안심한 듯 크게 웃으며 종업원을 불러 술을 주문했다.

진원정이 당황하여 저지한다.

"잠시만 기다리시오. 술자리를 하기에는 너무 이르지 않소. 게다가 난 오늘 아침 비무를 신청하러 왔단 말이오. 술자리는 저녁으로 미룹시다."

"물론 알고 있지요. 하지만 비무광 곽 선생은 지금 출타 중이라오. 주변 사람들에게 물어보니 내일이나 모래쯤 돌아오실 거라 하더군요."

"허허, 이 형은 발도 빠르시오."

"그러니 마냥 기다리는 것보다 이렇게 술이라도 한잔 나누며 기다리는 것이 낫지 않겠소이까? 게다가 이렇게 진 형과 재회한 것을 축하하는 의미이기도 하고요. 하하핫!"

"하지만 이런 이른 시간부터 술이라니……."

이주문의 넉살에 진원정이 난감해하고 있는 사이 종업원이 백화주를 내왔다.

처음에는 나온 술을 물릴 수 없다는 이주문의 강압에 못 이겨 어쩔 수 없이 시작된 술자리였지만 어느덧 모두들 분위기에 취해 술을 마시다 보니 어느덧 발밑에 쌓인 빈 백화주 병이 다섯을 넘기 시작했다.

그렇게 시간이 정오가 지났을 때 진원명이 잠시 머리를 식힌다며 밖으로 나왔다.

진원명은 객잔 앞에 놓여 있는 돌로 만든 국화 조각에 걸터 앉아 대로를 바라보았다.

이주문의 반강제적인 권유에 마지못해 적지 않은 술을 마셔 술기운에 얼굴은 달아올라 있었지만 진원명은 스스로의 마음이 차분하게 가라앉아 있다는 것을 깨달았다.

고작 며칠 전까지만 해도 저들과 가까운 곳에 있다는 사실 하나만으로 안절부절못하던 자신이 아닌가? 진원명은 그렇게 생각하며 쓰게 웃었다.

그것을 느낀 것이 정확히 언제였는지 진원명은 기억하지 못했다.

천강파를 벗어난 직후였는지도 모르고 형과 함께 관도를 걸어오던 도중인지도 모른다.

아니라면 이 마을에 도착한 다음날 객점에 앉아 내리는 비를 하릴없이 바라보며 앉아 있던 때였을지도 모른다.

"삼사제가 조금 성급하고 짓궂은 면이 있죠? 하지만 결코 나쁜 뜻이 있어서 그러는 것은 아니랍니다."

진원명이 뒤돌아보았을 때 그곳에는 은비연이 서 있었다.

진원명을 바라보는 은비연의 눈빛은 따스했지만 어딘지 모르게 슬퍼 보였다. 진원명은 잠시 그 눈빛에서 오랜 기억을 떠올렸다.

은비연의 눈빛은 오래전 그가 사랑했던 두 여인의 눈빛을 닮아 있었다.

"저도 그렇게 생각하고 있습니다."

진원명은 곧 상념을 거두고 대답했다.

진원명은 이주문과 같은 성격이 싫지 않았다. 며칠 전의 뼈 아픈 패배를 신경조차 쓰지 않는 듯 보이는 것은 그만큼 성격이 호탕하다는 뜻이리라.

이주문뿐만이 아니었다.

천강파에서 만난 그들 모두가 싫지 않았다.

애초에 그들을 싫어한 적도 없었다. 그들과의 대립은 당시의 그로서는 어쩔 수 없는 선택이었다. 그때의 자신은 복수 이외의 다른 무엇을 생각할 여유가 없었기 때문이다.

그리고 진원명은 지금 자신이 변했다는 것을 느끼고 있었다.

아니, 변해 있는 것은 복수라는 족쇄에 얽매여 있던 예전의 자신인지도 모른다.

이제 자신을 얽매고 있던 복수는 더 이상 존재하지 않는다. 그의 원한 자체가 애초에 일어나지 않은 일이 되어버렸기 때문이다.

그는 이제 더 이상 자신의 원수들에게 복수하기를 원하지 않았다. 그는 단지 그러한 불행이 되풀이되지 않게 되기만을 원할 뿐이다.

하지만 우습게도 진원명은 자신의 평생을 무겁게 옭아매었던 복수라는 족쇄를 풀어버린 지금 그 복수의 정당함에 취해 저질렀던 죄악에 대한 부채가 새로운 족쇄가 되어 다시 자신을 얽어매기 시작하는 것을 느꼈다.

그 족쇄에서 벗어나기 위해 진원명은 그들과 멀어지는 방법을 택했다.

그리고 어느샌가 그 생각이 잘못되었음을 깨달았다.

후련함을 느낀 것은 결국 처음뿐이었다.

진원명은 그들에게서 멀어졌지만 죄책감에게서는 멀어지지 못했다. 그리고 아마도 그 족쇄는 앞으로 평생 그를 무겁게 억누를 것이다.

그렇기 때문에 진원명은 이주문이 그들 앞에 모습을 드러냈을 때 오히려 기뻐했다.

진원명이 그들에게 가한 죄악은 그의 원한과 같았다.

그것은 이제 일어나지 않은 일이 되었다. 하지만 진원명은 복수를 떨쳐 버린 것처럼 자신의 죄책감을 떨쳐 버릴 수는 없었다.

아마도 그 죄책감은 진원명 스스로의 마음에서 비롯된 것이기 때문이리라.

그렇기에 그 죄책감은 진원명 본인이 스스로를 용서하게 되었을 때서야 비로소 떨쳐 낼 수 있을 것이다. 그리고 진원명은 이제 그 방법이 적어도 그들을 피해 도망가는 것은 아니리라는 것을 알게 되었다.

은비연이 진원명이 앉아 있는 곳으로 다가와 진원명처럼

앉기 좋은 돌 조각에 걸터앉아 대로를 바라보았다. 진원명이
물었다.

"그런데 왜 모두들 저희와 동행하기로 한 거죠?"

은비연이 진원명의 얼굴을 돌아보았다.

진원명의 표정에서 질책의 의미를 읽어내지 못했기에 은
비연이 가볍게 웃으며 대답했다.

"그러고 보니 진 공자는 우리가 어째서 동행하고자 했는지
묻지 않았었죠?"

은비연은 고개를 숙이고 잠시 생각하다가 이어서 말했다.

"음, 가장 먼저 말을 꺼낸 것은 삼사제였어요. 삼사제의 성
격이라면 아마 그렇게 될 거라고 생각하고 있었어요. 같은 연
배에 진 공자와 같은 고수가 있으리라고는 생각도 하지 못했
을 테니까요. 삼사제가 말하길, 진 공자를 따르면서 진 공자
의 무공과 자신의 무공이 강호에서 어느 정도 수준인지 확인
해 보고 싶어졌다고 하더군요."

"이 형은 은근히 우리 형과 마음이 잘 맞는지도 모르겠네
요."

진원정이 집을 떠나던 날 했던 말을 떠올리며 진원명이 미
소 지었다.

"그리고 저는 은공을 따라 강호를 돌아다니면서 사부님을
한번 찾아뵙고 오겠다고 했지요."

"사부님께서 천강파에 계시지 않나 보군요."

"전 특별히 천강파 밖에서 다른 무공을 배웠거든요. 그래서 천강파의 무공에는 조금 서툴답니다."

진원명은 고개를 끄덕였다.

은비연은 살수(殺手)다. 그리고 그 사실을 진원명이 알고 있다는 것을 은비연도 알고 있었기에 이렇게 말하는 것이다.

은비연은 얼마 전 숲 속의 싸움에서 스스로의 몸을 은신한 채 진원명이 살법으로 적을 제압하는 것을 지켜보았다.

무가(武家)에서 비밀리에 한두 명의 살수를 키우는 경우는 드물지 않은 일이기에 은비연은 진원명이 어린 나이에 가문을 위해 살수로 키워졌다고 오해한 것이 분명했다.

그리고 살수끼리는 서로의 수법을 더 쉽게 간파하게 마련이다.

때문에 처음 진원명이 이유없이 은비연에게 거리감을 두었을 때 은비연은 진원명이 자신의 은신을 알아채고 그렇게 행동하는 것으로 여겼던 것이다.

진원명은 은비연의 오해와 그 오해로 인해 그녀가 자신에게 보이는 호의가 부담스러웠으나 어떤 식으로 그 오해를 풀어야 할지 알 수 없었다.

"둘째 사제는 장문인께서 일부러 보내신 거예요, 이런 기회에 세상을 둘러보는 것도 좋을 것이라면서."

은비연은 그렇게 말하며 안색을 살짝 흐렸다.

그 표정에서 진원명은 주여환이 혹시 그녀의 감시 역으로 따라온 것이 아닌가 하는 의문을 느꼈다.

진원명은 무슨 말을 해야 할지 몰라 잠자코 대로를 바라보았다.

잠시 후 은비연이 말을 이었다.

"솔직히 말하자면, 전 진 공자가 저희와 동행하는 것을 반대할 것이라고 생각했어요."

방금의 진 공자는 나를 말하는 것인가? 진원명은 잠시 고민했다.

"아까 이 형이 말했듯 여행은 사람이 많을수록 재미있어지는 법이지요."

진원명의 대답에 은비연이 피식 웃었다.

"그 사람이 만약 싫어하는 사람이라면 그렇지 않을걸요?"

"난 누구도 싫어하지 않는데요?"

"피~ 얼마 전까지 진 공자가 나를 바라보던 시선을 보여드리고 싶어지는군요."

은비연의 핀잔에 진원명이 머리를 긁적였다.

싫어해서라기보단 미안해서 얼굴을 마주하기 힘들었던 것이지만 역시 어떤 식으로 오해를 풀어야 할지 알 수 없었기에 진원명은 그냥 입을 다물었다.

"뭐, 어쨌든 다행이네요. 전 진 공자가 나를 싫어하는 거라고 생각했어요. 그래서 진 공자가 반대하면 어쩌나 무척 고민했었는데……. 정말이지, 그 걱정으로 밤잠을 설쳤다고요."

은비연이 '물어내요'라고 말하는 듯한 표정으로 바라본다.

그 표정이 귀엽다고 느끼며 진원명이 말했다.

"하지만 동행을 허락하는 대신 한 가지 조건이 있어요."

"조건이요?"

은비연이 눈을 동그랗게 뜨며 되묻는다.

진원명은 잠시 '음…' 하고 뜸을 들였는데, 그러는 동안 은비연의 표정에 살짝 초조함이 감돌았다.

그것을 본 진원명이 피식 웃으며 말했다.

"절 그냥 편하게 동생이라고 부르는 게 조건이에요. 저도 은 누님이라고 부를게요. 형도 진 공자고 저도 진 공자이니 누구를 말하는 건지 전혀 모르겠잖아요."

은비연이 '물론이지, 동생'이라고 말하며 활짝 웃었다.

第四章 대면(對面)

"하늘이 정해준 인연, 하늘이 정해준 운명. 나는 그런 말을 믿지 않는다. 세상 모든 일의 원인과 결과는 하늘이 아닌 지금 내가 딛고 있는 이 땅 위에 있다고 나는 믿고 있다."

청소만춘천(清笑滿春天)

비무광 곽무일의 집 뒤편엔 꽤 널찍한 공터가 있었다.

곽무일이 항시 그곳에 난 잡풀들을 제거하고 평평하게 다듬어두었는데 그 이유가 가끔 찾아오곤 하는 비무자들을 위한 것이라는 것은 그 주변 마을 사람들 모두가 아는 사실이었다.

그리고 오늘 그 곽무일의 노력이 결실을 맺었다. 이번엔 제법 오래간만의 결실이었다.

"조심하시게!"

소리치며 들어오는 곽무일의 곤봉이 진원정의 왼쪽 허리를 노린다.

진원정이 재빨리 칼을 돌려 막으려는 순간 허리를 노리던 곤봉은 사라지고 대신 곽무일의 왼쪽 다리가 나타나 진원정의 오른쪽 정강이를 때린다.

퍼억!

고통에 신음할 여유는 없었다. 곽무일의 곤봉이 다시 나타나 이번엔 오른쪽 허리를 노렸기 때문이다.

진원정이 오른발을 크게 뒤로 빼며 물러났다.

곽무일의 이어지는 낮은 퇴법을 피하기 위해서였지만 이번에는 곽무일의 다리가 방금 전처럼 낮은 위치에 있지 않았다.

체중을 실은 옆차기가 순식간에 진원정의 몸통으로 날아든다.

퍼억!

진원정은 재빨리 팔로 막았지만 그 힘을 이기지 못하고 뒤로 나뒹굴었다.

"도대체 진 형은 왜 좀 더 적극적으로 공세를 취하지 않는 것이오?"

비무를 지켜보던 이주문이 답답하다는 듯 말했다.

"오래간만의 비무라 기대했는데 실망이군. 공격 한 번 제대로 못해보고 끝낼 셈인가?"

곽무일 역시 비슷한 생각이었는지 몸을 일으키는 진원정을 향해 말했다.

비무가 시작된 이래 근 일 다경 동안 계속해서 진원정이 수세에 몰려 얻어맞고만 있는 형국이었다.

일단 곽무일의 공격이 시작되면 곤봉을 이용해 거리를 좁힌 뒤 들어오는 절묘한 발차기가 진원정에게 전혀 반격할 기회를 주지 않았지만, 곽무일은 어느 정도 이상 승기를 잡은 뒤에는 항상 스스로 물러나 진원정에게 숨을 돌릴 여유를 주곤 했다.

곽무일의 공세를 막을 수 없다면 진원정 스스로가 먼저 공세를 펼침으로써 방법을 찾아야 할 것이 아닌가?

지켜보는 이들 모두가 그렇게 생각했고, 진원정 역시 비슷한 생각이었는지 몸을 일으킨 뒤 곽무일을 향해 말했다.

"용서하십시오. 선수를 취하겠습니다."

"너무 예의를 차릴 필요는 없다네. 마음 편하게 공격하시게."

곽무일이 말했다.

진원정이 살짝 고개를 끄덕이며 자세를 낮춘다.

자세가 안정되고 힘이 느껴지는 것이 상당한 수련을 했음이 분명하다. 그렇게 느낀 곽무일이 진원정에 대한 기대감에 자신도 모르게 얼굴에 미소를 그렸다.

"횡소천군!"

하지만 진원정의 일초를 보는 순간 곽무일의 미소가 사라진다.

진원정이 몸을 빙글 회전시키며 칼을 휘둘러 오고 있었는

대면(對面) 181

데, 그 자세와 동작의 원숙함이 청년의 그것치고 제법 완벽해 보였다.

곽무일이 굳은 얼굴로 곤봉을 내밀었다.

쩌엉!

진원정의 칼이 힘없이 튀어 오른다.

곽무일의 곤봉이 진원정이 휘두르는 칼의 아래 면을 가격했기 때문이다.

곽무일은 강적을 만나서 결코 미소를 잃는 법이 없었다. 곽무일이 남들과의 비무 중에 미소를 잃는 경우는 단 한 가지 경우뿐이었다.

"겨우 그것밖에 안 되는 실력이었는가?"

곽무일의 화난 목소리와 매서운 돌려차기가 함께 진원정에게로 날아든다.

진원정의 휘두른 칼이 이미 방향을 잃은 상태이니 진원정은 그 공격을 막을 수단이 없다.

퍼억!

곽무일과 진원정이 서로 한 걸음씩 물러난다. 그리고 둘 모두 같은 순간에 기침을 터뜨렸다.

"콜록!"

"쿨럭, 쿨럭! 이, 이 녀석, 제법 잔머리가 쓸 만하구나."

곽무일의 얼굴에 미소가 다시 돌아왔다.

진원정이 곽무일의 돌려차기에 똑같은 돌려차기로 맞섰던

것이다. 전혀 예상치 못한 임기응변이 곽무일의 흥을 되살려 주었다.

"저런 상황에서 곽 선배의 수법을 따라할 생각을 하다니 역시 진 형이오."

이주문이 흥분해서 외쳤다.

"그것만 깨달았다면 적어도 한 번은 기회가 있을 텐데……."

진원명 역시 고개를 끄덕이며 낮게 중얼거렸다.

방금 전 진원정의 공격이 단순한 임기응변이 아닌 곽무일의 공격에 대한 실마리를 잡기 위한 시도로 느껴졌기 때문이다.

그리고 그런 진원명을 곁에 서 있는 주여환이 조금 기묘한 시선으로 바라보고 있었다.

두 명의 대결이 다시 이어진다.

진원정의 칼에는 곽무일의 곤봉을 갈라 버릴 만한 힘이 있었고, 곽무일의 곤봉에는 진원정의 칼이 따르지 못할 속도가 있었다.

그 힘과 속도의 대결은 속도의 우위였다. 곽무일의 곤봉은 진원정의 칼과 결코 정면에서 부딪쳐 주지 않았기 때문이다.

단지 진원정이 펼치는 동작의 약점만을 건드려 진원정의 공격을 빗나가게 하는 것으로 곽무일은 한 번의 확실한 기회를 얻을 수 있었다.

이미 진원정의 몸 곳곳이 그 기회를 통한 곽무일의 봉과 다리에 얻어맞아 시퍼렇게 부어올라 있었다.

이래서는 공격을 하는 것이 일부러 빈틈을 적에게 내어주는 꼴이다.

곽무일은 전력을 다하지 않고 있었다.

원래 이런 식의 여력을 두는 비무는 곽무일의 취향이 아니었다. 하지만 진원정이 방금 전 보여준 재치있는 공격에서 받았던 알 수 없는 느낌이 곽무일의 손을 모질지 못하게 하고 있었다.

무엇인가 감춰져 있는 듯한 느낌. 진원정에게서 그런 느낌을 받았다.

전력을 다해서 진원정을 꺾는 것은 진원정이 전력을 다한 모습을 본 뒤여야 할 것이라고 곽무일은 생각하고 있었다.

그리고 어느 순간, 진원정의 검이 사라졌다.

곽무일의 곤봉이 허공을 가로지르는 순간, 진원정의 칼이 허공에서 춤추며 곽무일의 머리를 노리고 있는 것이 보인다.

"허초인가?"

곽무일이 당황하지 않고 진기를 하체로 돌려 자세를 바로 잡음과 동시에 진원정이 내려치는 칼을 곤봉으로 쳐간다.

대응이 좋아 한 발 먼저 곽무일의 곤봉이 진원정의 검면을 때리려는 순간 다시 진원정의 칼이 곽무일의 시야에서 사라졌다.

이번에는 곽무일이 당황했다.

적의 칼은 이미 방향을 바꿔 곽무일의 어깨를 노리고 있다. 팔을 들어 올린 상태라 방어가 어려운 곽무일은 몸을 크게 뒤로 젖히며 그 공격을 피하려 했다.

하지만 그 공격 역시 허초였다.

이미 진원정의 칼은 방향을 바꾸어 낮게 들어오고 있다.

허초와 실초의 경계가 없다. 이게 도대체 무슨 무공이란 말인가?

곽무일이 가까스로 뒤로 공중제비를 돌며 공격을 피해냈을 때 진원정의 칼은 그대로 올려 베기로 이어지며 곽무일의 움직임을 좇았다.

더 이상 튕겨낼 여유도, 피할 공간도 없어진 곽무일은 전력을 다해 단봉을 내려쳤다.

서걱!

단봉 끄트머리가 베어져 나가고 진원정의 올려 베기가 단봉의 힘에 밀려 방향을 바꿨다.

그 순간 재빨리 곽무일이 후소퇴로 진원정의 다리를 노린다. 하지만 진원정은 뒤로 몸을 날리며 곽무일의 공격을 피했다.

"…지금 저 수법, 뭔가 익숙하지 않소?"

진원정의 선전에 흥분해하던 이주문이 이번엔 허탈한 표정으로 중얼거렸다.

방금 진원정이 펼친 수법이 이주문의 연환 공격과 무척 흡사했기 때문이다. 그동안 이 수법을 제법 많이 연구한 듯 동작의 이어짐이 제법 자연스러웠다.

방금 전 큰 위기를 맞이했음에도 곽무일의 입가에는 미소가 더욱 굵어져 있었다.

그의 생각이 맞았다. 진원정은 비장의 한 수를 숨기고 있었던 것이다.

"정말 좋은 공격이었네. 자네의 실력에 대한 답례로 나 역시 이제 전력을 다할 것이니 각오하도록 하게."

곽무일이 자세를 취하며 말한다.

진원명이 그것을 보고 가볍게 눈을 찌푸렸다.

연환 공격은 위협적이었지만 일회용의 수법일 뿐이다.

이주문의 수법을 한 번 보고 그것을 자신의 도법에 응용해 냈다는 것은 놀라웠지만 그 수련 기간이 짧으니 다양한 변초나 적의 대응에 대한 변수를 연구할 시간은 부족했을 것이다.

적이 예상과 다른 경로로 피하거나 한다면 금방 깨어져 버릴 수법인 것이다.

"결국 눈치 채지 못한 것인가?"

진원명이 형에 대한 걱정으로 애간장을 태우는 동안 곽무일의 공격이 시작되었다.

곤봉이 회전하며 진원정의 전신을 쉴 새 없이 노리는데, 바로 곽무일의 절초인 유성망월이었다.

진원정은 곽무일의 곤봉이 마치 수십 개로 늘어난 듯 보이자 어느 곳을 막아야 할지 몰라 순식간에 손이 어지러워졌다.

그리고 그 순간 곽무일의 발차기가 낮게 들어왔다. 이번의 발차기는 결코 막을 수 없다.

퍼억!

진원정이 고통에 입술을 질끈 깨무는 순간 다시 곽무일의 곤봉이 닥쳐 온다.

얻어맞은 다리가 저려와 피하는 것도 쉽지 않다.

진원정이 주저앉듯 자세를 낮추며 칼을 위로 향한다. 전력으로 방어에만 매진하기 위한 자세였지만 그다지 안정되어 보이지는 않았다. 계속해서 힘이 실린 곤봉이 진원정의 칼을 두드린다.

내려치는 공격이라 비록 곽무일의 곤봉이 가벼운 무기였지만 계속된 충격에 진원정의 손이 저려온다.

'과연 대단하군.'

진원정이 내심 감탄했다.

처음부터 이런 식으로 몰아붙이듯 공격을 퍼부었다면 절대 버티지 못했을 것이다.

하지만 지금은 다르다. 마지막의 연환 공격을 통해 곽무일을 이길 수 있는 실마리를 얻었기 때문이다.

그저 막는 것만으로도 힘이 부치는 현란한 곽무일의 곤봉술이었지만 진원정은 그러는 와중에도 최대한 여력을 모으고 있었다.

단 한 번의 기회가 올 것이다. 진원정은 그것을 기다리고 있었다.

사방으로 치달아오는 곤봉을 막아내는 데 얼마의 시간이 지났는지 모른다.

곽무일의 공세가 매서워 손에 감각이 사라지려 할 정도였지만, 아주 짧은 순간 적의 공격이 가벼워지는 느낌을 진원정은 놓치지 않았다.

이것이 만약 손의 둔해진 감각에 의한 착각이라면 다음에 떨어지는 곤봉의 일격을 결코 막지 못할 것이다.

"지금이다."

지켜보던 진원명이 중얼거렸다.

그리고 그 말을 듣기라도 한 듯 진원정은 조금도 망설이지 않고 칼을 전방으로 휘둘렀다.

퍼억!

곽무일의 다리가 진원정의 왼쪽 허벅지를 두들긴다.

얻어맞은 허벅지가 마비된 듯하여 진원정은 바닥에 무릎을 꿇었다.

하지만 시선은 여전히 곽무일을 놓치지 않았다.

곽무일은 진원정에게서 이 장 가까이 물러선 상태였다.

그리고 그 시선은 잘려져 나풀거리는 자신의 가슴 자락을 바라보고 있었다.

"보았소! 방금 진 형이 곽 선생에게 한 방 먹인 것을!"

이주문이 크게 기뻐하며 외쳤고, 진원명이 곁에서 감탄하며 중얼거렸다.

"역시 형은 알고 있었던 것인가?"

"진 동생, 진 형이 무엇을 알고 있었다는 말이지?"

아까부터 줄곧 진원명을 바라보고 있던 주여환의 질문이었다.

진원명이 주여환을 돌아보며 조금 흥분한 듯한 어조로 답한다.

"방금 보았던 빈틈 말입니다. 곽 선생의 곤봉과 퇴법이 이어지는 순간 보이는 빈틈을 알아채고 결국 그 빈틈을 노려 공격을 성공시키지 않았습니까?"

'정말 대단하지 않습니까? 라고 묻는 듯한 시선으로 진원명은 주여환을 바라보았다.

주여환은 고개를 살짝 저으며 허탈한 웃음을 지었다.

그렇게 묻는 진원명이 더 대단하게 느껴졌기 때문이다.

방금 전 진원정이 공격에 들어가는 순간 진원명이 중얼거렸던 말을 주여환은 똑똑히 듣고 있었다.

지난번 진원정과 이주문 간의 비무에서 느꼈던 의심이 이제야 확인된 셈이다. 진원명은 비무의 흐름을 지금 이 자리에 있는 누구보다 정확하게 읽어내고 있었다.

열여섯 살의 어린 나이라고 여기기 힘든 무공에 대한 높은 식견이다.

강호 초출에 비무광을 이겨 버린 청년과 그 청년과 적어도 무공을 바라보는 안목에서는 동급인 소년, 이런 형제가 이제 껏 강호에 별다른 명성도 없이 숨어 있었다.

　"참 세상은 넓군."

　주여환이 투덜거렸지만 그 소리가 나직했기에 진원명은 듣지 못했다.

　"내가 한 방 먹었군."

　곽무일이 잠시 자신의 옷자락을 멍하게 바라보다가 중얼 거렸다.

　"옷자락만을 베었으니 제대로 들어간 공격은 아니었습니 다."

　"아니."

　진원정의 대답을 들은 곽무일이 고개를 들어 진원정을 바라본다.

　"살기가 실려 있었다면 가슴을 베었을 테지."

　고개를 든 곽무일은 웃고 있었다.

　"자네 덕에 큰 깨달음을 얻었네. 정말이지, 큰 은혜를 입은 셈이야. 내가 무엇으로 감사해야 할지 모르겠군."

　경지에 이른 곤봉과 답보 상태였던 퇴법의 부조화. 곽무일 이 가지고 있던 약점의 정체였다.

　퇴법에 일격필살의 위력이 없음에도 계속해서 퇴법을 사 용해 온 것은 지난날의 버릇 때문이다.

이제껏 많은 비무를 치러왔지만 그런 약점을 노린 상대는 없었다. 그러한 빈틈을 꿰뚫을 수 있을 정도의 실력자라면 그런 약점을 노리기보다 곽무일의 곤봉술을 먼저 파훼했기 때문이고, 그렇지 못한 자들 중에는 아직까지 곤법과 퇴법 사이의 빈틈을 발견한 자가 없었기 때문이다.

　곽무일의 감사는 진심에서 우러난 것이었다.

　진원정이 황급히 대답했다.

　"저야말로 선배님과의 비무로 정말 많은 깨달음을 얻고 있으니 손익을 따져 보면 제 쪽이 더 이득일 것입니다."

　"하하하. 그건 아니라고 생각하네만 뭐, 어쨌든 그 말은 나와의 비무가 싫지는 않았다는 말이겠지? 그럼 이대로 끝내기는 아깝지 않은가? 이 비무는 내가 졌지만 그냥 연습 삼아 계속 대련해 보는 것이 어떤가?"

　곽무일이 만족스러운 듯 웃으며 다시 곤봉을 치켜들었는데, 지켜보는 모두가 질린 표정으로 '역시 비무광'이라 중얼거렸다.

　진원정은 고개를 저으며 빙긋 웃었다.

　"곽 선배님이나 저나 아직 패배한 적이 없으니 비무는 아직 끝난 것이 아니지요. 그리고 전 시작한 비무를 중간에 그만둔 적이 없습니다."

　진원정의 대답에 곽무일이 크게 웃으며 곤봉을 마주 부딪친다.

'쩡' 하는 소리가 신호인 듯 두 사람은 다시 어울려 붙기 시작했고, 그 모습을 바라보는 이 모두가 좀 전보다 더 질린 표정으로 '둘 다 똑같군'이라 중얼거렸다.

이후의 비무에서 곽무일은 더 이상 퇴법을 사용하지 않았다. 그것이 바로 곽무일의 약점에 대한 해법이었다.

무인들은 아주 작은 변화로 큰 성장을 이루기도 하는데, 지금의 곽무일이 바로 그러했다. 퇴법에 대한 얽매임을 벗어버린다는 작은 변화는 곽무일의 곤봉의 운용을 더욱 자유롭게 만들었다.

이는 곤봉의 경지에 퇴법이 따라오지 못해 정체되었던 곽무일의 무공에 큰 길을 열어준 것이다.

곤봉술에만 매진하는 곽무일의 공격은 이전보다도 더욱 매서워졌지만 이전과 다르게 동작에 싣는 힘을 크게 줄인 상태였다.

진원정에 대한 감사의 의미이기도 했지만 그보다 곽무일 스스로 자신의 변화된 수법을 시험해 보고 있었기 때문이기도 했다.

분명 그 상대로 진원정은 부족함이 없었다.

방금 전처럼 힘에서 밀리지 않게 된 진원정의 칼은 곽무일의 곤봉이 펼쳐 내는 어떠한 수법에도 적절하게 대응해 내고 있었다.

그렇게 다시 십여 합이 지난 뒤 곽무일이 묻는다.

"왜 아까 펼쳐 보인 그 기묘한 변초는 더 이상 쓰지 않는 것인가?"

진원정이 사실대로 대답한다.

"사실 아까 선배님께 펼쳐 보인 그 수법 하나밖에 연습하지 못했습니다."

대답을 들은 곽무일이 크게 웃는다.

"하하하하! 이거 정말 재미있는 친구로구만!"

둘은 말하면서도 쉴 새 없이 손을 놀렸다.

공터를 휘감는 바람이 더없이 시원하게 느껴진다. 비무광이라는 명성을 얻어서 좋은 것은 오늘 같은 날이 있기 때문이다.

광(狂)이라는 별호를 얻었다는 것은 그가 보통 사람들이 이해할 수 없는 부분을 가지고 있다는 얘기이리라.

곽무일에게는 그것이 바로 비무였다.

곽무일은 비무를 광적으로 좋아했다.

그 광적인 취향은 변변찮은 삼류의 무공만을 수련한 그를 일류고수의 반열에까지 올려놓았지만 그 대신 그를 세상과 단절시켰다.

그에게는 친구가 많지 않았다.

곽무일에게 벗이란 그의 조금은 어긋난 취향을 이해하고 공유해 줄 수 있는 사람이어야 했다. 때문에 곽무일의 얼마 안 되는 벗들은 모두 비무를 통해 알게 된 자들뿐이었다.

그리고 지금 자신에게 칼을 휘두르고 있는 이 젊은 청년 역시 자신의 그러한 벗 중 하나가 될 것임을 곽무일은 오랜 경험으로 느낄 수 있었다.

그것이 지금 곽무일의 호쾌한 웃음이 끊이지 않는 이유였다.

그와 조금 달랐지만 진원정의 얼굴에도 만족스러운 미소가 떠올라 있었다.

어느덧 태양이 중천을 지나 서편으로 기울기 시작했다. 이후 두 사람의 비무는 서로가 탈진해서 쓰러질 때까지 계속되었다.

그날 저녁 곽무일이 앞마당에 묻어두었던 소흥가반주(紹興加飯酒)를 파냈다.

이주문이 가장 기뻐했다.

술잔이 몇 순배 돌고 나자 그렇지 않아도 피곤한 상태였던 진원정은 정신을 차리지 못했다.

"진 형, 오늘 내 수법을 가지고 그토록 이득을 보았으면서 나한테 술 한잔 건네지 않고 뻗어버릴 생각이오?"

이주문이 웃으며 다그치자 반쯤 쓰러져 있는 상태의 진원정이 고개를 설레설레 내젓는다.

"지금 내 몸이 내 몸이 아닌 듯하오. 한 번만 봐주시구려, 이 형."

"여기 곽 선배님은 멀쩡한데 어찌 진 형만 그러는 것이오. 누가 보면 진 형 혼자 비무한 것으로 알겠소이다."

이주문이 짐짓 심각한 표정을 지으며 진원정을 놀린다. 지켜보던 곽무일이 껄껄 웃으며 술을 들이켠다.

곽무일은 성격이 소탈하고 격식에 얽매이지 않아 술자리의 분위기는 무척 화기애애했다.

"관에서 무림인 간의 다툼에 대한 단속이 심한데 곽 선배님께는 별다른 해가 없으셨는지요?"

주여환이 술잔을 들어 올리다가 문득 생각났다는 듯 묻는다.

곁에서 진원정에게 권하는 술을 거절하는 것은 절대로 사내가 아니라는 둥, 사양하면 사내가 맞는지 힘으로 확인해 볼 것이라는 둥의 말을 하고 있던 이주문이 주여환의 말을 듣고 맞장구를 쳤다.

"그러고 보니 저도 신기하게 생각했습니다. 아무리 물렁하다고 해도 곽 선배님 정도의 명성을 얻게 되면 관에서도 모를 리가 없을 텐데요."

이주문의 관심을 벗어난 진원정이 뒤에서 안도의 한숨을 내쉬는 것을 본 곽무일이 다시 껄껄 웃다가 이내 고민에 잠겼다.

"음, 그걸 어떻게 설명해야 할지 난감하군."

잠시 머리를 감싸고 고민하던 곽무일이 이내 입을 열었다.

"이 이야기부터 해야겠구만. 예전부터 관과 무림이 서로 관여하지 않는 것은 불문율처럼 전해져 내려오는 원칙이었지. 하지만 명나라가 건국된 이후로 사실상 이런 불문율은 깨졌다네. 자네들은 그 이유가 무엇인지 아는가?"

"백련교 때문이 아닙니까? 백련교의 잔당들을 소탕하기 위한다는 명목이 황실의 무림에 대한 간섭의 빌미를 주었다고 하더군요."

주여환의 대답에 곽무일이 고개를 끄덕인다.

"맞는 말일세. 다른 문파들과 성격은 많이 달랐어도 백련교 역시 무림의 일문으로 취급되고 있었으니 그들이 일으킨 난으로 인해 한 나라가 멸망에까지 이르렀다는 것은 분명 황실로 하여금 무인들에 대한 큰 두려움을 느끼게 만들었겠지. 무엇보다 홍무제가 그 난을 이용하여 명나라를 건국했으니 홍무제 스스로가 누구보다 백련교의 무서움을 잘 알았을 것이네. 그 두려움이 바로 이후 명 황실의 지속적인 무인 탄압의 배경이 된 것이지. 하지만 지금의 영락제에 이르러서는 그 성격이 바뀌었다네. 정확히는 황실의 무인 탄압은 영락제에 이르러 끝났다고 봐도 과언이 아니라네."

이주문이 고개를 갸웃거리며 말했다.

"영락제가 즉위한 뒤로 황실의 무인 탄압은 예전보다 더 심해졌다고 들었는데요."

"지금 세상에는 제대로 된 무인들보다 그렇지 않은 무인들이 많기 때문이지!"

곽무일의 목소리에 힘이 실린다.

"영락제는 참으로 뛰어난 인물이라네. 야심이 있고 그 야심을 실행에 옮길 수 있는 재능과 대담함이 있었지. 그런 그가 당금의 무력하기 그지없는 무림을 두려워할 이유가 있겠나? 지금 세상은 무예를 배우려는 자들을 바보 취급 한다네. 과거 유명했던 고수들은 후학들을 남기지 못했고, 천하에 이름을 드높이던 절기들은 대부분 그 맥이 끊겼네. 이곳에 자네들과 같은 젊은 비무자가 찾아온 것이 도대체 얼마 만인지 모른다네."

곽무일이 잠시 목이 타는 듯 술잔을 들어 한 모금 들이켜고는 말을 이었다.

"진정 무(武)로서 이름난 무관이나 도장들은 대부분 문을 닫았지. 각 지방의 이름난 대문파들은 황실의 트집이 무서워 제자들을 단속하기에 바쁘다네. 그나마 당대에 무인들이 활발하게 활동하는 세력은 한 지방의 상권을 거머쥐고 그 지방의 관과 손잡은 중소 방파들뿐이지. 황실의 탄압에 대해 방패막이가 되어줄 수 있는 것이 바로 그 지방의 관리들이기 때문이라네. 그렇기 때문에 수많은 무림 방파들은 살아남기 위해 하는 수 없이 그 지방 관부의 개가 되었네. 그리고 지금의 황실에게 탄압당하고 있는 것 역시 바로 그들이지."

"막북정벌(莫北親征) 때문이군요."

주여환의 말에 곽무일이 고개를 끄덕인다.

"자네도 알고 있는 듯하구만. 영락제는 즉위 이후 계속해서 북벌을 추진해 왔지. 그 때문에 황궁마저 북평으로 옮길 정도로 영락제의 북벌에 대한 의지는 확고했네. 전쟁을 하는 데에는 많은 물자와 자금이 필요하네. 그리고 중원의 자금과 운수를 손에 쥐고 있는 상단들은 그 배후에 방금 얘기한 중소 방파들을 두고 있지. 그리고 그 중소 방파들은 그 배후에 지방 관료들을 두고 있다네. 지금 중원의 사정은 황실과 지방 관료들의 상권 다툼에 무림 방파들이 사이에 끼어 두들겨 맞고 있는 형국이지. 참으로 우습지 않은가?"

곽무일이 답답하다는 듯 술을 따라 단숨에 쭉 들이켰다. 곽무일의 이야기는 주여환이나 진원정 일행에게 있어 남의 이야기가 아닌지라 잠시 모두 말을 잃은 채 생각에 잠겼다.

"그렇다면 곽 선배님에게는 관에서 아무런 문책도 없었던 것인가요?"

진원명의 질문이었다. 곽무일이 고개를 끄덕이며 대답한다.

"그렇다네. 더 이상 황실은 무인들을 탄압하지 않는다네. 더군다나 나처럼 싸울 줄만 알지 상권이나 이권 같은 분야에는 어두운 사람에게 뭐 얻어갈 게 있다고 문책을 하겠나?"

"선배님께서 어둡다 하시면 저는 장님이라고 해야 할 듯합니다."

이주문이 감탄했다는 듯한 표정으로 말하자 곽무일이 껄껄 웃는다.

"이보게, 자네에게 말한 것이 내가 아는 전부라네. 자네도 이제 내게 들어 알았으니 나와 똑같아진 셈이군."

이주문이 어리둥절한 표정으로 바라보자 곽무일이 말을 이었다.

"내 솔직히 고백하겠네. 나에게 세상 돌아가는 사정에 밝은 친구가 한 명 있다네. 지금 한 이야기 역시 그 친구에게 들은 것이지. 그 친구도 비무를 무척 좋아하는 데다 이곳에 멀지 않은 곳에 살고 있으니 꼭 한 번 들러보도록 하시게. 그 친구의 이름은 문종도라 한다네."

"제가 견문이 어두워 문 선배님의 이름을 들어본 적이 없는 듯합니다."

진원정이 조금 난감한 기색으로 말하자 곽무일이 손을 내젓는다.

"아닐세. 솔직히 요즘에는 이름난 고수들이 드물기도 하지만 문종도 이 친구는 애초에 명성에 관심이 없다 보니 이름을 아는 이가 나 이외에는 거의 없을 것이네. 참으로 아까운 인재인데 세상에 뜻을 두지 않으니. 쯧쯧. 그 친구는 장사(長沙)에 살고 있다네. 내 간단히 약도를 그려주도록 하지."

이후로 한 시진 동안이나 계속된 술자리가 끝났을 때 곽무일은 약속대로 문종도의 거처를 그린 간단한 약도를 그려주고는 늦었으니 자신의 집에서 자고 가기를 청했다.

사람을 시켜 일행의 짐을 모두 가져오도록까지 하니 일행으로서는 차마 거절할 수가 없었다.

다음날 일행이 장사로 떠날 때 곽무일은 마을 외곽까지 따라 나와 배웅하며 진원정에게 비무행을 마치고 돌아오는 길에 꼭 다시 들러주기를 거듭 당부했다.

진원명은 곽무일이 진정 진원정이 떠나는 것을 아쉬워하는 것을 느낄 수 있었다. 그것은 떠나는 진원정 역시 마찬가지이다.

단 하루 만에 이토록 서로를 가깝게 느끼게 된 것인가? 서로 무공을 겨루었다는 사실 때문에?

진원명은 이해하기 어려웠다.

장사로 향하는 길을 걸으며 한참을 고민하던 진원명이 물었다.

"누가 보면 오랜 지기로 알겠는걸? 형은 어제 술자리에서도 곽 선배님이랑 대화 한 번 제대로 나누지 못했잖아. 언제 그렇게 친해진 거야?"

일행의 선두에서 걷던 진원정이 걸음을 늦춰 진원명의 보조에 맞추었다.

"글쎄……."

진원정이 말을 흐리자 뒤쪽에서 걷던 이주문이 재빨리 진원명을 따라붙으며 말했다.

"진 동생, 그건 내가 말해주도록 하지. 무인들 사이에 이루어지는 대결이란 말이야, 아주 짧은 순간 이루어지지만 그 짧은 순간 두 사람 간에 수백 마디의 대화를 나누는 것이나 마찬가지거든. 서생이 글로써 자신을 표현하고 악사는 음으로 자신을 표현하듯 무인은 칼로써 자신을 표현하는 것이지. 혹시 진 동생은 백아(伯牙)와 종자기(鍾子期)의 고사를 들어보지 못했나? 백아가 자신의 음악을 알아주는 종자기를 진정 친구로 여겼듯 무인에게는 자신의 무를 알아주는 자야말로 진정한 친구라는 것이지. 그렇지 않소, 진 형?"

진원정이 고개를 끄덕였다.

"뭐, 이 형의 말이 맞는 듯하오. 음, 그러니까 왠지 비무가 뒤로 갈수록 곽 선배의 봉이 마치 나에게 대화를 거는 듯한 느낌을 받았었소. 한참을 그렇게 서로 무기를 나누다 보니 곽 선배에게 왠지 모를 동질감 같은 것을 느꼈다오. 그리고 생각했지요. 이 사람과는 아마도 좋은 친구가 될 수 있을 것 같다고요."

이주문이 고개를 끄덕인다.

"확실히 요즘 같은 세상에 비무행을 나오는 것을 보면 진 형도 곽 형 못지않게 비무를 좋아하는 것이 분명하니 아마 서로 궁합이 잘 맞았을 것이오. 마지막에 그 대충대충, 아니, 뭐랄까… 여유있는 분위기의 비무를 펼친 것이 그 때문인 것이었구려. 지켜보면서 왠지 모르게 두 사람이 잘 어울리는 것처럼 느껴져 보기 좋았다오. 하하하!"

"삼사제는 마지막에 졸았던 것으로 기억하는데?"

주여환이 뒤에서 참견했다. 이주문이 손을 내저으며 수습한다.

"아하하, 그럴 리가요. 아마 사형이 잘못 본 것이겠죠."

"코까지 골던걸?"

"으윽! 그럴 리가 없소! 이것은 모함이야!"

사형제가 투닥거리는 곁에서 진원명은 생각에 잠겨 있었다.

무공을 겨룸으로써 서로를 이해하고 친구가 된다는 것은 자신에게는 전혀 해당이 되지 않는 얘기였다.

형이 특별한 것일까, 아니면 자신이 이상한 것일까?

진원명에게 무공이란 목적이 아닌 단지 수단이었다. 무공이 좋아서가 아니라 자신의 목표를 위한 수단으로써 어쩔 수 없이 익힌 무공이니 자신을 비록 일신에 고강한 무예를 지녔지만 제대로 된 무인이라고 말하기는 어려울 것이다.

아마 그 때문이 아닐까?

무인답지 못한 무인이 제대로 된 무인을 이해할 수 있을 리 없지 않은가?

진원명은 문득 은비연을 돌아보았다.

은비연이 진원명의 시선을 느끼고는 빙긋 웃어 보인다.

살수라는 직업과 전혀 어울리지 않아 보이는 살수. 그녀라면 자신을 이해해 줄 수 있을까?

진원명은 문득 이제껏 그녀가 자신에게 보였던 호의를 이해할 수 있을 것 같은 느낌을 받았다.

그녀는 외로웠을 것이다.

그녀를 좋아하고 아껴주는 사형제들과 항상 함께하면서도 그녀는 항상 스스로를 숨기며 살았을 것이다.

이제껏 누가 진정한 그녀의 모습을 이해하고 바라봐 줄 수 있었겠는가.

진원명은 수많은 시간을 함께해 왔을 그들 사형제들보다 오히려 자신이 은비연을 더 잘 이해하고 있는지도 모른다는 느낌을 받았다. 진원명은 은비연의 웃음을 바라보며 묘한 친근감이 일어나는 것을 느꼈다.

진원명은 은비연을 향해 마주 웃어 보였다.

그 웃음은 유쾌했다. 이 형의 말대로 상대방을 이해함으로써 친구가 될 수 있다면 은비연과 자신 역시 친구라 할 수 있지 않을까?

진원명은 그 유쾌함을 통해 자신이 진원정과 곽무일의 사귐에 이토록 의문을 느꼈던 이유 또한 알 수 있었다.

진원명은 오랜 세월 동안 혼자였다.

그의 주변엔 그를 증오하는 자들과 그를 포섭하려는 자들, 그리고 극히 드물기는 했으나 그를 동경하는 자들이 있었지만 그중 어느 누구도 자신을 믿고 이해해 주지는 못했다. 그것은 한때나마 그의 아내였던 수연 역시 마찬가지였다.

예전의 자신은 그러한 사실에 관심을 두지 않았다.

하지만 그런 그에게도 십육 년이란 오랜 세월의 고독은 가슴속에 작지 않은 앙금을 남겨두었음이 분명했다.

자신이 진원정과 곽무일의 사귐에 의문을 느꼈던 것은 짧은 사귐을 통해 이토록 서로를 신뢰하고 이해하는 듯 보이는 진원정과 곽무일에게서 부러움을 느꼈기 때문일 것이다.

"진 형, 사형의 말은 모함이라오. 절대로 믿어서는 안 되오!"

곁에서는 이주문이 아직도 강력하게 항변하고 있었다. 진원정이 괜찮다는 듯 손을 저었다.

"이 형이 졸았다고 해도 괜찮다오. 그날은 날이 따뜻해서 잠이 올 만도 했지요."

"진 형도 네 말은 믿지 않지 않는다는구나."

주여환이 진원정의 말을 그처럼 해석했다.

"그, 그러는 사형도 분명 어제 옆에서 졸린 듯한 눈으로 하품하는 모습을 내 분명히 본 기억이 있소이다."

"허허, 진 형은 뙤약볕 아래에서 그 고생을 하였는데 너는 그동안 내내 옆에서 졸고는 저녁에 피곤해하는 진 형을 정말 무척이나 괴롭혔었지. 쯧쯧."

주여환이 곁에서 다시 운을 떼운다.

진원정이 그 말에 새삼 어제저녁 술자리의 기억을 되살리며 노려보자 이주문이 외로운 울음으로 화답했다.

"내 편이 되어줄 의인이 아무도 없구나. 아우우!"

곁에서 걷고 있던 진원명은 문득 의문을 느꼈다.

모두가 형의 비무를 중간까지 지켜본 것은 분명히 기억이
난다.

그렇다면 그 뒤는? 어제 곽 선배의 집 뒤뜰에서 무슨 일이
일어났었지?

이윽고 기억을 돌이켜 보던 진원명의 머릿속에 어렴풋한
기억의 단편들이 떠돌기 시작한다.

어제 비가 온 뒤의 유난히도 맑았던 하늘, 봄날의 나른하게
내리쬐는 햇살 아래 점점 더 지루하게 이어져 가는 비무, 곁
에는 하품하는 주 형과 이 형이 있었고, 은 누님은 아예 보이
질 않았다.

이럴 때 여자란 편리하구나. 다 큰 여인이란 잠시 자리를
비워도 추궁할 수가 없지 않은가?

진원명은 자리를 비운 은비연을 부러워하며 다시 비무를
바라보았다.

두 사람의 움직임은 마치 춤과 같았다.

서로 즐거워 못 견뎌하는 듯한 저 표정을 본다면 누구라도
저 두 명이 비무가 아닌 검무를 추는 것으로 생각했을 것이
다.

마치 나비와도 같은 움직임. 서로 마주쳤다 떨어지는 두 인

영의 그림자는 가볍게 펄럭이는 나비의 양 날개였다.

그림자가 나풀거리고 날개가 나풀거린다.

나풀거리는 날개의 움직임에 호흡을 맡기기 시작한 진원명은 얼마 후 잠에 빠져들었다.

거기까지 기억해 낸 진원명은 잠시 이주문을 돌아보았다.

'이 형, 미안하오. 사실 나도 공범이었구려'.

하지만 그 고백은 진원명의 머릿속을 벗어나지 않았다. 굳이 스스로 자기 무덤을 팔 필요는 없는 일이다.

진원명은 그보다 다시 기억을 돌이켜 보았다.

분명 그 뒤에도 무언가가 있는 것 같은 느낌이 있었다.

다시 날개가 나풀거린다.

나풀거리는 날개의 움직임은 점차 빨라지는 듯했다.

그리고 어느 순간 날개의 움직임이 보이지 않을 정도의 수준에 이르렀을 때 나비는 날아올라 눈앞에서 사라져 갔다.

진원명은 잠시 잠에서 깨어났다.

그의 눈앞에 진짜 나비가 한 마리 앉아 있다가 날아갔기 때문이다.

진원명이 반쯤 감긴 눈으로 바라본 정면에는 아직도 곽무일과 진원정 두 그림자가 어울려 날갯짓을 하고 있었다.

그리고 하품을 내뱉으며 돌아본 진원명의 곁에는 분명 지금 열심히 다투고 있는 두 사형제가 서로 어깨를 기댄 채 졸고 있는 모습이 있었다.

기억을 떠올린 진원명이 키득키득 웃기 시작했다.

주여환과 이주문은 말다툼을 벌이느라 바빴고, 진원정은 갑자기 웃기 시작한 진원명을 이상한 표정으로 내려다보았다.

어제 진원명은 그 모습을 보고 다시 잠들 기 전 이렇게 생각했었다.

'참으로 다정해 보이는 사형제가 아닌가?'

소요장강(逍遙長江)

주루의 창밖으로 내려다 보이는 장사(長沙)의 밤거리는 호화로웠다.

거리 곳곳에 늘어선 좌판(坐板)들과 그 사이를 오가는 수많은 사람들, 그리고 그 떠들썩한 분위기. 무엇보다 지금 창문 바로 아래에서 예인(藝人)들이 펼쳐 보이는 신기한 공연들은 보는 이로 하여금 절로 흥이 솟도록 만들어주는 듯하다.

그 모습을 내려다보며 이주문이 말했다.

"그러니 이제 그만 우울한 마음은 떨쳐 내고 인상 좀 펴는 게 어떻겠소, 진 형. 내 일부러 웃돈을 얹어서 공연이 벌어지는 곳 바로 위층에 자리를 잡았단 말이오."

진원정이 대답없이 멍하게 생각에 잠겨 있다가 곧 주변의 시선을 느끼고는 말했다.

"아, 미안하오. 이 형, 뭐라 말했소?"

"아니오, 진 형. 술이나 마십시다."

이주문이 한숨을 내쉬며 대답했다.

오늘 진원정은 내내 저런 모습이었다. 멍하게 무언가를 계속 생각하고 있는 듯한 모습.

"창밖에 예인들이 보이는구려. 오늘은 제법 자리 운이 좋은 모양이오."

진원정이 문득 창밖을 바라보더니 감탄하였다.

이주문은 잠시 허탈한 표정으로 애꿎은 천장을 바라보다가 대답없이 술잔을 들이켰다.

"지금 공연하는 예인들의 실력이 제법 볼 만하다 하오. 그러니 오늘은 저들의 재주를 안주 삼아 기분 나쁜 일일랑 모두 잊고 원없이 마셔봅시다."

이주문의 마음을 짐작할 수 있었던 주여환이 진원정의 말을 대신 받았다.

사정을 모르는 진원정이 껄껄 웃는다.

"요즘 주 형이 뭔가 우울한 일이 있나 보오. 술자리에는 절대 비밀이 없는 법이니 어디 오늘 한번 허심탄회하게 내게 털어놔 보시오."

이번에는 주여환이 애꿎은 천장을 바라보다가 대답없이

술잔을 들이켰다.

잠시 다들 말이 없자 진원정이 그제야 뭔가 주변 분위기가 수상하다는 사실을 눈치 챈 듯 곁에 앉은 진원명에게 나직한 목소리로 묻는다.

"분위기가 이상한데, 뭔가 내가 모르는 기분 나쁜 일이라도 있었던 거야?"

그 말을 들은 진원명이 이주문과 주여환의 전철을 똑같이 따랐다.

목을 타고 넘어가는 청주의 시원함이 진원정의 말을 듣고 답답해진 가슴을 조금은 시원하게 해주는 듯하다.

그런데 정말 모르고서 하는 말인 것인가?

                    *   *   *

일행은 사흘 전 장사에 도착했다.

장사는 일행이 여행을 떠난 후 접한 가장 번화한 도시였다. 일행은 처음 이틀을 주변의 명승고적(名勝古蹟)들을 찾아다니며 보냈고, 그다음 하루는 곽무일이 가르쳐 준 문종도란 사람의 집을 찾는 데 보냈다.

문종도의 집은 상당히 외진 곳에 위치해 있었기에 일행은 그 근처에서 하루를 머문 뒤 오늘 오전 문종도의 집을 찾아갔다.

문종도는 곽무일보다 좀 더 나이가 들어 보였고, 가볍게 인상을 쓰고 있는 모습이 왠지 성격이 괴팍할 듯했다.

그는 곽무일이 써준 서신을 보더니 일행의 소개조차 듣지 않은 채 아무 말 없이 일행을 뒤뜰로 데려가 그곳에 세워진 봉을 들고 말했다.

"누가 덤빌 텐가?"

진원정이 칼을 빼 들고 앞으로 나섰다.

나서는 순간 곧바로 비무는 시작되었다. 인사치례나 시작하자는 말도 없이 문종도가 곧바로 봉을 찔러왔기 때문이다.

진원정은 당황했다.

봉이 물결치고 있었다. 문종도의 손아귀에서 시작하는 파문이 작은 물결이 되어 봉끝으로 번져 나간다.

물결은 봉끝으로 갈수록 그 크기를 더해갔는데, 그 물결의 끝자락이 향하는 방향을 도저히 가늠할 수 없었기에 진원정은 칼로 문종도의 봉을 막으려는 생각조차 하지 못한 채 계속해서 뒤로 물러설 수밖에 없었다.

잔잔했던 물결은 서로 중첩되고 이어지더니 어느덧 거센 파도가 되었고, 그 파도가 중첩되어 거대한 해일이 되었다.

연이어 들어오는 세 번의 해일을 견뎌낸 뒤 진원정은 더 버티지 못하고 무기를 잃었다.

처음 비무가 시작된 뒤로 진원정이 패배하기까지 그 시간은 일각을 채 넘기지 못했고, 공세는 이십 초를 넘지 못했다.

"곽 형과 대등하게 싸웠다기에 기대했건만, 생각만큼 대단한 실력은 아니로군."

문종도가 봉을 다시 세워두고 그렇게 말했다.

진원정은 망연자실한 표정으로 자신의 찢어진 손바닥을 내려다보고 있었다.

상대가 좋지 않았다.

지켜보는 진원명은 그렇게 생각하며 눈살을 찌푸렸다. 저자의 무공은 지금 보여주는 수준이 전부가 아니었다.

문종도는 봉 안에서 진기를 끊임없이 회전시키고 있었다. 그 수법은 자신이 수련한 마공과도 비슷한 부분이 있었는데, 저 정도로 봉이 심하게 요동칠 정도로 많은 진기를 봉 안에서 제어할 수 있다는 것은 진정 엄청난 실력이라 할 수 있었다.

조금이라도 조율이 어긋난다면 흐르는 진기에 자신의 봉이 버티지 못하고 부서져 버렸을 것이다.

저런 고급의 운용을 이용한 수법이 저런 단순한 봉법에 그칠 리 없다.

진원명은 기쁨과 섬뜩한 느낌을 동시에 받았다.

지금껏 그는 마공을 자신의 체내에서 운용하여 흐름을 일으키는 방법만을 궁리해 보았지 저처럼 진기의 흐름을 외부의 사물을 대상으로 유도하는 방법을 생각해 본 적은 없었다.

분명 운용에 많은 제한이 가해지고 위력 역시 떨어질지 모르지만, 그러한 방법이라면 지금 자신의 몸 상태로도 행하는 것이 가능하다.

바로 그것이 진원명이 느낀 기쁨의 이유였다.

그리고 진원명은 그 수법에 누구보다 익숙했기에 그 수법이 가진 위력 역시 누구보다 잘 알고 있었다.

거칠게 요동치는 봉은 그만큼 거대한 기의 흐름이 봉을 타고 날뛰고 있음을 의미했다. 만약 그 기가 진원정에게로 방출되기라도 했다면 그 공격을 막아낼 방법이 없는 진원정은 죽거나 큰 부상을 입을 수밖에 없었으리라.

그리고 그것이 또한 방금 전 진원명이 느꼈던 섬뜩함의 이유였다.

진원명은 문종도의 정체에 의문을 느꼈다.

추측하건대 문종도 정도의 실력이라면 천하에 적수가 드물 것이다. 곽무일 정도의 실력으로는 문종도가 진짜 실력을 발휘한다면 결코 상대가 될 수 없다.

곽무일이 그러한 사실을 언급하지 않고 자신보다도 실력이 떨어지는 진원정을 이곳에 보냈다는 것은 곽무일 역시 문종도의 진정한 실력을 몰랐다는 이야기가 아닌가? 그렇다면 문종도에게는 자신을 숨겨야 할 뭔가 개인적인 사정이 있는 것일까?

하지만 의심은 금방 사그라졌다. 문종도가 적어도 자신이 찾는 적은 아니라는 생각이 들었기 때문이고, 문종도가 이어 '뭐, 나름대로 오래간만에 즐거웠네' 라고 전혀 즐거워 보이지 않는 표정으로 말한 뒤 곧바로 집 안으로 들어가 버렸기 때문이다.

문종도가 아무리 일행보다 나이가 더 많다 하더라도 예의에 맞는 행동이라 할 수는 없는 것이었기에 진원명은 조금 불쾌감을 느꼈으나 곧 잊어버렸다. 어차피 이제 그들은 문종도를 다시 볼 일이 없으리라.

진원명은 적어도 자신이 찾는 적들에 관해 한 가지만은 확실하게 기억하고 있었다. 바로 그들이 사용했던 무공이다.

습격자들은 모두 동일한 무공을 사용하고 있었고, 처음 보는 그 무공은 무척 독특하고 매서웠다.

아무리 보아도 방금 전 문종도가 사용한 무공은 그때 보았던 흉수들의 무공과는 너무도 판이하게 달랐다.

어쨌든 그 패배 이후로 진원정은 계속해서 이렇듯 정신이 나간 듯한 모습을 보이고 있었다.

때문에 오늘 야시장이 선다는 말을 들었을 때 일행은 진원정의 상심한 마음을 달래주기 위해 일부러 가장 번화한 거리 한복판의 주루를 찾았던 것이다.

다들 말이 없자 진원정은 이번엔 은비연을 바라보았다. 은비연이 진원정의 시선을 느낀 듯 창밖에서 공연하는 예인들을 바라보던 시선을 진원정에게 향한다.

뭐라고 물어야 하나…….

진원정이 잠시 고민했다.

은비연은 조금 가까이 하기 어려운 성격이었다.

말이 적고 자신의 의사를 잘 드러내지 않았기 때문이다.

요 며칠 장사를 유람하며 진원명과는 무척 친해진 듯 보였지만 자신과는 그다지 많은 대화를 나누지 못했다.

"문 선배님의 무공은 대단하더군요."

말을 꺼낸 것은 오히려 은비연 쪽이었다.

이건 너무 직접적이 아닌가?

은비연과 진원정을 제외한 나머지 일행이 흠칫 놀라며 진원정의 눈치를 살핀다.

"저도 그렇게 느꼈습니다. 정말이지, 아무런 빈틈도 보이질 않았습니다."

진원정이 작게 고개를 끄덕이며 대답한다. 은비연이 다시 물었다.

"진 공자는 그 승부에 승복하시나요?"

"압도적인 승부였으니 승복하지 않을 까닭이 없지요. 하지만……."

진원정이 그렇게 말하고 또다시 생각에 잠긴다.

조금 전부터 나머지 일행, 특히 이주문이 옆에서 계속 은비연에게 눈치를 주었으나 은비연은 신경 쓰지 않고 말을 이었다.

"무언가 그 비무에 승복하기 어려운 이유가 있나 보죠?"

"음, 사실은 비무 도중 무언가 이상한 느낌을 받았습니다."

"이상한 느낌?"

진원정이 살짝 눈살을 찌푸리더니 자신의 앞에 놓인 술잔을 비우고는 이어서 말했다.

"이것을 뭐라 말해야 할지 모르지만… 문 선배님의 흔들리는 봉을 보며 그 봉의 움직임이 음… 기묘한 변초 이상의 무엇인가를 가지고 있는 듯한 느낌을 받았습니다."

진원정의 말을 듣던 진원명의 눈이 순간 크게 뜨여진다.

"옆에서 지켜보는 것만으로도 정말 소름 끼치는 변초였는데, 그 이상 무엇이 더 있다는 것이오?"

이주문이 의아하다는 듯 묻는다.

"그래서 나도 그 느낌이 무엇인지 오늘 하루 종일 생각해 보았다오."

"그래서 알아내었소?"

이주문이 흥미가 동한다는 얼굴로 재차 물었다.

"그다지 알아낸 것은 없었소. 그저 문 선배의 봉이 꿈틀댈 때마다 뭔가 뭔가 이상한 느낌이 들어서 그 느낌이 내 몸을 움츠리게 만드는 듯했소."

진원정의 대답에 이주문이 실망이라는 표정을 지어 보이며 말했다.

"아마도 그건 문 선배의 실력이 워낙 대단하다 보니 진 형이 너무 긴장해서 그런 느낌이 들었던 것일 게요."

"그랬던 것인지도 모르겠소."

진원정이 살짝 고개를 끄덕였다.

"그렇다면 진 형이 오늘 이상했던 것은 그 느낌 때문인 것이오?"

주여환이 묻자 진원정이 고개를 살짝 기울인다.

"내가 오늘 뭔가 이상했었소?"

"많이 이상했다오. 계속 멍하게 생각에 잠겨서 주위에서 부르는 소리도 전혀 듣지 못했잖소?"

"으음, 그러고 보니 그랬던 것도 같고. 아마 그 느낌에 대해 계속 생각하느라 그랬던 것 같소."

진원정이 살짝 말끝을 흐린다.

주변의 분위기가 무언가 심상치 않다는 것을 느꼈기 때문이리라.

은비연은 왠지 모를 냉랭한 표정을 보이며 다시 예인들에게 시선을 돌렸고, 주여환은 긴 한숨과 함께 술잔을 들이켰으며, 이주문은 억울하다는 듯한 표정으로 외쳤다.

"진 형, 우리는 진 형이 패배에 낙담했던 것으로 알고 하루 종일 걱정했단 말이오!"

"그, 그것이… 나도 꽤 충격이었다오. 그토록 빈틈없는 무공은 생전 처음 보았으니 말이오."

진원정이 당황하여 변명했지만, 그때부터 이주문은 장사에서 오늘 최고의 구경거리가 있을 만한 곳을 찾기 위해, 그리고 간신히 이곳 주루를 찾아낸 뒤 가장 전망이 좋은 이곳 이층 창가의 자리를 잡기 위해 자신이 얼마나 고생했었는지를 투덜대기 시작했는데, 한참이 지나도록 그 투덜거림이 끝날 줄을 모른다.

진원정이 도움을 바라는 눈치로 주변을 살폈으나 주여환은 여전히 한숨과 함께 술잔을 들어 올리고 있었고, 은비연은 예인들의 장기를 관람하는 듯했으며, 진원명은 고개를 숙인 채 무언가 고민하고 있는 듯했다.

진원정은 고개를 숙이고 좌절했다.

좌절하는 진원정의 곁에서 진원명은 생각에 잠겨 있었다.

형은 도대체 몇 번이나 자신을 놀라게 할 셈인 것인가?

아까 전의 비무에서 문종도는 그 어떤 기세도 밖으로 내비치지 않았다.

형은 저와 같은 고수의 잘 갈무리된 기세를 읽어낼 만큼의 내공 수준이 되지 못한다. 그것은 지금의 자신 역시 마찬가지이다.

자신이 문종도의 수법을 알아챈 것은 마공을 연성함으로써 갖게 된 비정상적인 기감(氣感)을 통해서이다.

하지만 형은 자신과 같은 과정 없이 그저 자신의 선천적인 감각만으로 상대방의 봉에서 흘러나오는 미세한 기(氣)의 움직임을 읽었다는 이야기가 아닌가?

보는 것만으로도 상대방 무의 본질을 꿰뚫을 정도의 오성과 별다른 수련 없이 허공을 떠도는 기의 흐름을 읽을 정도의 기감.

진원명은 지금 곁에서 이주문에게 쩔쩔매고 있는 진원정을 바라보았다. 분명 언젠가 온 무림이 이 평범해 보이는 청년의 무재(武才)에 놀라게 되는 날이 올 것이다. 진원명은 진원정을 바라보며 다시 한 번 그렇게 확신하고 있었다.

"정말, 정말로 미안하오, 이 형. 그런 의미에서 오늘 이곳의 술값은 내가 계산할 터이니 오늘은 실컷 마시며 묵은 회포를 풀도록 하는 게 어떻소?"

진원정의 애원 섞인 물음에 이주문이 가볍게 고개를 저었다.

그것을 본 진원정의 얼굴이 살짝 일그러졌을 때 이주문이 말했다.

"술값은 상관없다오. 대신 진 형은 오늘 술을 마시는 도중 피곤하다거나 더 이상은 무리라는 등의 변명으로 절대 중간에 빠지면 안 되오."

이주문이 '어떻소?'라고 묻는 듯 바라보자 진원정은 안도의 미소와 함께 즉시 고개를 끄덕였다.

진원명은 어지러운 머리를 부여잡고 침대로 몸을 던졌다.

털썩!

누운 채로 진원명은 빙글빙글 회전하는 천장을 바라보았다.

오늘 밤은 자신뿐만이 아니라 일행 모두가 술에 취해 정신이 없는 듯했다.

진원명은 지난번 고생했던 기억을 떠올리며 필사적으로 술잔을 거부하려 노력했지만 이주문과 주여환, 진원정뿐 아니라 은비연 마저 술을 권하자 어쩔 수 없이 제법 많은 술을 마실 수밖에 없었다.

그나마 진원명은 일행 중 가장 멀쩡한 편이지만 나머지 일행 모두 만취해 제대로 걷지도 못해 각자의 방까지 일일이 데려다 놓아야만 했다. 이주문은 아예 의식을 잃어버리는 바람에 옮기는 데 점소이의 도움을 받기도 했다.

"하아!"

진원명이 한숨을 내쉬고 있을 때 곁에서 무언가 부스럭거리는 소리가 들렸다.

진원명은 형과 같은 방을 쓰고 있었는데 그 소리는 형이 침상에서 일어나며 나는 소리였다.

화장실을 가려는 것인가?

"형, 도와줄까?"

"아니. 괜찮아."

진원정은 진원명을 돌아보며 씩 웃고는 문을 향했다.

형은 그나마 자신을 제외한 나머지 일행 중 가장 상태가 양호해서 방까지 혼자 돌아왔었다.

형은 비틀대면서도 용케 제대로 걸어가서 문을 열고 밖으로 나갔다.

그리고 피곤했던 진원명은 형이 나가는 모습을 본 뒤 곧바로 잠에 빠져들었다.

　일행은 다음날 아침 초췌해진 얼굴로 객점 앞에 모였다.
　"진 형, 다음 목적지는 어디요?"
　진원정의 여정을 따르기로 암묵적인 합의가 되어 있는 터라 나머지 일행은 앞으로 갈 곳이 어디인지조차 몰랐다. 이주문의 질문에 진원정이 잠시 생각하는 듯하더니 대답했다.
　"음, 이번에는 뱃길로 무한을 거쳐 개봉으로 갈 생각이오."
　형의 과거의 행로를 알고 있었던 진원명이 고개를 끄덕였다. 그리고 이주문은 울상을 지었다.
　"으윽, 지금 몸 상태로 배는 조금 무리가 있을 듯한데……."
　"하지만 이 형, 지금 몸 상태로는 육로 역시 힘들 것이라오."
　"그, 그럼 하루 더 쉬었다 가는 것은……."
　이주문이 조심스럽게 꺼낸 의견은 간단히 묵살되었고, 일행은 엿새 동안 배를 타고 이동해 무한에 도착했다.
　처음 이틀은 쓰리고 울렁거리는 뱃속 때문에 신음하고, 나머지 나흘은 가도 가도 변함이 없는 지루한 뱃길 때문에 신음하며 결국 무한에 도착한 일행은 곧장 객점을 잡고 거리로 구경을 나왔다.
　"진 형, 난 이번 여행으로 뱃사공과 어부가 존경스러워졌다오."

이주문이 고개를 설레설레 흔들며 말하자 진원정이 동의했다.

"하하하, 이 형의 생각이 내 마음과 똑같구려. 배 속에 꼼짝없이 갇혀서 며칠을 이동하는 것이 이렇게 답답한 일인 줄은 몰랐소. 내 앞으로는 가급적이면 뱃길은 이용하지 않을 생각이라오."

"난 편하고 좋기만 하던데……."

진원명이 중얼거렸다.

엿새 동안의 배 여행에서 진원명은 오랜만에 자신의 몸을 돌아보았고, 그 결과에 무척 흐뭇해하고 있었다.

그동안 자신을 괴롭혔던 심마가 더 이상 찾아들지 않는 데다, 자신의 몸의 회복이 장원에 있을 때보다 오히려 더 빠르게 이루어지고 있다는 것을 깨달았기 때문이다.

정확한 이유는 알 수 없었지만 진원명은 미래에 홀로 복수를 위해 강호를 떠돌았을 때 습관처럼 행했던 자기 관리가 이렇듯 형과 함께 강호로 나오며 무의식중에 행해졌기 때문이 아닌가 추측했다.

의도하지 않아도 저절로 심장이 뛰고 호흡을 하는 것처럼, 의도하지 않아도 머리가 저절로 부정적인 생각들을 배제하고 진기를 움직여 몸의 상태를 최선으로 유지하는 것. 그 말은 바로 과거로 돌아오며 깨졌던 자신의 심공이 되살아나기 시작한다는 것을 의미했다.

진원명의 중얼거림에 크게 주의를 기울이는 사람은 없었다. 진원정이 이어서 말했다.

　"그러고 보니 난 잠깐 들를 곳이 있으니 다들 거리 구경 잘하시고 저녁에 객점에서 보도록 합시다."

　"들를 곳이라니, 어디를 말하는 것이오?"

　이주문의 질문에 진원정이 잠시 난처하다는 표정을 지어 보이다가 이어서 말했다.

　"그게, 문 선배의 부탁으로 서신을 하나 전달해 주기로 했습니다."

　"서신? 그게 무슨 소리요? 문 선배가 언제 서신을 주었소?"

　이주문이 묻자 진원정이 잠시 '음' 하고 신음하다가 대답했다.

　"그게, 비무 후에 따로 문 선배를 찾아뵈었을 때 받은 것이라오."

　진원정의 말에 일행이 모두 황당하다는 표정을 지었다. 이번엔 주여환이 묻는다.

　"진 형은 비무 뒤로 줄곧 우리와 함께 있지 않았소?"

　"그랬지요. 한데……."

　진원정이 잠시 한숨을 내쉬고 말을 계속한다.

　"그날 저녁 모두 술에 취해 객점으로 돌아간 뒤에 계속 문 선배와의 비무 중 떠올랐던 그 느낌이 궁금하여 잠을 이루지 못했다오. 그 궁금함을 참지 못해서… 부끄러운 얘기지만 술

김에 그만 한밤중이라는 생각도 하지 못하고 문 선배의 집을 찾아 그 느낌에 대해 물어보았소."

진원명은 아차 하는 생각이 들었다.

자신은 그날 저녁 형이 어딘가 나가는 모습을 분명히 본 기억이 있지 않은가?

잠시 후 주여환이 묻는다.

"음, 문 선배가 뭐라고 하더이까?"

"후우, 그저 내 두려움이 엉뚱한 착각을 일으킨 것 같다고 하더군요."

"그래도 찾아간 사람이 문 선배라면 몽둥이질을 당하고 쫓겨나지 않은 것만으로도 다행인 듯하오."

이주문이 말했다. 진원정이 쓰게 웃는다.

"난 그제야 뭔가 내가 실례를 했다는 것을 알아챘다오. 내가 사과드리자 선배가 정 미안하거든 자기 심부름을 하나 해 달라고 하더군요."

"그 심부름이 서신을 전달해 달라는 것이오?"

"그렇다오."

"뭐, 그렇다면 거리 구경은 내일 해도 좋으니 오늘은 진 형과 함께 그 서신을 전해주도록 합시다."

주여환이 그렇게 말하자 이주문이 맞장구를 친다.

"사형의 말이 맞소. 구경을 하려면 다같이 해야 하지 않겠소? 진 형이 없으면 누가 내 말 상대를 해준단 말이오."

곁에 있던 은비연 역시 동의하는 듯 고개를 끄덕이고 있었다.

"흐음, 그럼 되도록 빨리 서신을 전해주고 오늘은 조금 일찍 쉬도록 하지요."

진원정의 말에 따라 일행은 움직이기 시작했다. 잠시 후 주여환이 이주문에게 말한다.

"그러고 보니 아까 말한 네 말 상대라는 것은 네가 놀려먹을 수 있는 대상을 말하는 것이냐?"

"훗, 그럼 사형의 말 상대는 나라는 말이 되는 것이 아닙니까?"

사형제가 걸어가며 서로를 향해 으르렁거리기 시작한다.

진원정은 사람들에게 물어가며 길을 찾아가고 있었고, 그 뒤를 따라가던 은비연이 무료함을 느끼고 옆에서 걸어가던 진원명을 바라보자 눈살을 찌푸리고 뭔가 생각하고 있는 듯 보였다.

은비연이 물었다.

"진 동생, 어디 불편한 곳이라도 있는 거야?"

"아니, 괜찮습니다."

진원명은 멋쩍게 웃으며 답했지만 마음이 편치는 않았다. 지금의 상황에서 뭔가 좋지 않은 기분이 느껴지고 있었기 때문이다.

문종도에게서는 위험한 냄새가 풍겼었다.

그런 자와 이런 식으로 관계되는 것은 그다지 권할 만한 일은 아니다.

하지만 미래의 형도 분명 문종도를 만났을 것이다.

오래전에 들었기 때문에 형의 경험담을 모두 기억해 내지는 못했지만 기억나는 대략적인 형의 행보가 지금과 거의 흡사했다.

그렇지 않아도 지금의 강호행은 자신을 포함해 일행이 네 명이나 늘어났고, 그로 인해 생겨날 미래의 강호행과의 오차를 걱정해야 하는 지금 시점에 형이 형의 의지로 행하려 하는 일을 자신이 막아야 하는 것일까?

잠시 고민하던 진원명은 이내 한숨을 내쉬었다.

좀 더 편하게 생각하도록 하자.

미래의 형이 자랑하던 강호행의 경험담에는 형이 크게 위험을 겪은 경우는 존재하지 않았다.

그저 아는 사람에게 전하는 서신일 것이다. 세상에 실력을 감춘 은거 기인이 어디 한둘이던가?

진원명이 그렇게 생각에 잠긴 채 걷고 있을 때 앞서가던 주여환이 걸음을 늦춰 진원명의 곁으로 다가와 말한다.

"진 동생, 내 진 동생에게 하고 싶은 말이 있네."

주여환은 왠지 모르게 사뭇 진지한 표정을 하고 있었다. 진원명이 대답한다.

"네, 주 형. 말씀하세요."

주여환은 말을 고르는 듯 고개를 숙이고는 잠시 뜸을 들였다.

그리고 그러는 동안 앞서가던 이주문이 역시 걸음을 늦춰 주여환의 곁으로 따라붙는다.

"다들 뒤에서 뭐 하고 있는 겁니까?"

"진 동생, 그러니까 진 동생은 단순히 형의 비무행을 구경만 하기 위해 따라온 건가?"

주여환이 다시 고개를 들어 진원명을 바라보며 질문했다.

진원명이 조금 의아한 표정을 지어 보일 때 주여환 곁의 이주문이 고개를 설레설레 젓더니 대신 대답한다.

"사형, 나이가 드니 기억력이 떨어지나 보군요. 처음 만났을 때 말하지 않았습니까? 진 동생은 강호 유람을, 진 형은 비무행을 나선 거라고요. 며칠이나 되었다고 그걸 잊어버리십니까?"

주여환이 이주문을 노려보며 잠시 이를 갈더니 다시 진원명에게 묻는다.

"그러니까 내 말은, 음… 진 동생도 조금 어리긴 하지만 무예를 배운 몸이니 이렇게 강호에 나와 형이 비무행을 하는 모습을 보면 자신의 실력을 확인하고 싶다거나 하는 마음이 생기지 않는가를 묻는 거네."

"내 실력을 말인가요?"

진원명이 뜻밖의 질문에 머뭇거릴 때 곁에서 역시 이주문이 끼어든다.

"어, 사형의 말은 설마 진 동생에게 비무를 시키고 싶다는 말입니까?"

주여환이 떫은 표정으로 이주문을 쳐다보더니 이내 고개를 끄덕였다.

"뭐, 강호에는 명성을 날리는 어린 고수들이 많으니 그들과 비무한다면 진 동생에게도 좋은 경험이 될 수 있지 않을까 싶어서……."

'아마 그들의 명성을 넘어서는 강호의 신성이 탄생할지도 모르고.'

주여환은 뒷말은 마음속으로 삼킨 채 진지한 표정을 지으며 진원명을 바라보았다.

그리고 이주문 역시 사뭇 진지한 표정으로 주여환의 얼굴을 잠시 바라보다가 다 이해한다는 듯한 얼굴로 고개를 끄덕였다.

"사형, 진 동생이 사형에게 뭘 잘못한 건지는 모르지만, 아무리 그래도 이런 식의 복수는 너무 치졸……."

퍼억!

"이 바보 자식! 넌 좀 가만히 있지 못하겠느냐!"

이주문이 땅바닥에 주저앉아 얻어맞은 머리를 감싸쥔 채 고통에 신음했다. 제법 아파 보이는 일격이었기에 진원명이 걸음을 살짝 늦추며 안쓰러운 표정으로 이주문을 돌아보았지만 정작 가해자인 주여환은 이주문에게 시선도 주지 않은 채 다시 말한다.

"진 동생, 어떤가? 우리가 가는 길이 개봉인데 그곳에는 진 동생 또래의 유명한 소년 고수들이 몇 있다네. 쾌검으로 이름 난 이박명이라든지, 창술의 전소무 같은 이들 말일세. 내 진 동생이 원한다면 그들과의 비무를 주선해 주겠네. 진 형도 아 마 진 동생이 원한다면 말리지는 않을 것이라 생각하네."

주여환이 기대감 어린 눈으로 진원명을 바라본다. 진원명 이 난처한 표정을 지으며 대답을 고민하고 있을 때 이주문이 이제 고통이 좀 가셨는지 재빨리 뒤따라와 외친다.

"으윽! 이런 무식하게 주먹밖에 모르는 사형 같으니!"

주여환이 다시 주먹을 치켜들자 이주문이 재빠르게 진원 명의 반대편으로 돌아가며 진원명에게 속삭였다.

"진 동생, 속으면 안 돼. 우리 사형이 안 그래 보이지만 속 이 좁아서 평소에 잘못한 것이 있으면 마음에 담아두었다가 이런 식으로 복수하곤 하니 조심해야 돼."

작게 속삭이는 말이었지만 그 내용을 미루어 짐작할 수 있 었기에 그 순간 주여환의 이성이 무너졌다.

"그래, 내 적어도 너에게만은 무식하게 주먹밖에 모르는 사형이 되어야 할 것 같구나!"

"으악! 말로 하자고요, 말로! 사저, 보고만 있지 말고 좀 도 와줘요!"

이주문과 주여환은 진원명과 은비연을 사이에 두고 열심히 뛰어다니기 시작했다.

진원명이 쫓고 쫓기는 두 사형제의 모습을 잠시 멍하게 바라보았다.

"사제가 진 동생의 실력을 눈치 챈 것 같은데? 언제 이사제 앞에서 무공을 쓴 적 있어?"

곁에 있던 은비연이 의아한 표정으로 묻는다. 진원명은 고개를 저었다.

"아니오. 한 번도."

은비연이 빙긋 웃어 보였다.

"뭐, 잘 알고 있겠지만 삼사제의 말은 너무 신경 쓰지 마. 아마 이사제는 진 동생이 강호에서 제대로 된 명성을 얻기를 바라는 것일걸?"

진원명은 고개를 끄덕였다.

진원명 역시 며칠 함께 지내며 주여환의 성격을 파악하고 있었기에 방금 전의 제안이 호의에서 나왔다는 것을 짐작하고 있었다.

그렇기에 오히려 거절하기가 난감했던 것이기도 하다.

진원명은 천강파의 사형제들이 이처럼 자신에게 사심없는 호의를 보내주는 것을 감사하게 생각하며 한숨을 내쉬었다.

진원명은 자신이 그들에게 보이는 호의 역시 그들처럼 그렇게 진실할 수 있기를 원했다.

단순히 자신의 마음속의 응어리를 풀어내기 위한 속죄의
수단으로서의 호의가 아니라 말이다.

"여기로군."

진원명이 생각에 잠겨서 걷고 있는 동안 진원정이 목적지
를 찾아온 듯했다.

두 사형제는 겨우 다툼을 멈추고 거친 숨을 몰아쉬며 목적
지인 저택을 바라보았다.

크지도 작지도 않은 평범한 저택이다. 진원정이 문을 두드
리자, 잠시 후 누군가 달려오는 소리가 들리더니 문이 살짝
열렸다.

"꼬마야, 여기가 왕수현 대인의 자택이 맞느냐?"

문 사이로 열두어 살 정도 되어 보이는 작은 소녀가 고개를
내밀고 있었다.

조금 새치름한 듯하면서도 귀여운 외모가 보는 사람으로
하여금 왠지 모를 호감이 생기도록 만든다.

"여기가 맞는데, 아저씨들은 누구세요?"

"문종도 대협의 심부름으로 서신을 가지고 왔단다. 어른들
을 좀 불러주겠니?"

진원정의 말에 소녀가 고개를 살짝 끄덕이며 문 안으로 달
려들어 간다.

진원명은 소녀의 뒷모습을 보며 고개를 갸웃거렸다. 왠지
모르게 소녀의 얼굴이 낯설지 않았다.

어디서 보았던 아이지?

잠시 후 소녀가 한 사내를 데리고 나왔다.

사내는 검은 무복(武服)을 입고 있었고, 제법 날카로운 눈매를 지녔다. 흑의사내가 대문을 열며 묻는다.

"문 대협의 서신을 가져오셨다고 하셨소?"

진원정이 저택에 들어서며 가볍게 포권을 취한다.

"강서에서 온 진원정이라 합니다. 문 선배의 부탁으로 왕수현 대인에게 전달하는 서신을 가지고 왔습니다."

"이리 줘보시오."

이주문이 곁에서 눈살을 찌푸렸다.

이자는 아직 통성명도 하지 않았다. 문종도 그렇고 이자도 그렇고, 초면에 너무 무례한 것이 아닌가?

진원정 역시 드러내지는 않지만 유쾌한 기분은 아닌 듯 아무 말 없이 품속에서 서신을 꺼내 흑의인에게 건네주었다.

흑의인은 즉시 서신을 펼쳐 보았다.

마침 흑의인의 뒤에서 햇빛이 비춰오던 터라 서신의 뒷면으로 서신에 쓰인 내용이 어렴풋이 비쳐 보였다.

진원명이 뒤집어져 보이는 글자를 속으로 더듬더듬 해석해 나갔다.

'오래간만에 연락을 하는 듯하다. 잘 지냈느냐? 얼마 전 장사에서 동 형을 보았다. 동 형이 왕 동생을 찾는 듯하더구나. 강을 타고 북상하는 듯했으니 이 글이 당도했을 시기라면 너도 만나볼 수 있을 것이라 생각된다. 오래간만에 한 동생, 왕 동생 모두 모여 회포를 풀고 싶다. 일곱 번째 날에 취루에서…….'

진원명이 여기까지 읽어나갔을 때 흑의인이 서신을 다 읽은 듯 다시 접어서 품속에 집어넣었다.

얼핏 훔쳐본 서신에는 별다른 문제점이 보이지 않았다. 역시 쓸데없는 걱정이었던 것인가?

흑의인이 잠시 일행을 쳐다보다가 말했다.

"더 볼일이 있으시오?"

"이봐, 당신! 사람이 먼 길을 수고해 줬으면 못해도 고맙다는 말 정도는 해줘야 하는 것 아냐?"

이주문이 화가 치미는 듯 언성을 높이며 앞으로 나서자 진원정이 막아선다.

"이 형, 참으시오."

그 모습을 본 흑의인이 비릿한 웃음을 지어 보인다.

"아, 사례비가 필요했던 것이오? 그것이라면 하인을 통해 준비해 주도록 할 터이니 기다리시오."

흑의인이 그렇게 말하고 돌아서서 들어간다.

"이런 개 같은 자식이! 누가 그딴 걸 바란대?"

이주문이 화를 참지 못하고 흑의인을 향해 달려들었다.

이번에는 그 기세가 정말 주먹을 휘두를 듯했던지라 진원정뿐 아니라 주여환마저 나서서 이주문을 말렸다.

"저런 자와는 일일이 상대해 줄 필요가 없다. 사제, 그만 해라."

"주 형 말이 맞소. 이 형, 그냥 무시해 버리고 돌아갑시다."

잠시 두 명의 팔에 붙잡힌 채 씩씩거리던 이주문이 곁에 있는 문을 쾅 하고 발로 차더니 곧바로 뒤돌아서서 저택을 나가 버렸다.

나머지 일행이 역시 불쾌한 기색을 보이며 그 뒤를 따랐다.

마지막으로 저택을 나서던 진원명이 잠시 뒤를 돌아보았다.

뒤돌아서 걷고 있는 흑의인의 어깨가 작게 들썩이고 있었는데 그 모습이 왠지 웃고 있는 것처럼 보인다.

'정말 불쾌한 자다.'

진원명은 인상을 찌푸리며 그렇게 생각했다. 그리고 그 불쾌함 때문에 진원명은 저택을 나서는 순간까지 한참 전부터 계속해서 자신을 바라보고 있었던 한 쌍의 눈동자를 끝내 알아챌 수 없었다.

진원명이 저택을 나선 뒤 진원명을 바라보던 눈동자의 주인공은 열려 있던 대문을 닫고 잠시 멍하게 생각에 잠겼다.

"어이, 꼬마, 안 들어오고 거기서 뭐 해?"

흑의인의 목소리가 들려오고 눈동자의 주인공인 소녀는 깜짝 놀란 듯한 표정을 짓더니 이내 총총히 저택으로 뛰어들어 갔다.

유랑전설(柳郞傳說)

"동생, 이것 좀 봐, 이거. 어때? 신기하게 생겼지?"

은비연이 진원명의 팔을 끌어당기며 좌판 위에 놓인 물건을 가리켰다.

"이거 말하는 거예요?"

먼 바다에서나 날 것 같은 큰 조개 껍데기에 동경(銅鏡)을 붙이고 그 주위를 소라 껍데기나 색 있는 돌멩이 같은 것으로 치장해 둔 물건이다.

손재주가 있는 사람이 만든 듯 모양이 어색하지 않고 햇빛에 비추어보면 각각의 색으로 빛나는 돌들의 조화가 제법 예뻐 보였다. 주로 내륙에서 살아온 은비연이 보기에는 확실히 신기해 보일 만하다.

진원명이 대답했다.

"저런 거야 바닷가에 가면 흔한 걸요, 뭐."

"음, 그래? 그럼 저건 어때?"

이번에 은비연이 가리킨 것은 뭔지 모를 동물들의 깃털들로 장식되어 있는 모자였다.

장식된 깃털의 모양이 제법 화려하고 색상도 고왔는데, 그 크기도 은비연이 쓰기에 딱 적당할 듯했다.

"어때? 잘 어울리는 것 같아?"

은비연이 그렇게 말하며 모자를 들어 머리에 써보고는 한 바퀴 빙글 돌았다.

지나가던 사람들이 잠시 멈춰 서서 쳐다볼 정도로 귀여운 모습이다.

진원명이 평했다.

"원시인 같아요."

"그래? 에이."

은비연이 모자를 던져 두고 다음 물건을 찾아 이동한다.

뒤따라가던 주여환이 뭔가 아쉬운 듯한 눈길로 은비연이 던져 둔 모자를 바라보고 있을 때 곁에 있던 이주문이 목소리를 나직하게 깔며 말한다.

"사형, 요새 뭔가 사저의 행동이 수상쩍어 보이지 않습니까?"

"삼사제의 지금 목소리만큼 수상할까."

주여환이 쳐다보지도 않고 그렇게 답하자, 이주문이 여전히 심각한 표정으로 다시 말했다.

"처음에는 사저가 여행에 대한 즐거움 때문에 저렇게 행동하는 것인가 생각했습니다. 그런데 아무리 보아도 그건 아닌 것 같더란 말입니다."

주여환이 그제야 모자에서 눈길을 거두고 이주문을 바라본다.

"음, 확실히 요즘 사저는 뭔가 좀 이상하긴 했어. 좀 들떠 보인다고 할까?"

"역시 사형도 그리 생각하고 있었군요? 그래서 내가 그 이유를 곰곰이 생각해 보았습니다."

이주문의 표정은 평소답지 않게 무척 진지했다.

주여환이 자신도 모르게 긴장해서 이주문을 바라보았다.

"재미있는 얘기를 하시는 거라면 나도 좀 끼워주시오."

진원정이 끼어든다. 아마도 심심했던 것이리라.

아침 일찍 거리 구경을 나와서 신을 내고 있는 것은 은비연과 진원명뿐이다.

아니, 진원명 역시 시큰둥한 태도인 듯 보이고 있으니 은비연 혼자 신을 내고 있다고 하는 것이 맞을 듯싶다.

며칠 전 구경했던 장사의 거리와 별반 차이도 없는 것 같아 보이는데 뭐가 그리도 즐거운 것일까?

진원정은 이해할 수 없었다.

"아마 진 형은 모를 것이오. 사실 이건 사저의 원래 모습이 아니라오."

이주문의 뜬금없는 이야기를 들은 진원정이 멀뚱한 표정으로 바라본다.

"원래 모습이 아니라니, 그게 무슨 소리요?"

"그러니까 사저는 원래 좀 말수가 적고 활발하지 못한 성격이라오. 하지만 이번 여행에 나온 뒤로 사저는 전에 없이 활기가 넘치고 기분이 좋아 보여서 나는 처음에는 사저가 답답한 천강파를 떠나 세상을 여행하게 된 즐거움 때문에 그러는 것이라고만 생각했었소."

"흐음, 뭔가 다른 이유가 있나 보죠?"

진원정의 질문에 이주문이 고개를 살짝 끄덕이며 의미심장한 미소를 지어 보였다.

"삼사제, 뜸들이지 말고 빨리 말 안 할래?"

주여환이 인상을 쓰며 보챈다.

이주문이 살짝 고개를 들어 은비연이 어디 있는지를 살피고는 이어서 말했다.

"그러니까 말이오, 세상에 여자가 변하게 되는 두 가지 계기가 있다고 하오. 혹시 들어보았소?"

진원정이 고개를 저었고, 주여환은 짜증을 부렸다.

"그 여자가 변하는 두 가지 계기란 말이오, 바로 사랑에 빠졌을 경우와 어머니가 되었을 경우라오."

"그게 지금 상황과 무슨 관계라는 말이오?"

진원정이 어이없어하며 되묻는다. 이주문이 고개를 설레설레 저었다.

"아직도 모르겠소? 사저는 사랑에 빠진 것이오."

잠시 세 사람의 주변으로 싸늘한 정적이 휘몰아친다.

잠시 후 진원정이 몸을 바로 하며 한숨을 내쉬었고, 주여환은 노골적으로 콧방귀를 내뿜었다.

"으음, 이건 진짜란 말이오."

"삼사제의 의견에 잠시나마 귀기울이려 했던 내가 한심스럽네."

"말을 좀 더 들어보란 말입니다!"

이주문의 애원 섞인 외침에 진원정이 다시 한숨을 쉬며 묻는다.

"이 형의 말이 맞다고 친다면, 그 대상이 도대체 누구란 말이오?"

"좋은 질문이오."

이주문이 눈빛을 빛내며 슬며시 고개를 돌렸는데 그 고개가 향하는 방향을 따라간 자리에 진원명의 모습이 보였다.

"하하핫, 네가 진정 나를 웃기고 마는구나."

주여환이 웃음을 터뜨리자 이주문이 반박한다.

"진 동생이 좀 부실해 보여서 같은 사내들끼리 보았을 때는 영 별로이긴 하지만, 의외로 저런 분위기의 남자가 여자들에게 인기가 많다고요."

"아무리 그래도 나이 차이가 너무 많지 않소?"

진원정이 고개를 저으며 말했다.

"진 동생이 어려 보여서 그렇지 사실 다섯 살 차이면 그다지 많다고도 할 수 없소. 그리고 사실 사저가 기분이 좋아 보인다거나 말이 많아진다거나 하는 평소와 다른 행동을 취하는 경우는 항상 진 동생이 곁에 있을 때뿐이었다오. 진 형도 사저와는 그다지 말을 많이 해보지 못하지 않았소?"

진원정이 얼떨떨한 표정으로 고개를 끄덕인다.

이주문의 말대로 아직 자신은 은비연과 그다지 많은 대화를 나눠보지 못했다.

"그거 보시오. 내 말이 맞지 않소?"

"그, 그건 진 동생이 어리니까 동생 같아서 편하게 느껴지는 것이겠지."

주여환이 그렇게 반박하자 이주문이 고개를 젖는다.

"그렇게 말한다면 육사제를 대하는 사저의 모습은 어떻게 설명하실 겁니까? 육사제는 진 동생보다 어리지만 난 사저가 육사제에게 저처럼 친근하게 대하는 것은 한 번도 보지 못했습니다. 게다가 솔직히 말해 진 동생에게는 그 나이 또래의 귀여움이나 천진함이 많이 부족하다고 생각하는데요. 사형은 그렇게 생각하지 않습니까?"

"으으음."

주여환이 인상을 찡그리며 고민하는 듯하다가 갑자기 이

주문의 머리를 쥐어박는다.

"아야! 왜 때리는 겁니까, 사형?"

"쓸데없는 소리를 해댄 죄다."

"뭐가 쓸데없다는 겁니까? 난 내가 느낀 대로 말한 건데."

"이 녀석, 사저에 대한 공경 같은 것도 모르느냐? 사저를 놓고 못하는 말이 없어, 이 녀석."

주여환이 또 이주문을 쥐어박았다.

"아야! 그럼 말로 해요, 말로! 왜 때리는 겁니까?"

뒤에서 세 사람이 왁자지껄 떠드는 모습이 보인다.

은비연에게 끌려가던 진원명이 고개를 저었다.

'장사의 시장과 다를 게 하나도 없는데, 저들은 지루하지도 않나?'

진원명이 그렇게 생각하고 있을 때, 문득 은비연이 걸음을 멈췄다. 또 무슨 흥미있는 물건을 발견한 건가?

"진 동생, 잠깐만."

"네?"

"뭔가 이상한 느낌이 드는 거 같지 않아?"

진원명은 그제야 은비연의 어조가 심상치 않다는 것을 눈치 챘다.

"이상한 느낌이요?"

"누군가 바라보는 듯한 느낌, 진 동생은 모르겠어?"

진원명이 잠시 주위를 둘러보고는 대답했다.

"저는 잘 모르겠는데요."

"음, 내가 착각을 한 건가?"

은비연이 잠시 고개를 갸웃거리고는 '동생, 저거 맛있어 보이지 않아?' 라며 다시 진원명의 손을 잡아끈다.

그리고 진원명은 방금 전 은비연이 말했던 느낌이 정확했다는 사실을 삼 일 뒤 일행이 다음 목적지인 개봉을 향해 출발한 직후에 알 수 있었다.

*   *   *

진원명은 도망쳤다.

그리고 도망치면서 스스로에게 분노했다.

왜 그때 좀 더 은비연의 말에 귀기울이지 못했나?

쒜액!

바람 가르는 소리가 들려오자 진원명은 반사적으로 몸을 옆으로 날렸다.

방금 그가 서 있던 장소로 수리검(手裏劍) 몇 자루가 지나가는 모습이 보인다.

쫓아오는 적은 세 명이었다.

적과의 거리가 가까우니 은신을 해서 피하기도 어려웠고, 그렇다고 적과 맞서 싸우기에는 적 한 명과 따로 맞선다 해도 그 결과를 장담할 수 없을 만큼 적들의 수준이 높았다.

인적이 드문 관도(官道)에서 복면인들에게 습격을 받은 이후 일행은 모두 뿔뿔이 흩어졌다.

그중 가장 어린 자신에게 세 명이 쫓아왔으니 다른 사람들에게는 못해도 자신과 같거나, 많은 적들이 쫓아갔을 것이다.

여느 대문파의 직계제자 급 실력의 무인이 이십여 명. 중원을 통틀어 보아도 이 정도의 고수들을 이십 명이나 보유한 세력은 그리 많지 않을 것이다.

하지만 진원명은 지금 자신을 쫓는 자들의 소속을 짐작조차 하지 못하고 있었다.

혹시 이들이 과거 자신의 장원을 습격한 세력에 속한 무리들인 것일까 생각해 보았지만 그건 아닌 듯했다.

분명 비슷하게 복면을 쓰고 있긴 하지만 펼치는 무공이 달랐다.

장원을 습격한 복면인들은 모두 동일한 무공을 사용했었다. 하지만 이들은 그들과 같은 무공을 사용하지 않았다.

눈앞의 복면인들은 아예 모두가 제각기 다른 무공을 사용하고 있었다.

뛰어가는 진원명의 뒤로 적이 점차 다가오고 있었다.

적의 거친 호흡과 예리한 살기가 진원명의 등 바로 뒤에서 느껴졌다.

진원명은 기다렸다.

삼 대 일로는 어떠한 수를 쓰더라도 희망이 없었다. 적의 방심을 이용해 우선 한 명을 제압하고 시작해야 한다.

진원명은 적의 살기가 자신의 등을 지나 뒷목 어림으로 올라오기 시작함을 느낄 수 있었다.

하지만 진원명은 여전히 별다른 움직임을 보이지 않았다.

아직 조금 더 기다려야 한다. 적의 공격이 시작되는 순간이 가장 큰 기회라 할 수 있다.

물론 그 기회를 정확하게 노린다는 것은 서로를 정면으로 쳐다보는 상태에서도 쉽지 않은 일이다. 하지만 진원명은 자신의 감각을 믿었다.

쐐액!

바람 가르는 소리와 함께 순간 살기가 증폭한다.

진원명은 신형을 앞으로 숙이며 그대로 몸을 빙글 회전시켰다. 순간 적의 검이 자신의 얼굴 바로 몇 촌(寸) 위를 가르고 지나간다.

그리고 그 검이 지나간 자리의 뒤쪽으로 자신을 바라보는 적의 놀람에 찬 눈이 보이고 있었다.

진원명은 그 눈을 바라보며 있는 힘껏 칼을 휘둘렀다.

채앵!

진원명의 시야에 여전히 방금 자신이 노렸던 적의 놀란 눈이 보이고 있었다.

그리고 자신의 칼과 그 놀란 눈을 한 적의 목 사이에 끼어든 누군가의 검이 보이고 있었다.

진원명은 입술을 깨물었다.

기습은 실패였다.

자신이 기습한 적 바로 뒤에서 따라오던 또 다른 적이 그 기습을 대신 막아주었기 때문이다.

진원명은 달려가는 기세 때문에 칼을 날린 뒤 곧바로 뒤로 나뒹굴었다. 곧바로 몸을 일으켜 자세를 바로잡았지만, 이미 뒤따르던 세 명의 적은 모두 자리를 잡고 자신을 향해 무기를 겨누고 있었다.

'적에게 집중하자.'

진원명은 방금 전 기습의 실패에 대한 아쉬움이 자신의 머릿속을 맴돌고 있음을 느끼며 그렇게 생각했다.

그런 불필요한 생각은 당장의 대결에서 자신의 손을 더디게 만들 것이 분명하기 때문이다.

고수일수록 대결에 임했을 때 불필요한 잡념이 적다.

그리고 그러한 집중력, 즉 심공(心功)은 그 사람이 풍기는 기도(氣度)로써 나타난다.

검을 꾸준히 수련한 자가 검을 들었을 때 기도가 변하거나 하는 이유는 그자가 검을 수련하는 과정에서 불필요한 잡념을 배제시키고자 하는 연습을 항시 행해온 결과라 할 수 있다.

그러한 꾸준한 연습은 어느 순간 익숙한 습관이 되어 그 무기를 수련한 자가 단지 자신의 무기를 드는 것만으로도 별다른 의식 없이 눈앞의 승부 외의 불필요한 잡념을 떠올리지 않도록 만들어준다.

진원명은 그러한 심공을 수련한 과정이 남들과 달랐다.

진원명은 무공이라는 수단이 아닌 복수라는 목표에 기대어 심공을 수련했으니 그 복수라는 목표가 유지되는 한 진원명은 단지 무공을 쓰는 짧은 순간만이 아닌 그의 일상적인 생활 전반에 걸쳐서 잘 벼린 칼과 같은 날카로운 집중력을 유지할 수 있었다.

하지만 역으로 그 복수라는 목표가 사라진 지금의 진원명은 그 스스로가 위험한 상황에 처해 있음에도 예전의 집중력을 되살리기 어려웠다.

그리고 그것은 지금 벌어지는 대결의 결과로써 나타나고 있었다.

과거 진원명의 무공은 낭비가 없었다.

적의 힘을 재고 정확히 필요한 만큼의 힘을 사용해 적의 공격을 흘리거나 막아낸다.

하지만 지금 진원명이 펼치는 무공은 곳곳에 불필요한 힘의 낭비가 이루어지고 있었다.

몸이 무겁고 피로가 엄습해 온다.

진원명의 방어는 세 명의 공격을 막아낼 만큼 견고했으나 그뿐이었다.

진원명의 체력은 빠른 속도로 고갈되어 가고 있었고, 진원명에게는 지금의 수세를 공세로 바꿀 만한 여력이 없었다.

'마공, 마공만 제대로 일으킬 수 있다면…….'

그 순간 잠시 떠올랐던 잡념은 진원명의 옆구리에 작은 빈틈을 만들었고, 그 빈틈은 적의 날카로운 일검에 의해 메워졌다.

옆구리에서 피를 흘리며 물러나는 진원명의 뒤를 세 명의 적이 마치 그림자처럼 따라붙었는데, 그들의 공격을 이리저리 튕겨내는 진원명의 칼은 끊임없이 작게 진동하고 있었다.

바로 그 진동이 지금 진원명이 일으킬 수 있는 마공의 한계였다.

얼마 전 문종도가 보였던 봉법과 마찬가지다.

칼 속에 마공을 사용해서 기의 흐름을 일으키는 것은 칼의 진동을 유발시킨다.

마공의 흐름이 강할수록 그 진동 역시 강해졌는데, 지금 상태 이상으로 칼이 진동하게 된다면 칼을 잡고 있는 진원명의 손이 그 진동을 감당하기 어려웠다.

문종도와 같이 단단한 목봉이 마치 가느다란 버드나무처럼 휘청거리며 움직일 정도의 강한 진동을 버텨내기 위해서는 마공과 별개로 수공(手功), 즉 내공을 이용해 손을 강화시키는 수법을 따로 운용해야만 한다.

하지만 진원명에게는 그런 수공을 운용할 만한 내공이 없었다.

"정말 보지 않았다면 믿기 어려울 정도의 실력이군. 내 견문이 어두운 것인가? 네 또래에 그만한 성취를 이룬 자가 있다는 소문은 난 아직 들어본 적이 없다."

이미 승부는 기운 듯했다.

적은 잠시 물러선 상태였다. 피로와 출혈로 창백해진 진원명의 얼굴은 굳이 더 몰아붙이지 않고 가만히 놓아둔다 하여도 얼마 버티지 못하고 쓰러질 것처럼 보이고 있었기 때문이다.

진원명에게서 대답이 없자 복면인이 다시 말했다.

"순순히 무기를 버리도록 해라. 네 재주를 아끼는 의미로 목숨만은 살려주도록 하지."

진원명은 비틀거리며 물러섰다.

방법이 없는 것인가? 자신이 이곳에서 사로잡히거나 죽임을 당한다면 누가 그의 가족들에게 일어날 불행을 막는단 말인가?

턱!

뒤로 물러서는 진원명의 등이 나무에 부딪쳤다.

눈앞에 늘어져 내린 나뭇가지들이 바람에 좌우로 흔들리는 모습이 보이고 있다. 그것은 버드나무였다.

진원명은 순간 눈앞의 흔들리는 버드나무 가지에게서 묘한 익숙함을 느꼈다.

그리고 그 익숙함에 이끌려 진원명은 아무 생각 없이 눈앞에 보이는 버드나무 가지를 길게 잘라내어 손에 들었다.

그리고 진원명의 그런 알 수 없는 행동을 그저 지켜보고만 있었던 적은, 잠시 후 그 행동을 미리 말리지 못했던 것을 뼈저리게 후회하게 되었다.

진원명의 신형이 달려든다.

그리고 진원명이 들고 있는 무기가 뻗어온다.

정면의 적이 황급히 무기를 들어 올려 그 공격을 막아갔다.

쩌엉!

전혀 예상하지 못했던 거대한 충격음이 울려 퍼졌고, 그 소리만큼이나 예상치 못했던 충격이 진원명의 정면에 위치한 적의 칼에 전해져 왔다.

정면의 적은 당혹감을 느끼며 칼을 들어 올리다가 곧바로 자신이 처한 위기를 깨달았다.

손목이 진동하여 들고 있는 칼을 놓칠 것 같았기 때문이다.

정면의 적은 재빠르게 뒤로 물러섰다.

다행히도 진원명은 자신을 쫓지 않고 몸을 틀어 우측으로 무기를 뻗었다.

그곳에 진원명을 향해 검을 뻗어오는 또 한 명의 적이 있었다.

터엉!

역시 거대한 충격음이 울려 퍼졌고, 오른쪽의 적은 정면의 적이 느꼈던 당혹감을 그대로 이어받았다.

저 무기는 도대체 뭐란 말인가?

역시 손목이 저려와서 무기를 들 여력이 사라진 오른쪽의 적이 황급히 뒤로 물러났다.

두 명의 동료가 위기에 처함을 본 남은 왼쪽의 적이 반사적으로 진원명의 뒤를 찔러갔다.

진원명은 애초에 남아 있는 적의 공격을 염두에 두었던 듯 곧바로 뒤를 돌아보았다.

순간 두 사람의 눈이 마주치고, 왼쪽의 적은 재빨리 자신의 무기를 단단하게 움켜쥐고 내공을 끌어올려 진원명의 괴이한 무기를 맞이할 준비를 했다.

퍼억! 퍼억! 뻐억!

그리고 이번에는 둔탁한 세 번의 가격음이 울려 퍼졌다.

두 동료의 전철을 밟지 않기 위해 제대로 된 방어세를 취했던 왼쪽의 적은 그 결과 나머지 두 동료와 전혀 다른 공격을 받았다.

양 무릎과 턱으로 이어지는 세 번의 발차기이다.

"이런, 치사한."

대 자로 뻗어버린 왼쪽의 적의 입에서 신음과 피와 이빨과 불평이 동시에 흘러나왔다.

나머지 두 적이 불쌍하다는 시선으로 왼쪽의 동료를 바라보다가 이내 그들이 남을 걱정하고 있을 때가 아니란 것을 깨닫고 검을 곧추 잡았다.

두 적이 정신을 차리고 맞서기 시작하자 진원명도 방금 전과 같이 단번에 적들을 무력화시키기는 어려워졌다.

진원명의 새로운 무기가 엄청난 위력을 발휘하고 있기는

했지만 이제 적은 그 무기의 겉모습에 현혹되지 않고 있었다.

적은 이제 저 무기를 무거운 강철로 만든 묵직한 봉 정도로 여기기로 결심했다.

눈에 보이는 아직 곁가지에 붙은 나뭇잎조차 제거되지 않은 갓 꺾은 버드나무가지가 아니란 말이다.

하지만 철봉이라 생각하기에는 속도가 너무나 빨랐기에 적은 정신없이 진원명의 공격을 피하는 것밖에 방법이 없었다.

아니, 진원명의 공격을 계속해서 피하며 시간을 끄는 것이 적에게는 지금의 상황에서 유일한 방법이었다.

적에게 한 가지 희망적인 사실이 있었고, 그것은 진원명이 이미 부상을 입고 있다는 것이었다.

진원명의 옆구리에서는 계속 피가 흘러나오고 있었다. 시간을 끈다면 진원명의 체력은 금방 소진될 것이다.

진원명으로서는 당장 적들을 압도하고 있었지만 싸움을 확실하게 마무리 지을 수 있는 대책이 필요했다.

그리고 잠시 후 그 필요에 따라 진원명이 펼치는 검술이 바뀌었다.

마침 땅바닥에 쓰러져 있던 왼편의 적이 겨우 일어나 싸움에 참가한 직후라는 것은 왼편의 적에게 있어 불운이었다.

부우웅!

진원명의 나뭇가지가 휘둘러지고 우측의 적이 그 공격을 피해 물러난다. 그 틈을 타 진원명은 재빠르게 정면으로 쇄도

했다.

정면의 적이 미처 피하지 못하고 진원명의 나뭇가지를 막기 위해 자신의 무기를 들어 올린다.

쩌엉!

대비를 했지만 잠시 손아귀가 마비되었다. 정면의 적이 무리하지 않고 황급히 뒤로 물러서고 다시 뛰어든 우측의 적이 진원명과 정면의 적 사이를 가로막는다.

하지만 진원명은 우측의 적을 무시한 채 곧바로 몸을 틀어 왼편의 적에게 무기를 뻗었다.

쐐애액!

마침 왼편의 적이 막 일어나 진원명의 측면을 공격해 오는 순간이었다.

왼편의 적이 회피할 틈을 찾지 못하고 급정지하며 진원명의 무기를 막아간다.

'그래, 저건 나뭇가지가 아니다. 철봉이야, 철봉.'

왼편의 적이 스스로 자신에게 암시를 걸며 손아귀에 닥쳐올 충격을 대비하고 있을 때, 진원명의 무기가 적의 칼을 살짝 '피해' 지나갔다.

후두둑!

"빌어먹을, 철봉은 무슨."

왼편의 적이 울상을 지으며 중얼거렸다.

진원명의 나뭇가지가 갑자기 살아 있는 물건인 양 저절로 아래로 휘어지더니 자신의 허벅지를 훑고 지나갔기 때문이다.

적어도 철봉은 결코 저런 식으로 휘어지지 못한다.

다리가 시원한 기분에 시선을 떨군 왼편의 적은 살점이 모조리 떨어져 나간 자신의 허벅지를 보고는 땅에 쓰러져 비명을 질렀다.

그리고 중앙의 적과 우측의 적이 쓰러진 적을 엄호하기 위해 동시에 진원명에게 검을 찔러온다.

텅!

진원명이 들고 있는 나뭇가지와 중앙의 적이 들고 있는 검이 부딪치면서 난 소리였다.

중앙의 적은 예상한 반탄력이 느껴지지 않는다는 것에 놀랄 틈을 갖지 못했다. 진원명이 이어서 나뭇가지를 우측으로 휘둘렀는데, 그 나뭇가지에 자신의 검이 달라붙은 채로 따라가려 했기 때문이다.

중앙의 적이 필사적으로 자세를 바로잡으려 했지만 몸에 힘이 들어가지 않았다.

자신의 검에 달라붙은 진원명의 나뭇가지를 통해 자신의 힘이 계속 빠져나가고 있는 듯한 느낌이었다.

우측의 적은 재빨리 찔러가던 검을 회수하며 물러섰다. 자칫하면 아군을 찌를 판이었다.

그러자 진원명은 낮은 자세로 몸을 회전시키며 물러서는 적에게 나뭇가지를 찔렀다.

우측의 적은 진원명의 공격에 웃어야 할지 울어야 할지 모르는 상황이 되었다.

진원명의 찌르기는 자신의 몸에 닿기에는 턱없이 거리가 멀었다. 하지만 대신 진원명의 회전을 따라 진원명의 몸 주위를 한 바퀴 빙 돌며 달린 자신의 동료가 진원명이 찌른 나뭇가지의 방향을 따라 자신에게 검을 내민 채로 달려들고 있었다.

그 동료가 외쳤다.

"사호, 피하시게!"

사호라 불린 적은 자신에게 달려드는 동료 오호의 검을 간신히 옆으로 쳐내며 외쳤다.

"빌어먹을, 아군을 죽일 셈……."

퍼억!

사호의 말은 더 이어지지 못했다.

입이 사라졌기 때문이다. 진원명의 나뭇가지는 울퉁불퉁하고 이리저리 휘어져 있었다.

그 나뭇가지의 요철(凹凸)들이 목을 베어버리려는 진원명의 의도와는 다르게 사호의 얼굴 아래쪽 절반을 통째로 날려버렸다.

땅바닥을 뒹굴던 오호가 그 끔찍한 모습을 보고 몸을 떨었다.

"이, 이런… 괴물."

진원명은 쓰게 웃었다.

진원명이 예전에 숱하게 경험해 왔던 익숙한 모습, 익숙한 상황이었지만 심공으로 감정을 통제했던 과거에는 느껴보지 못했던 어두운 감정이 느껴진다.

이와 같은 상황에서 저런 말을 듣는다는 것이 이런 느낌이라는 사실을 진원명은 이제 와서 새삼 깨닫고 있었다.

오호는 진원명의 웃음이 소름 끼친다는 듯 뒤로 슬금슬금 물러나고 있었다.

문득 왼편에 쓰러져 신음하고 있는 동료의 모습이 보인다. 허벅지의 살점이 뜯겨져 나간 것으로 모자라 부서진 뼛조각들이 상처 부위를 파고들어 있는 모습. 도대체 어떻게 해서 저 가느다란 나뭇가지가 저런 말도 안 되는 위력을 발휘하게 된 것인가?

진원명은 자신이 들고 있는 나뭇가지를 바라보았다.

이 가느다란 나뭇가지가 이처럼 대단한 위력을 발휘할 것이라고는 자신이 처음 나뭇가지를 꺾어 들었던 시점에서는 전혀 예상하지 못했다.

단지 작은 바람에도 저렇게 이리저리 휘어지는 버드나무 가지라면 마공에 의한 진동 역시 분산시킬 수 있지 않을까라는 생각을 했을 뿐이다.

그리고 그 생각은 적중했다.

칼처럼 단단한 무기와는 다르게 유연한 버드나무는 마공에 의한 진동을 효율적으로 분산시켰다.

그리고 진원명의 마공은 일단 어느 정도 이상의 흐름을 일으키게 되면 주변에 흐르는 어떠한 기운이라도 그 흐름 속으로 유도할 수 있을 정도의 수준에 이르러 있었다.

때문에 진원명은 자신의 부족한 내공과 무관하게 저 작은 나뭇가지의 내부에 거대한 마공의 흐름을 일으킬 수 있었다.

이처럼 무림의 일류 급 고수 세 명의 협공을 물리칠 수 있을 정도의 흐름을.

약간의 어지러움을 느끼며 진원명은 생각에서 깨어났다. 자신의 몸 상태는 최악이었지만 쉬고 있을 틈이 없었다.

형, 이 형, 주 형, 은 누님 모두 지금 위험에 처해 있을 것이다. 만약의 사태가 벌어지기 전에 자신이 도와야 한다.

그렇게 생각하며 진원명은 땅에 쓰러진 적을 향해 걸음을 옮겼다.

그러기 위해서는 먼저 눈앞의 이자부터 처리해야 할 것이기 때문이다.

"…빌어먹을."

진원명이 무슨 의도로 다가오는 것인지 눈치 챈 오호가 낮게 중얼거렸다.

고작 이런 곳에서 이렇게 어이없이 죽고 마는 것인가?

"당신이… 설마 혼자 이 사람들을 모두 물리친 것인가요?"

진원명은 시선을 목소리가 들려온 방향으로 돌렸다.

작은 체구의 복면인이 보인다.

목소리로 보아 여자임이 분명하다. 진원명은 대답없이 몸을 돌려 우선 새로 등장한 복면인에게 달려들었다.

"아니, 잠깐만요. 나는……."

나뭇가지가 곧장 복면인의 목을 노린다. 복면인이 검을 빼들며 외쳤다.

"그건 도대체, 설마 그 나뭇가지를 들고 싸웠던 것인가요?"

막아서는 복면인의 검을 피하듯 찔러가던 나뭇가지가 크게 아래로 휘어지며 복면인의 배를 노린다.

놀란 복면인이 풍차처럼 검을 몸 앞으로 낮게 휘두르며 뒤로 몸을 날린다.

진원명의 나뭇가지가 그 검을 피하며 따라붙자, 복면인의 몸이 옆으로 빙글 회전하며 그 회전의 반동을 이용해 큰 궤적으로 검을 휘두른다.

검의 궤적이 나뭇가지의 가능한 움직임을 모두 제한하고 있었던 터라 진원명은 찔러가는 나뭇가지를 돌려 오히려 복면인의 검을 마주쳐 베어갔다.

스윽!

나뭇가지와 검은 마주치지 않았다.

복면인의 검의 궤적이 교묘하게 중간에 방향을 바꾸었기 때문이다.

진원명의 나뭇가지가 허공을 가르고 복면인의 검은 진원명의 가슴을 베어오고 있었다. 너무나도 시기 적절한 변화였고,

이것은 진원명의 입장에서 도저히 막을 수 없는 공격이다.

후우우우웅!

굉음과 함께 진원명의 신형이 갑작스럽게 뒤로 젖혀지면서 복면인의 검을 피해냈다.

복면인은 그 소리에 놀랐던 것인지 황급히 칼을 거두며 뒤로 물러섰다.

방금 전 진원명은 나뭇가지에 모여 있던 진기를 모두 하늘을 향해 방출해 버렸다. 진원명은 그 반동으로 자세를 바로잡고 뒤로 몸을 피할 수 있었던 것이다.

"방금 그 소리는 도대체……."

복면인이 중얼거리는 모습을 보며 진원명은 몸을 떨었다. 마음속 깊은 곳으로부터 치밀어 오르기 시작한 맹렬한 적의와 살의 때문이다.

자신에게 아직 이러한 격정이 남아 있었던 것인가?

떠오르던 의문은 순식간에 살의에 묻혔다.

진원명은 들고 있는 나뭇가지에 다시 마공을 일으키며 곧장 적에게로 달려들었다.

"자, 잠깐……."

적을 몰아붙이는 나뭇가지의 떨림이 거의 눈에 보이지 않을 정도로 빨라지기 시작했다.

나뭇가지에 흐르는 마공을 방금 전보다 더 많이 끌어올렸기 때문이다.

아무리 나뭇가지의 유연함이 진동을 분산시켜 준다 해도 강해진 진동에 진원명의 손은 이미 찢어져 피가 흐르고 있었다.

하지만 진원명은 아직 모자라다 여겼다. 복면인은 여전히 그러한 눈에 보이지도 않을 정도의 공격을 피하며 계속 검을 날려오고 있었다.

눈앞의 복면인은 실로 무시무시한 고수였다.

자신의 체력이 부족하니 속전으로 결판을 내야 할 것인데 그것이 쉽지 않았다.

만약 어느 정도만 적을 수세에 몰아넣을 수 있다면 방금 전 보였던 진기의 방출을 이용해 한 번에 적을 쓰러뜨릴 수 있을 것이다. 하지만 적의 날카로운 반격은 진원명에게 그 짧은 기회를 전혀 비추어주지 않는다.

아마 방금 전 허공을 향해 날렸던 진기의 방출을 통해 적 역시 자신이 무엇을 노리는지 이미 알고 있었던 것일지도 모른다.

진원명은 입술을 깨물었다.

더욱 치솟아오르는 진원명의 살기와 더불어 나뭇가지에 흐르는 마공 역시 그 기세를 더해가기 시작한다.

자신의 오른손에서 날린 핏물이 검의 궤적을 따라 비상하고 있었지만 진원명은 눈치 채지 못했다.

진원명은 오로지 적을 죽인다는 한 가지 행위에만 전력을 다하고 있었다.

지익, 지이익!

나뭇가지에 스치지도 않은 복면인의 옷자락이 베어져 나가고 있다. 나뭇가지의 끝에 맺히기 시작한 검기 때문이었다.

복면인의 움직임이 위축되는 것이 느껴진다.

적의 눈에 떠오르기 시작한 두려움을 눈치 챈 진원명은 가볍게 미소 지었다.

이제 조금만 더 몰아붙이면 된다.

"진 동생, 멈추게!"

익숙한 목소리가 들려온다.

하지만 뒤돌아볼 여유가 없다. 이제 거의 마지막 순간이다.

지금은 단지 적의 숨통을 끊는 것만 생각해야 한다. 다 잡은 고기를 놓치게 되면 고기는 다시는 그물 안으로 들어오지 않을 것이다.

"명아, 멈춰라! 그자는 적이 아니다!"

진원명은 가슴이 진탕되는 느낌을 받았다.

그물을 조이던 손이 느슨해진 것은 한순간이었다.

하지만 고기는 그 틈을 놓치지 않고 도망갔다. 그리고 지금 자신에게서 삼 장가량 떨어진 거리에서 맹렬한 적의를 담은 눈으로 자신을 바라보고 있다.

"도대체……."

도대체 형은 지금 무슨 소리를 한 것인가?

진원명은 참지 못하고 뒤를 돌아보았다.

형과 이주문이 다가온다. 그 뒤를 따르는 몇 사람은 진원명이 처음 보는 이들이다.

"명아, 이 사람들이 우리를 도와주었다. 이들은 적이 아니라 아군이니 그만 그 무기를 거두어라."

진원정은 그렇게 말하며 얼굴을 크게 일그러뜨린 채로 진원명의 모습을 바라보고 있었다.

진원명은 이해할 수 없었다. 왜 이들이…….

"이들이 어찌 적이 아니란 말입니까?"

그의 고함이 산을 쩌렁쩌렁 울린다.

모두가 자신을 놀란 눈으로 쳐다본다.

말도 안 되는 소리였다. 저 복면인이 우리의 적이 아닐 리가 없다. 저 복면인이 우리를 도와줬을 리가 없다. 저 복면인이 결코 우리의 아군일 리가 없다.

형은 무언가 오해하고 있음이 분명했다.

지금 자신을 노려보고 있는 저 복면인은 자신의 장원을 습격한 무리가 사용했던 무공과 완벽하게 동일한 무공을 사용하고 있었기 때문이다.

진원정은 가슴이 답답해져 오는 것을 느꼈다.

고함을 지른 순간 살짝 굳어 있던 상처가 터지며 진원명의 옆구리에서 피가 울컥 품어져 나오는 모습이 보였기 때문이다.

지금 진원명의 하반신을 붉게 물들게 한 원인이 바로 저 상처라는 사실을 진원정은 그 순간 알 수 있었다.

하지만 그 상처가 차라리 더 나은 것인지도 모른다.

지금 보이는 진원명의 오른손은 그저 붉었다.

그리고 그 붉은 손에서 계속 피가 흘러 땅으로 떨어져 내리고 있는 데도 진원명은 그 사실을 느끼지 못하고 있는 듯했다.

'나 때문이다. 내가 이런 비무행을 떠나려 했기 때문에, 나 때문에 명이가 저렇게 된 것이다. 나 때문에……'

진원명의 울분에 찬 눈빛을 바라보며 진원정은 그 자리에 못 박힌 듯 한 발자국도 움직일 수가 없었다.

"진 동생, 괜찮은 것인가?!"

이주문이 진원명에게 달려들며 소리친다.

이주문이 황급히 품속에서 비상약을 꺼내 든다.

진원명의 상처가 너무 심해 보이니 이주문은 자신이 가진 이런 싸구려 금창약으로 지혈이라도 제대로 시킬 수 있을지 걱정되었다.

상처에 금창약을 퍼붓듯 바르고 있는 이주문을 보며 진원명은 입을 열고 무어라 말하려는 듯했으나, 그 말을 채 하지 못하고 그대로 허물어지듯 쓰러졌다.

"진 동생! 이보게! 정신 차리게, 진 동생!"

이주문의 외침이 공허하게 숲 속을 메아리쳤고, 진원정은 여전히 그 자리에서 한 발자국도 움직이지 못한 채 쓰러진 진원명을 그저 망연히 내려다보고 있었다.

번외편

은비연과 주여환

"특정한 계기(契機)로 인해 얻어지는 것이 있다. 그런 계기가 없다면 평생을 놓치고 마는 것. 하지만 그 계기가 피할 수 없는 재앙(災殃)이라면? 그들은 과연 자신이 얻어낸 것을 기뻐할 잠시의 겨를이라도 있었을까?"

천강파와 청류방

물에 빠지면 지푸라기라도 잡는다는 말이 있다.

청류방(淸流幇)의 방주(幇主) 임철산(任鐵山)이 불사귀를 찾았을 때의 심정이 바로 그러했다.

황실(皇室)의 무인 탄압(武人彈壓)이 심해진 이래 가장 심하게 타격을 받은 이들은 대다수의 중소 문파(中小門派)들이었다.

보통 중소 문파들이 벌어들이는 이윤이 암거래나 자리세 등의 불법적인 방법을 통하는 경우가 많았다는 이유도 있었지만, 더 큰 이유는 각 지방의 대문파들과 달리 그들에게는 황실 무사들의 트집과 압력을 견뎌낼 만한 힘이 없었다는 것에 있었다.

덕분에 당시의 대다수 중소 문파들이 문파를 보전하기 위해서는 거의 봉문(封門)하다시피 외부 활동을 줄이고 황실의 눈에 띄지 않도록 최대한 조용히 지내는 것 이외의 방법이 없었다.

청류방 역시 과거에 함녕(咸寧)에 근거지를 두고 활동하던 제법 규모있는 방파였지만 왕조가 바뀐 뒤로 근 이십여 년간 이어져 온 황실의 핍박 아래 서서히 그 세력이 줄어들어 지금에 와서는 간신히 그 명맥만을 유지해 가고 있는 형편이었다.

그리고 얼마 전부터 무림에 대한 황실의 개입이 줄어들었다.

음지에서 숨어 지내던 수많은 중소 문파들, 그리고 각 지방의 대문파들과 초야에 은거해 지내던 수많은 무인들에 이르기까지 온 강호가 이를 기뻐했으나 청류방만은 그것을 기뻐할 수 없었다.

청류방의 남쪽에 자리 잡고 있던 천강파의 존재 때문이었다.

황실의 무인 탄압 이후로 수많은 중소 문파들이 음지에서 활동하려다 황실의 무사들에게 멸문하거나, 혹은 철저하게 외부 활동을 삼가고 폐쇄적인 생활을 하다가 몰락하거나 둘 중 하나의 길을 걸었지만 천강파는 그렇지 않았다.

천강오협(天罡五俠)이라 불리는 뛰어난 제자들의 활약 덕분이었다.

그들은 일 처리가 정확하고 그 방식이 협의에 어긋나지 않는 데다 본신의 무공 역시 상당하여 호북성(湖北省)과 호남성(湖南省)뿐만 아니라 강서성(江西省) 일부에서까지 그 인망이 드높았다.

그 인망으로 인해 황실에서도 그 일대의 중소 문파 중 유독 천강파에게만은 함부로 트집을 잡지 못했는데 그것이 그 근방의 뜻 있는 무인들이 천강파로 몰리는 이유가 되었다.

그렇게 다른 중소 문파들이 몰락 일로를 걷는 동안 천강파만이 그 힘을 오히려 전보다 더 늘렸으니 주변으로 그 세력을 넓히려 들 것이 당연했다.

더구나 천강파의 문주인 주자성(朱自醒)은 호전적인 인물로 유명했다.

몇 년 전 천강파 주변에 세력을 두던 거륭방(巨隆幫)과 군산파(群山派)의 이유 없는 멸문이 천강파에 의한 것이라는 사실은 그 주변의 무인들 사이에서는 공공연한 비밀이었다.

황실의 탄압이 극심하여 다른 문파들이 모두 숨죽이고 지내던 시절에도 그러했는데 이제 황실이 무림에 관심을 끊은 지금에 와서는 오죽하겠는가.

이미 천강파의 세력이 남으로 호남성에까지 이르렀으니 다음은 북으로 청류방의 차례일 것이 뻔했다.

이십 년간 이어져 온 황실의 탄압에도 꿋꿋하게 버텨왔던 방파의 원로들마저 사태를 비관적으로 바라보고 천강파의 선전포고만을 막연히 기다리는 실정이었으니 이미 청류방의 멸망은 방주인 임철산의 눈에도 기정사실인 듯 보였다.

천강파의 위세는 이미 그 근방의 중소 사파 모두가 연합한다 해도 당해낼 수 없을 정도로 대단하였다.

그러던 어느 날 무한(武漢)에 불사귀가 나타났다는 소문이 돌았다.

그 직후 임철산이 그 소문을 통해 불사귀를 찾은 것은 불사귀에게 어떤 희망을 가졌기 때문은 아니었다.

단지 아무것도 해보지 못하고 자신의 방파가 멸문하는 모습을 보고만 있을 수 없었기 때문이다.

그러나 임철산의 제안을 들은 불사귀는 너무나도 쉽게 그 제안을 수락했다. 그러고 나서 불사귀는 말했다.

"단, 조건이 있소."

불사귀의 조건은 단순했다.

불사귀는 청류방에서 사람들을 찾아주기를 원했다.

하지만 불사귀가 찾아달라는 사람들에 대한 정보가 너무나 불확실했다.

불사귀가 아는 것은 그가 찾고자 하는 인물들이 괴이한 무공을 사용했는데, 그들 모두가 같은 무공을 사용하는 것으로 보아 아마도 어떤 집단에 소속된 무리들이 아닌지 의심된다는 사실과 그들이 사용했던 몇 가지 무공 동작뿐이었다.

다급한 처지였던 임철산은 일단 불사귀가 먼저 자신의 제안을 이행해 주기를 원했다.

불사귀는 그 제안을 받아들였고, 그 즉시 남하하기 시작했다. 임철산이 내건 제안은 천강파의 멸망이었다.

사흘 후 통성에 있는 천강파의 총단에 청류방의 선전포고가 날아드는 것과 동시에 통성 동쪽에 위치한 천강파의 통산(通山) 분파(分派)가 불사귀에게 공격받았다.

그 싸움에서 천강오협의 삼협 전운이 목숨을 잃고 사협 태연경이 중상을 입은 채 도망쳐 총단에 불사귀의 습격을 알렸다.

청류방의 선전포고에 어처구니없어하던 천강파는 그때서야 긴장했다. 청류방의 선전포고가 불사귀의 힘을 등에 업었기에 가능했음을 알게 되었기 때문이다.

불사귀는 호북성 이남으로 내려온 일이 드물었다. 때문에 그동안 호북성과 호남성의 경계에 위치한 천강파는 불사귀의 알려진 무위에 큰 신용을 보이지 않았었다.

하지만 아무리 일개 분파라 하더라도 그 많은 사람들을 단신으로 물리쳤다는 것은 상식적으로 불가능한 일이었다.

천강파는 비로소 과분하다 여겼던 불사귀의 명성이 실제로는 그 실력에 훨씬 미치지 못했음을 깨달았다.

그로부터 일주일 뒤 통산 서쪽에서 청류방의 무인들과 불사귀가 합류해 통성으로 내려오고 있다는 소식이 천강파에 전해졌다.

그것을 들은 천강파의 장문인 주자성은 제자들에게 북쪽의 평원에서 적을 요격할 것을 명했다. 천강파의 총단을 적에 의해 어지럽히지 않고자 했던 이유였다.

그 말을 들은 태연경이 심한 부상으로 거동이 불편한 몸을 이끌고 대청까지 나가 주자성에게 일단 총단을 버리고 악양 분타로 후퇴하여 전력을 재정비할 것을 간청했다.

주자성은 태연경의 말에 크게 분노했다. 출행 전에 무인들의 사기를 꺾는다는 이유였다.

결코 주자성의 뜻이 바뀔 것 같지 않자 태연경은 요격을 준비하는 일협 주여환과 이협 이주문을 찾아가 절대 불사귀와는 맞상대하지 말 것을 간곡히 당부했다.

평소 태연경의 사려 깊음을 잘 알고 있었던 주여환은 그 충고를 받아들였으나 죽은 삼협과 평소 친분이 깊었던 이협 이주문은 그러지 않았다.

그날 오후 통성 북쪽 평야에서 청류방 무인들과의 전투가 시작되었을 때 이주문은 오히려 자신의 제자들 중 실력있는 몇 명과 함께 불사귀를 노렸다.

놀라서 만류하려 달려가는 주여환의 눈앞에서 이주문의 몸이 좌우로 양분되었다.

이주문의 실력을 잘 알고 있던 천강파의 무인들이 두려움에 몸을 떨었다. 주여환 역시 그 모습을 보고 두려움에 몸을 떨었다.

하지만 그 순간 주여환이 느낀 두려움은 그 내용이 남들과 조금 달랐다.

주여환은 이주문을 살해하는 순간의 불사귀의 눈을 보았다. 그 눈에서는 일말의 살기나 분노도 보이지 않았다. 침착하고 냉정한, 마치 얼음장 같은 눈빛이다.

주여환은 불사귀의 눈빛을 보며 그렇게 느꼈다.

주여환은 또한 이주문의 제자들을 상대하는 불사귀의 모습 역시 보았다.

그 동작들은 지극히 간결했고 힘의 불필요한 낭비 없이 그 상황에서 상대방의 목숨을 끊는 데 가장 효율적인 형태를 취하고 있었다.

그렇기에 주여환은 알게 되었다, 불사귀는 그들에게 어떠한 감정도 가지고 있지 않다는 것을.

불사귀는 마치 정원의 잡초를 제거하듯 그들을 죽이고 있었다.

그 행동에는 그들에 대한 증오도 미움도 존재하지 않았다. 불사귀의 살인에는 단지 필요만이 있을 뿐이었다. 유독 이주문을 살해한 방식만이 잔인했던 이유는 그가 천강파의 중요 인물이었기 때문일 것이다.

이주문을 잔인하게 살해함으로써 그는 천강파의 무인들에게 두려움을 심어줄 필요가 있었다.

그 필요가 불사귀로 하여금 저토록 냉정한 눈으로 그처럼 불필요하게 잔인한 수법을 사용하도록 만든 이유인 것이다.

그리고 이주문이 저런 모습으로 살해되었기에 천강파의 무인들은 지금 확실히 동요하고 있었다.

그렇기에 주여환은 두려워했다.

자신의 아버지 주자성을 항시 반대하던 자신이었기에, 자신에게 필요하다면 죄없는 타인들의 희생쯤은 당연하다고 생각하는 아버지를 결코 용납하지 못하던 자신이었기에 주여환은 자신이 불사귀 역시 결코 용납할 수 없으리라는 것을 깨닫고 있었다.

게다가 그는 자신의 두 사제를 살해한 원수였다.

사제들을 잠시 떠올리는 것만으로도 그는 불사귀에게 달려들어 목숨을 걸고 싸우고 싶다는 충동에 휩싸였다.

주여환은 그러한 자신의 마음이 두려웠다.

개죽음을 당할 것이다.

복수는커녕 지금 싸우고 있는 천강파의 남은 제자 모두를 죽음으로 이끄는 일이 될 것이다. 그리고 그들이 모두 전멸당한다면 남아 있는 천강파에는 미래가 없었다.

그렇게 된다면 남은 사저와 사제들, 그리고 문파의 수많은 제자들 역시 무사하지 못하게 되리라.

주여환은 자신의 선택이 가져올 미래가 너무도 두려워 스스로의 가슴을 쥐어뜯었다. 손이 살갗을 파고들어 피가 맺혔지만 그는 고통을 느끼지 못했다.

　그러던 그의 손가락에 무엇인가 걸리는 것이 있었다. 술병이었다. 이주문이 출행 전에 건네준 것이다. 귓가에 이주문의 목소리가 울려 퍼진다.

　"이번 요격 후에 사형과 한잔하려고 가져온 거야. 이거 원래 안 되는 거 잘 아니까 일단 사형이 가지고 있다가 나중에 전투가 끝나면 마시도록 하자. 괜찮지?"

　왜 눈치 채지 못했을까.
　이주문이 술을 즐겨하는 편이긴 하지만 이런 곳에서까지 술을 찾을 정도의 술꾼은 아니었다.
　이주문은 평소 전운과 함께 술을 즐겼으니 그는 이곳에서 불사귀에게 복수하고 한잔 술로 전운의 넋을 달래줄 생각이었으리라.
　"하지만 이제는 네 그 말이 너의 유언이 되었고, 이 술병이 너의 유품이 되었구나."
　주여환은 눈물을 흘리며 술병의 마개를 뽑고 술을 한 모금 들이켠 후 주저없이 퇴각을 명했다.

*　　　　*　　　　*

주자성은 주여환에게 크게 분노했다.

패하고 돌아온 데다 그 변명이 마음에 들지 않았기 때문이다.

주여환은 불사귀의 능력을 무시한 것이 패인이라고 말했다.

요격이 시작된 뒤로부터 퇴각까지 걸린 주여환의 망설임은 그리 길지 않았으나 그 짧은 순간 수많은 제자들이 불사귀의 손에 운명을 달리했다.

그 모습을 보며 주여환은 불사귀를 상대하는 것이 천강파에게 복수심을 충족시키는 것 이외에 어떤 이득도 없으리라는 것을 알게 되었다.

주여환은 자신이 알게 된 사실을 담담한 표정으로 주자성에게 보고했다.

일단 악양 분파에서 남은 전력을 가다듬은 뒤 소수의 실력 있는 제자들을 추려 적들의 주력을 우회해 청류방 본진을 쳐야 한다. 결코 불사귀와 정면으로 싸워서는 안 된다.

그것이 주여환의 의견이었다.

주자성은 주여환의 의견을 마음에 들지 않아했지만 밀고 내려오는 청류방의 무인들을 어찌해 볼 도리가 없었기에 결국 총단을 버리고 악양으로 남하했다.

천강파의 악양 분파는 원래 수적들의 본거지였는데, 천강 오협과 그 제자들이 원래 그곳에 자리 잡고 있던 수적들을 물리치고 남은 수채를 차지한 것이었다.

수적들의 본거지였던 만큼 그 위치가 외부에서 공격해 오는 적을 막기에 적합하였기에 청류방은 더 이상 섣불리 남하하지 못했다.

전쟁은 그로부터 얼마간 소강상태를 보였다.

그 소강상태 동안 악양으로 후퇴한 천강파에는 작은 문제가 생겼다.

천강파의 무인들이 두 패로 나뉘어 서로 의견을 달리했던 것이다.

오협 육소정을 필두로 호남에 자리 잡고 있던 무인들은 청류방과의 정면 대결을 원하였고, 일협 주여환을 필두로 이미 청류방과 일전을 치른 적이 있는 무인들은 청류방의 주력을 피해 적의 본진을 공략해야 한다고 주장했다.

당장은 그 어느 쪽의 의견도 마음에 들지 않았기에 주자성은 쉽게 결정을 내리지 못했다.

천강파와 마찬가지로 청류방에도 여러 가지 문제가 발생했다.

청류방의 주력이 통성 이북의 천강파 총단에 머무르고 있는 틈을 노려 천강파에게서 뺏은 통산의 분파와 함녕의 본파에 머무르는 방도들이 알 수 없는 무인들의 습격을 받기 시작했던 것이다.

그 원인은 불사귀에게 있었다. 불사귀에게 원한을 가진 많은 무인들이 불사귀와 손을 잡은 청류방에게 그 원한의 일부를 돌렸던 것이다.

청류방으로선 애초에 세 지역의 분파 모두 운영할 여력이 없었다. 그런 처지에 생각지 못한 적들에게 배후가 습격받게 되니 방도들의 동요가 컸다.

일단 임철산은 통산 분파에 머무르던 인원을 모두 함녕의 본파로 철수시켜 급한 불을 껐으나, 이 사건을 통해 그동안 잠자코 임철산의 결정을 지켜보던 휘하의 원로들에게서부터 불만이 터져 나오기 시작했다.

애초에 불사귀의 힘을 빌리는 것이 잘못되었다는 것이다.

임철산은 그렇다면 왜 시작부터 말리지 않았는지 따지고 싶었으나 실행에 옮기지는 않았다. 임철산 역시 그들과 비슷한 생각을 하고 있었기 때문이다.

불사귀와 손을 잡게 되는 데에는 득도 있지만 실 역시 크리라는 사실을 좀 더 고려했어야 했다.

불사귀와 손을 잡게 되면 불사귀의 원수들이 청류방을 노릴지도 모른다는 것은 예상하고 있었지만 그 시기가 너무나 빨랐다.

그들을 이대로 내버려 두자니 후방에 남겨둔 방도들의 피해가 적지 않았고, 그들을 처리하기 위해 물러나자니 거의 궁지에 몰아둔 천강파가 다시 살아날 것이 걱정이었다.

하지만 천강파가 전력을 유지한 채 악양으로 내려갔으니

당장 무턱대고 그들을 치는 것은 무모했다.

그래서 청류방에서 내린 결론은 소수 주력을 본진으로 돌리고 나머지 주력은 이곳에서 천강파의 움직임을 조금만 더 기다려 보자는 것이었다. 하지만 그렇다 해도 걱정은 끝이 아니다.

임철산이 가장 불안해하는 것은 후방을 괴롭히는 불사귀의 적들도, 전방에 포진한 천강파의 병력들도 아닌 바로 불사귀 본인의 마음이었다.

당장 그들은 불사귀의 조건을 이행할 능력이 없는 처지였다. 기다림에 지친 불사귀가 그들을 떠나기라도 한다면 당면한 천강파의 무인들에게 그들은 순식간에 전멸당할 것이 뻔했기 때문이다.

만약 최악의 경우 분노한 불사귀가 오히려 청류방에게 등을 돌린다면 그 결과는 상상하기조차 두려운 것이다.

임철산은 벼랑 끝에 내몰린 듯한 기분을 느꼈다. 하지만 이미 돌이킬 수 있는 방법은 없었다. 임철산이 그렇게 때늦은 후회로 머리를 싸매고 있는 동안 시간은 의미없이 흘러갔다.

그리고 한 달 뒤, 그 소강상태를 깨뜨릴 만한 사건이 벌어졌다.

불사귀가 암습을 당한 것이다.

불사귀의 무료함을 달래주고자 임철산이 통성 시내에 있는 주루에서 연회를 개최했는데, 연회가 끝나고 총단으로 돌아오던 불사귀에게 어둠 속에서 세 자루의 비도가 날아왔다.

불사귀는 두 자루를 튕겨내고 한 자루를 왼손으로 받아냈다. 하지만 그러는 도중 손바닥에 길게 상처를 입고 말았다.

불사귀를 호위하던 무사들이 황급히 흉수의 뒤를 쫓았으나 흉수는 이미 그 종적을 찾을 수 없었다. 단검에 묻어 있던 독이 지독해서 불사귀가 그 즉시 내공으로 독을 뿜어내었으나 당분간 정상적인 운신은 어려울 듯했다.

그 사실이 알려지자 청류방의 무인들은 크게 동요했고, 예상대로 일이 풀리지 않음에 임철산은 하늘을 원망했다.

그와 반대로 계획했던 암습이 성공하자 주자성은 하늘이 아직 자신을 버리지 않았음에 감사했다.

이미 천강오협 중 두 명이 죽었다. 일반 제자들이야 얼마가 죽든 다시 받아들이면 그만이지만 그들은 다르다. 사형과 사저는 이제 더 이상 천강파에 연연해하지 않을 것이니 주자성은 그들과 같은 인재를 다시 키워낼 방법이 없었다.

"다섯 명의 협객이 하지 못한 일을 한 명의 살수가 해냈으니 확실히 사형이 사저보다 못하구려."

주자성은 그렇게 중얼거리며 웃었다. 청류방 따위에게 입은 손실이 너무 크긴 하나 아직 오협 중 세 명이 살아 있으니 충분하다. 오히려 천하무적이라 불리는 불사귀를 잡는다면 죽은 이협의 손실을 메우고도 남을 만큼의 명성을 얻게 될 것이라 생각했기 때문이다.

주자성은 불사귀가 회복할 여유를 주어서는 안 된다고 판단했다.

주자성은 즉각 병력을 움직이기 시작했다. 오협 육소정과 일협 주여환이 주장하던 바를 이미 준비해 두었던 것이 큰 도움이 되었다.

일협은 발빠른 제자들과 함께 적들의 퇴로를 차단하기 위해 우회했고, 오협과 주자성은 남은 천강파의 총력과 함께 통성으로 치고 올라갔다.

암습이 성공한 뒤 고작 하루 반나절 만에 주자성의 주력이 통성을 지나 원래 자신들의 본거지였던 천강파의 총단에 도착했다.

청류방의 무사들이 도망은커녕 아직 짐도 다 싸지 못했을 것이라 여긴 주자성의 판단은 결과적으로는 옳았으나 내용은 조금 달랐다.

청류방의 무사들이 애초에 짐을 쌀 생각이 없었기 때문이다. 청류방의 무인들은 총단 앞에서 무기를 들고 천강파의 무인들을 맞이했다.

그리고 그 선봉에는 불사귀가 서 있었다.

천강파의 무인들 사이에 동요가 일어나자 주자성이 외쳤다.

"저따위 공성계(空城計)에 겁먹지 마라! 불사귀의 왼팔에 감긴 붕대가 보이지 않느냐! 지금이야말로 무림공적 불사귀를 죽여 천강파의 무위를 천하에 떨칠 때다!"

과연 불사귀의 왼손이 붕대에 감겨 있는 것이 부상을 입었음이 분명했다.

천강파의 무인들이 비로소 용기를 얻고 전진하기 시작했다.

그리고 그것을 맞이하기 위해 불사귀 역시 걸어오기 시작했고 청류방의 무인들이 그 뒤를 따랐다.

두 무리 간의 거리가 천천히 가까워졌다. 그리고 거리가 가까워짐과 동시에 양측의 긴장감이 커지기 시작했다.

사방이 조용한 가운데 공터에는 양측 무인들의 발소리만이 울려 퍼지고 있었다.

이윽고 서로의 거리가 상대방의 얼굴 표정을 식별할 수 있을 만큼 가까워졌을 때 양측의 몇몇 무인들로부터 함성이 터져 나오기 시작했다.

긴장감을 떨쳐 버리기 위한 함성이었다.

그 함성은 순식간에 전염되어 곧 총단 앞의 공터가 그들의 함성으로 가득 메워졌다.

"싸워라!"

임철산과 주자성의 외침이 그 함성을 누르고 울려 퍼진다.

그렇게 전쟁이 시작되었다.

주여환

그로부터 약 반 시진 뒤 천강파 총단을 우회해 청류방의 퇴로를 가로막고 있던 주여환을 비롯한 천강파의 제자들은 피투성이가 되어 달려오는 한 사내를 보았다.

주여환은 곧장 매복했던 무인들을 통솔해 총단으로 내려갔다.

피투성이의 사내가 지금 청류방과 전투를 치르고 있어야 할 천강파의 공격대에 속한 자라는 것을 알았기 때문이다.

그가 기절하기 직전에 남긴 몇 마디 말로 주여환은 불사귀의 부상이 청류방의 속임수였음을 깨달았다.

아버지와 막내 사제는 불사귀의 무서움을 아직 모른다. 주여환은 이주문의 죽음을 떠올렸다.

머릿속에 떠오르는 불안한 생각들을 떨쳐 버리기 위해 주여환은 더욱 걸음을 빨리 했다.

누군가 붉은색의 먹으로 여기저기 휘갈겨 놓은 산수화를 보는 듯 주여환은 자신이 도착한 전장의 모습이 도저히 현실이라는 느낌이 들지 않았다.

사방에 핏물이 흘러내려 웅덩이를 만들고 있었고, 누군가의 살점들이 그 위를 떠다니고 있었다.

아마 그 피와 살점의 주인이었으리라 생각되는, 주변에 깔려 있는 수많은 시신들은 대부분이 자신에게 익숙한 얼굴들을 하고 있었다.

도대체 왜, 무엇 때문에 이 많은 사람들이 죽어 있는 것인가?

그는 이해할 수 없었다. 이해하고 싶지도 않았다.

"사형… 도와주러 오셨군요."

그렇게 넋을 잃고 서 있던 주여환의 발치에서 익숙한 목소리가 들려왔다.

주여환은 자신의 눈과 귀를 의심했다. 그의 발밑의 시체들 사이에 누워 있는 무엇인가가 막내 사제의 목소리를 내고 있었다.

주여환은 몸을 낮춰 육소정의 목소리를 내고 팔다리가 없는 그것을 안아 들었다. 그것이 힘겹게 이어서 말했다.

"불사귀의 무공은… 쿨럭! 대단하더군요. 사형의 말을…
들었어야 했습니다."

그것은 그렇게 말하고 심하게 기침을 해댔는데, 그 기침이
멎는 순간 그것의 숨도 멎었다.

순간 주여환의 사고가 정지했다.

'무슨 일이 일어난 것인가.'

그는 아무 생각도 할 수 없는 상태로 고개를 들었다. 누군
가가 달려가는 모습이 보인다. 그는 천강파 제자의 옷을 입고
있었다. 그 뒤를 다른 누군가가 쫓아간다. 저 복장도 본 적이
있었다.

청류방의 무인들이 즐겨 입는 옷이었지. 주여환이 그렇게
기억을 되새겼을 때 쫓아가는 자가 달려가는 자를 따라붙어
등을 칼로 찔렀다.

"으아악!"

비명이 울려 퍼진다.

주여환은 눈살을 찌푸렸다. 갑자기 들려오기 시작하는 비
명 소리 때문이다.

막혀 있던 귀가 갑자기 뚫리는 기분이었다. 둘러보니 사방
에서 이와 비슷한 일들이 벌어지고 있었다.

'무슨 일이 일어나고 있는 것인가.'

싸우는 자들이 있었다.

그들은 방금 전까지 자신과 함께 총단 뒷길에서 매복하고

있던 자들이었다.

저들은 누구와 무엇 때문에 싸우고 있는 것일까? 주여환은 의문을 느꼈다.

그들은 분투하고 있었다.

이유가 어찌 되었든 그들의 싸움을 바라보며 주여환은 흐뭇한 기분을 느꼈다.

저들 대부분은 그가 가르쳤거나 그를 따르던 제자들이었다. 저들이야말로 천강파의 진정한 정예라 할 수 있으리라.

주여환이 그렇게 그들의 활약을 멍하게 바라보고 있을 때 누군가가 그들의 뒤로 뛰어내린다. 그자의 움직임은 분명 자신의 기억에 있는 듯한 모습이었다.

주여환이 잠시 그자가 누구인지 고민하고 있을 때 주여환의 제자 중 한 명이 그의 의문을 풀어주었다.

"뒤쪽에 불사귀다!"

그렇게 외친 제자는 이어지는 불사귀의 단칼에 머리를 잃었다.

아니, 단칼이라는 말은 어울리지 않겠군. 주여환은 고개를 갸웃거렸다.

그 칼질이 그대로 이어져 좌측과 우측에 있던 제자의 복부와 가슴을 베고 지나갔기 때문이다. 적과 싸우던 천강파의 제자들이 모두 한순간 공세를 멈추고 불사귀를 경계하는 것이 느껴졌다.

불사귀는 무감정한 눈으로 좌우를 둘러보다 이내 주여환과 눈이 마주쳤다.

'무슨 일이 일어나려는 것인가.'

불사귀의 신형이 튕겨져 온다.

빛살 같은 속도였다. 불사귀의 칼이 자신의 목을 노려오는 것을 보았지만 주여환은 멍한 눈빛으로 그것을 바라보고 있을 뿐 어떤 행동도 취하지 않았다.

주여환의 제자들 사이에서 고함과 비명이 터져 나온다.

주여환이 그들을 돌아보며 생각했다.

나를 부르는 것인가? 무엇 때문에?

그렇게 불사귀의 칼이 주여환의 목을 베고 지나가려는 찰나 세 줄기 빛살이 불사귀에게로 날아들었다.

챙챙챙!

불사귀가 뒤로 물러섰다. 주여환의 앞에 누군가가 서 있었다. 주여환이 자신의 앞을 가로막은 그녀를 내려다보며 입을 열었다.

"사저."

불사귀의 시선 역시 그녀, 은비연을 향하고 있었다.

은비연은 주여환이 속한 별동대에 포함되어 있었다. 불사귀가 입을 열었다.

"너로구나."

불사귀의 질문이 무엇을 말하는지 알고 있었으나 은비연

은 대답하지 않았다.

그녀는 스스로의 어리석음에 분노하고 있었다.

'아아, 은비연 너는 이미 뼛속까지 주씨 가문의 노예가 되어버린 것이구나.'

그날 저녁의 암습에서 불사귀에게 날린 세 자루 비도는 더없이 완벽했다.

그것을 막아낸 불사귀이니 이런 식의 허술한 공격은 애초에 성공할 리 없는 것이었다. 설령 주여환이 죽더라도 좀 더 완벽한 기회를 기다렸어야 했다.

만약 누구라도 불사귀의 손발을 잠시만 묶어줬다면 암습은 성공했을지도 모른다.

은비연은 입술을 깨물었다.

이제 불사귀에게 얼굴이 알려졌으니 자신이 근처에 있다면 분명히 경계할 것이다. 이제 더 이상의 암습은 불가능했다.

"놀랍구나."

불사귀가 입을 열었다.

"이런 작은 문파에 너 정도의 살수가 있을 줄은 생각지도 못했다."

"사제를 데리고 피신해라."

불사귀의 말을 무시한 채 은비연이 주변의 제자들에게 지시했다.

이미 지나 버린 일에 연연해해선 안 된다. 그녀는 어떠한 상황에서도 침착할 수 있도록 훈련받아 왔다.

그녀는 누구보다 냉정하게 주변의 상황을 파악하고 있었다.

은비연은 자신이 불사귀를 제압하거나 적어도 이곳에 묶어두지 않는 한 자신과 천강파의 남은 제자들에게는 결코 희망이 없다는 사실을 알고 있었다.

하지만 내가 과연 이자를 상대할 수 있을까?

은비연은 그 결과를 낙관하기 힘들었다.

그녀의 지시에 따라 살아남은 천강파의 제자들이 뒤늦게 합류한 매복조를 중심으로 다시 뭉쳐 물러나기 시작했다.

하지만 청류방의 무인들이 그것을 그냥 지켜보고 있지 않았다.

다시 퇴로를 가로막으려는 청류방의 무인들과 퇴로를 확보하려는 천강파의 무인들 간에 접전이 벌어지기 시작했다.

그 접전은 천강파가 청류방을 압도하는 모습으로 흘렀다.

숫자는 적었으나 지금까지의 전투에서 살아남은 제자들과 매복해 있던 제자들은 천강파의 최정예라 할 수 있었다. 거기에 당장 퇴로를 확보하지 못한다면 그곳에서 뼈를 묻어야 할 형편이니 천강파의 제자들은 스스로의 목숨을 아끼지 않고 덤벼들고 있었다.

청류방의 무인들은 비록 숫자는 그들보다 많았으나 그들의 독기 어린 모습에 밀려 차츰 그들에게 길을 내주고 있었다.

임철산은 그 모습을 보며 눈살을 찌푸렸다.

근 한 시진의 전투 끝에 이제 겨우 적이 모두 전의를 잃고 슬슬 전투가 일방적인 섬멸전의 형태를 띄어간다 싶은 것이 한순간에 다시 처음으로 원상 복귀되어 버린 셈이다.

청류방은 천강파에 비해 머릿수로도, 개개인의 무공 수위로도 밀렸다.

방금 전의 싸움에서 그들이 승리한 것은 불사귀가 천강파 무사들의 뒤편까지 파고들어서 그들의 전열(戰列)을 끊임없이 흔들었기 때문이다.

그런 사정에서 당장 불사귀가 빠져 버리니 청류방은 오히려 수적으로 앞서는 상태에서도 적들에게 속수무책으로 밀리고 있었다.

임철산은 초초하게 불사귀를 돌아보았다. 불사귀는 여전히 방금 전 나타난 그녀와 대치 중이었다.

"도대체 불사귀는 뭘 꾸물거리고 있는 것인가."

임철산이 그렇게 안절부절못하며 불사귀를 바라보고 있을 때 주여환 역시 불사귀와 대치한 은비연을 바라보며 알 수 없는 불안감에 안절부절못하고 있었다.

그의 과거에 이와 같은 장면을 접한 듯한 느낌이 있었기 때문이다.

그 느낌이 주여환을 불안하게 만들었다. 그래서 제자들에게 이끌려 물러나면서도 시종일관 은비연에게서 시선을 거두지 못했다.

"네 실력을 보여봐라."

불사귀가 말했다.

하지만 은비연은 움직이지 않았다. 잠시 은비연을 바라보던 불사귀가 어쩔 수 없다는 듯 말했다.

"그럼 내가 먼저 출수하도록 하지."

말이 끝나기가 무섭게 불사귀의 칼이 날아든다.

은비연이 가볍게 뒤로 뛰며 허리에 찬 장검을 빼서 응수한다.

"비도가 아니라면 어려울 것이다."

불사귀의 도가 은비연의 검과 마주치자 은비연의 몸이 순간 균형을 잃는다.

무기가 마주친 순간 불사귀가 상대방의 검에 실린 힘을 흩어버렸기 때문이다.

"내가 너를 너무 과대평가한 것인가?"

불사귀의 칼이 날아든다.

은비연이 검을 쳐들어 막으려 하지만 이번 일격에 실린 힘은 그녀의 흐트러진 자세로 막을 수 있는 정도의 것이 아니었다.

불사귀는 검째로 그녀를 베어버리려는 생각으로 힘을 가하려는 순간 자신의 가슴 언저리에서 섬뜩한 살기를 느꼈다. 그 즉시 팔에 힘을 거두고 철판교의 수법으로 몸을 뒤로 젖혔다. 그러자 몸 위로 두 자루의 비도가 스쳐 지나간다.

불사귀는 그녀의 이어지는 공격을 염려하여 철판교를 펼

침과 동시에 젖혀진 몸 그대로 뒤로 미끄러지듯 물러섰다.

하지만 그녀로부터 더 이상의 공격은 없었다.

"너의 비도는 참으로 놀랍구나. 눈앞에서 비도가 날아왔는데도 난 네가 어떻게 비도를 날렸는지 파악하지 못했다."

불사귀는 진정 감탄한 듯했으나 그 모습에서 위기가 느껴지지 않는다.

은비연은 입술을 깨물며 생각했다.

'역시 나의 능력으로는 시간을 끌 수 있을 뿐 불사귀를 상처 입히는 것은 불가능하다는 것인가?'

그마저도 자신의 남아 있는 비도가 다 떨어지는 순간까지일 뿐이리라.

"그렇군. 시간을 버는 게 목적이었나?"

그녀가 계속해서 공격할 의사가 없는 듯하자 불사귀는 물러나기 시작하는 천강파의 무인들을 바라보며 그렇게 말했다.

"계약이 있으니 더 이상 상대해 주기 어렵겠구나."

불사귀는 다시 시선을 은비연에게로 옮겼다.

"이것을 받아보아라."

불사귀가 그렇게 외치며 몸을 날려온다.

사선으로 내려 베는 도법. 그 모양이 단순했기에 그녀가 여유를 두고 뒤로 몸을 피하려는 순간 그녀의 왼팔에서 선혈이 튀어 오른다.

은비연이 뜻밖의 부상으로 주춤거릴 때 불사귀가 다시 도를 올려 베었는데 은비연이 거리가 있음에도 불구하고 황급히 뒤로 몸을 굴렸다.

다시 물러나는 은비연의 등에서 선혈이 튀었다.

불사귀가 세 번째 일격을 날리는 순간 다시 은비연에게서 비도가 날아들었다.

불사귀가 방금 전보다 여유있게 날아드는 비도를 받아치는 동안 은비연은 크게 뒤로 물러서며 거리를 삼 장이 넘게 벌렸으나 마음을 놓지 못했다.

불사귀가 보여준 것은 무형(無形)의 검기였다.

그것도 검끝으로부터 최소한 반 장 이상의 거리를 가로지르는 검기였다.

그녀는 눈에 보이지 않는 일 장 길이의 칼을 들고 있는 불사귀를 상상했다. 도저히 상대할 수 없는 괴물이 아닌가.

은비연의 몸에서 힘이 빠지기 시작했다.

생각 이상으로 방금 전 부상의 출혈이 큰 듯하다.

아니, 불사귀가 보여준 압도적인 무위에 대항할 의지가 사라져 버려서 그렇게 느껴지는 것인지도 모른다. 어찌 되었든 결과는 같다.

은비연은 입술을 깨물며 생각했다.

나는 지금 다가오는 저 괴물 같은 자의 칼에 갈가리 찢겨 나갈 것이다.

주여환은 자신의 심장이 두근거리는 것을 느꼈다.

"이렇게 되면 예전과 달라진 것이 없지 않는가."

중얼거리는 주여환의 눈에 피투성이가 된 은비연이 비치고 있었다.

그리고 그의 눈에 비치는 그녀의 모습이 어린 시절에 보았던 그녀의 모습과 겹쳐지기 시작했다.

주자성이 어느 날 주여환을 불렀다.

"너의 평생을 함께할 심복이 오늘 도착할 것이다."

어렸던 주여환은 심복이라는 단어가 무엇을 말하는 것인지 몰랐으나 아버지의 말투에서 느껴졌던 느낌대로 그저 자신을 위해 준비된 선물이 아닐까 생각했다.

그리고 그날 오후 아버지에게 손님이 찾아왔다. 중년의 여인과 그녀의 딸 정도로 보이는 작은 소녀였다.

아버지는 그 여인을 사고(師姑)라 부르도록 했다. 그리고 그 소녀의 이름을 은비연이라 말하며 오전에 얘기한 주여환을 평생 동안 보필할 심복이라고 말했다.

주여환은 기쁨을 감추지 못했다.

소녀가 처음 천강파에 들어서는 순간부터 시종 주여환의 눈길이 그녀를 떠나지 못하던 것과 같은 이유에서였다.

주여환은 여전히 심복이 무엇인지 이해하지 못했으나 단순히 그녀와 평생을 함께할 것이라는 그 말이 기뻤다.

그날부터 사고와 은비연은 천강파에 머물렀다.

어린 시절의 은비연은 말이 없었다. 주여환이 어떤 놀이를 하자고 조르더라도 은비연은 그의 말을 따랐다.

하지만 거기에 어떠한 감정을 비추는 일은 없었다.

주여환이 무엇을 시키든 그녀는 기분 나빠 보이지도 않았지만 그렇다고 즐거워 보이지도 않았다.

주여환은 그녀가 진심으로 기뻐하는 모습을 보고 싶었다.

은비연이 천강파를 찾아온 지 한 달이 조금 지난 그날도 주여환은 은비연을 데리고 새로운 놀이를 고안하던 참이었다.

천강파의 서쪽에는 작은 호수가 있었는데, 주여환은 그곳에서 낚시를 해볼 생각이었다.

당시 천강파의 무술 사범들을 따라 간혹 낚시를 가곤 했지만 어린 주여환은 고기가 낚이는 동안의 기다림이 지루하기만 했을 뿐이었다. 하지만 자신과는 달리 조용한 성격의 은비연이라면 사범들처럼 낚시를 좋아할지도 모른다고 생각했다.

평소 사람들이 잘 찾지 않던 호숫가에는 그날따라 드물게도 누군가가 서 있었다.

사범들 중 한 명이 몰래 빠져나와 놀고 있는 것일까?

주여환이 그렇게 생각하며 그 사람에게 다가가려 했을 때 그 사람이 주여환의 기척을 느끼고 몸을 돌렸다.

주여환의 걸음이 멈춘다.

주여환을 향한 사내의 얼굴은 검은 복면으로 가려져 있었고, 그의 오른손에는 날이 선 장검이 예리하게 빛을 발하고 있었다.

그 모습을 본 주여환은 순간 다리가 굳어버린 듯 몸을 움직이지 못했다. 복면인에게서 느껴지는 두려움 때문이었다.

주여환은 살기를 느껴본 것이 처음이었지만 자신을 향하는 그 느낌이 의미하는 것이 무엇인지 분명하게 알고 있었다.

하지만 주여환은 그 느낌을 애써 부정하려 했다.

분명 짓궂은 사범들 중 누군가가 몰래 장난을 치는 것이리라.

그렇게 믿으려 애썼기 때문에 주여환은 복면인이 다가와 들고 있던 검으로 자신을 찌를 때까지 그저 멍하게 쳐다보고 있었을 뿐 어떠한 저항도 하지 못했다.

주여환은 검에 찔리지 않았다.

주여환의 가슴을 복면인이 찌르려는 순간 조금 뒤처져서 따라오던 은비연이 달려들어 주여환을 뒤로 밀치고 막아섰기 때문이다.

대신 은비연의 가슴에 복면인의 검이 파고들었다.

그리고 그 순간 은비연의 오른손이 세차게 휘저어졌다. 검을 놓치고 신음을 흘리며 물러서는 복면인의 어깨가 피로 물들어 있는 것이 보인다.

복면인은 잠시 어깨를 움켜쥐고 신음하다 몸을 날려 도망쳤다.

은비연은 복면인이 도망가는 것을 확인한 뒤에서야 땅바닥에 쓰러졌다.

그녀의 가슴에는 아직 복면인의 검이 박혀 있는 상태였다.

그런 은비연을 주여환은 땅바닥에 주저앉은 채 멍하게 내려다보고 있었다.

검에 가슴을 찔린 채 피를 흘리는 그녀의 모습은 더없이 작고 연약해 보여 마치 손바닥에 떨어져 내린 눈송이처럼 금방이라도 사라져 버릴 듯한 위태로운 느낌이 들었다.

이후 주여환은 자신이 어떤 경로로 부상당한 은비연을 천강파로 데리고 왔는지, 그 이후 그녀가 회복될 때까지 자신이 어떤 상태로 생활했는지 자세히 기억하지 못했다.

단지 주여환의 머릿속에는 자신이 피투성이가 된 그녀를 업고 천강파로 돌아왔던 순간의 짧은 기억만이 남아 있을 뿐이었다.

당시 그곳에는 어떻게 알았는지 이미 아버지와 사고가 나와 기다리고 있었다.

아버지는 피투성이인 채로 은비연을 살려달라 울부짖는 자신을 보면서도 그다지 놀란 것 같아 보이지 않았다.

아버지가 말했다.

"사저가 말한 대로 정말 쓸 만한 아이인 듯하군요. 이 정도면 안심하고 환이를 맡길 수 있을 듯합니다."

사고는 아버지의 말에 아무런 대답도 하지 않고 주여환으로부터 은비연을 받아 들었다.

어린 주여환이었지만 그때의 분위기가 무언가 이상하다는 것은 분명하게 느낄 수 있었다.

아버지는 주여환에게 아무것도 묻지 않았다. 아버지는 마치 복면인이 그를 습격했다는 사실을 이미 알고 있었던 것처럼 보였다.

주여환은 비록 어렸지만 어리석지는 않았다.

그 습격은 분명히 아버지와 무관하지 않으리라는 것을 느낀 것이다.

아버지는 은비연을 시험한 것이었다. 그 습격에서 은비연이 자신을 보호하고 대신 검을 맞은 것으로 비로소 아버지는 자신의 심복으로 인정한 것이리라.

그리고 그의 심복이라는 것이 평생 동안 이처럼 자신을 대신해 수많은 피를 흘려야 하는 위치를 의미한다는 것도 주여환은 그 순간 분명하게 깨달을 수 있었다.

그리고 그는 태어나 처음으로 누군가를 싫어한다는 감정을 배웠다. 그 대상은 그의 아버지 주자성이었다.

은비연은 그때부터 천강파의 삼대제자가 되었다.

삼대제자이면서도 그 교육을 문파의 이대제자들이 아닌 외인(外人)인 사고에 의해, 그것도 천강파 밖에서 행하도록 했기에 이대제자들로부터 수많은 반대를 받았지만 아버지는 끝까지 뜻을 굽히지 않았다.

얼마 후 은비연의 상세가 좋아지자 사고와 은비연은 천강
파를 떠났다.

　사고는 은비연에게 모든 무공을 전수하게 되면 다시 천강
파로 은비연을 보내줄 것이라 했다.

　주여환은 그것이 마음에 들지 않았다.

　정확히는 그녀가 무공을 익혀 그 무공으로 자신을 지키기
위해 피를 흘려야 한다는 사실이 싫었다.

　사고는 그녀를 자신과 같은 나이라고 했지만 그녀는 분명
자신보다 작고 연약해 보였다. 주여환은 그날 자신을 감싸고
피투성이가 된 은비연의 모습을 결코 잊을 수 없었다.

　그날 이후 주여환은 무공을 배우기로 결심했다.

　그녀가 자신을 대신해 피를 흘릴 필요가 없을 정도로 자신
이 강해지면 될 것이다. 주여환은 그렇게 생각했다.

　주자성은 고민했다.

　주여환이 은비연과 함께 사고에게서 무공을 배우기를 원
했기 때문이다.

　주여환은 주자성에게 직접 사사받아 이대제자에 포함될
예정이었다.

　하지만 주여환은 아버지에게 가르침받기를 거부했다. 은
비연이 크게 다쳐서 돌아온 그날 이후 주여환은 주자성과 대
화를 나누는 것조차 기피하고 있었다.

　주자성은 고민 끝에 주여환을 네 명의 소질있는 수련 제자

와 함께 자신의 사형에게로 보냈다.

역시 이대제자들은 그것을 마음에 들어하지 않았으나 주여환은 아버지의 결정을 마음에 들어했다.

그는 그렇게 네 명의 사제와 함께 아버지 사형의 제자가 되었고, 역시 은비연처럼 천강파의 삼대제자가 되었다.

은비연은 그때부터 그의 심복에서 그의 사저가 되었다.

주여환은 안심했다.

다시는 그녀가 자신 때문에 피를 흘리지 않아도 될 것이라 여겼기 때문이다.

주여환의 멈춰 있던 사고가 다시 이어지기 시작한다.

그날 자신을 대신하여 피투성이가 된 은비연의 모습이 또다시 자신의 눈앞에 펼쳐지고 있었다.

그는 달리기 시작했다. 주변의 제자들이 놀라서 그를 부르는 듯했지만 그는 신경 쓰지 않았다.

천강파의 제자들을 뛰어넘고 가로막는 적들 역시 뛰어넘는다. 포위진은 천강파의 퇴로에 집중되어 있었으니 그 반대를 향해 달리는 주여환을 쫓는 적들은 없었다.

그렇게 달리면서 주여환은 자신의 둔감함을 원망했다. 그녀는 여전히 그의 심복이었다. 그 심복이라는 의미의 원래 뜻과는 달랐으나 그의 아버지는 그것을 노예와 비슷한 의미로 사용했다.

은비연은 주여환의, 정확히는 주여환 가문의 노예였다.

주여환은 사부에게 무공을 배우며 항시 사저를 떠올렸다. 주여환은 자신이 걷는 길이 사저가 걸었던 길과 같으리라는 것을 의심하지 않았다. 주여환은 사저가 이미 거쳐 간 길을 그 역시 따라서 걷는 것이라고만 생각했다.

그렇기에 주여환은 사부가 지시하는 어떠한 힘들고 고된 훈련에도 아무런 불평이나 불만도 갖지 않았다. 사저 역시 이 순간 어딘가에서 그와 같은 방법으로 무공을 배우고 있으리라 생각했기 때문이다.

그리고 지금 주여환은 그것이 착각이었음을 깨달았다. 사저는 이제껏 사형제들 앞에 그녀의 무공을 드러낸 적이 없었다.

사저의 무공이 나머지 삼대제자들이 배운 것과 궤를 달리했기 때문이리라.

주여환은 이제야 비로소 사저의 진정한 무공을 보고 있었다. 그녀의 무공은 오로지 살인을 위한 무공이었다.

그녀는 살수로 키워졌던 것이다.

어째서 자신은 거륭방과 군산파의 고수들이 이유없이 모습을 감추었던 것을 이상하다 여기지 않았던 것인가.

그들을 적대시하는 무인이나 세력들이 암중에 사라지곤 했던 것에 어째서 아무런 의심도 갖지 않았던 것인가.

천강파의 이러한 큰 성장 이면의 숱한 더러운 일들을 모두 그녀가 처리해 주었기에 그들 천강오협의 청명이 드높을 수 있었으리라는 것을 왜 알아차리지 못했던 것인가.

주여환의 가슴은 사저에 대한 죄책감과 자기 자신에 대한 후회로 터져 버릴 듯했다.

갑자기 시야가 넓어진다.

주여환이 걸음을 멈췄다.

더 이상 주여환의 앞을 가로막는 사람이 없었다. 그리고 주여환의 눈앞에 불사귀와 대치한 그의 사저가 보이고 있었다.

사저는 뒷걸음질치고 있었다. 그리고 그런 사저에게 불사귀가 다가서고 있었다.

불사귀와 자신은 상극임이 분명하다.

결코 서로 다가갈 수 없는 자석처럼 며칠 전 아버지에게 불사귀와 상대하는 것에는 어떠한 이득도 없으리라 스스로 말했으면서도 주여환은 그를 바라보는 것만으로도 증오로 머릿속이 뜨겁게 타오르는 듯한 느낌을 받았다.

"불사귀!"

주여환은 자신도 모르게 소리치며 달리고 있었다.

사저의 놀란 눈빛이 자신을 향하고 이어서 불사귀의 무표정한 눈빛 역시 자신을 향한다.

불사귀의 무표정한 눈빛을 보는 순간 느껴지는 두려움을 베어버리려는 듯 그는 불사귀에게 혼신을 다한 일검을 날렸다.

은비연

　"불사귀!"

　달려오던 주여환이 그렇게 외치며 불사귀에게 검을 날렸다.

　그것을 본 은비연 역시 몸을 날렸다.

　아까와 똑같다. 은비연의 침착한 이성과는 반대로 그녀의 몸은 이미 주여환을 향해 날아들고 있었다.

　주여환의 검은 위력적이지만 불사귀에게는 통하지 않는다.

　주여환은 이번에는 결코 살아남지 못할 것이다. 주여환의 검이 닿기 전에 불사귀의 검기가 주여환을 베어버릴 것이기 때문이다.

이미 그것은 그녀로서 어찌해 볼 수 없는 일이었다.

주여환은 그녀를 지나쳐 불사귀에게로 덤벼들고 있었고, 이러한 위치로는 이전처럼 불사귀에게 비도를 던지려 해도 주여환의 몸에 막혀 버릴 것이다.

은비연이 중얼거렸다.

"정말 쓸모없는 사제가 아닌가."

주여환의 몸이 나뒹굴었다.

생각지 않았던 곳에서 들어온 기습이었기 때문이다.

주여환이 뒤를 돌아보았을 때 가슴에서 피를 쏟으며 쓰러지고 있는 은비연의 모습이 보였다.

"사저, 무엇 때문에 나를?"

주여환이 쓰러지는 은비연에게 달려갔다.

그녀는 방금 전 주여환의 등 뒤에서 달려들어 주여환의 몸을 옆으로 쳐냈다.

밀려나는 몸 옆으로 지나가는 불사귀의 검기를 느꼈기에 주여환이 던진 질문의 대답은 이미 주여환 자신도 알고 있는 것이었다. 주여환은 울부짖으며 다시 외쳤다.

"왜 나 때문에 사저가 이리도 피를 흘려야 하는 것입니까?"

주여환의 외침이 멀게 들린다.

"왜 그랬던 것일까?"

은비연은 나직이 중얼거렸다.

사부는 은비연이 어떠한 상황에 처하더라도 흔들림없이 항상 냉정하게 스스로가 행할 수 있는 합리적이고 최선인 길을 판단할 수 있도록 가르쳤다. 그 가르침은 이미 그녀의 의식 깊숙한 곳에 각인되어 그녀의 의사와 무관하게 그녀의 행동을 조절하곤 했다.

하지만 방금 전 그녀의 행동은 결코 합리적이라 할 수 없을 것이다.

아니, 합리적이라는 것은 도대체 무엇인가.

은비연은 잠시 의문을 느꼈다. 하산하기 전 사부가 마지막으로 자신에게 했던 말이 떠오른다.

"나는 너에게 내 모든 것을 가르쳤다. 그중 내 마음속에 자리 잡고 있던 내 오랜 번뇌마저 포함되어 있으니 그것이 훗날 너를 이롭게 할지 해롭게 할지 나는 아직도 모르겠구나."

사부는 자신의 출신이 노비라 하였다.

사부의 사형도 역시 노비였는데, 그들은 자신들의 주인에게서 무공을 배웠다. 그 주인이 바로 주자성의 아버지 주구진이었다.

주자성은 지니고 있는 야심은 컸으나 무공에는 소질이 없었다.

주구진은 그러한 아들을 염려하여 무재가 뛰어난 노비를 두 명 뽑아 자신의 절기를 전수하고 그의 아들 주자성을 돌보도록 했던 것이다.

주구진이 자신의 필요에 의해 그들에게 무공을 가르쳤음을 알고 있었으나 사부와 사백은 주구진의 은혜를 잊지 않았다.

때문에 주구진이 죽고 난 뒤 주자성이 천강파라는 문파를 세우기까지 거의 이십 년의 세월 동안 사부와 사백은 주자성을 위해 음지에서 수많은 사람들의 피로 손을 적시고, 또한 수많은 그들 자신의 피로 대지를 적셔와야 했다.

천강파라는 문파는 그 대부분이 그들의 피와 땀으로 만들어졌다 해도 과언이 아닐 것이다.

하지만 그렇게 만들어진 천강파에 사부와 사백을 위한 자리는 없었다.

이미 사부와 사백의 마음은 주자성을 떠나 있었기에 그들은 그러한 사실에 괘념치 않았다. 그들은 오히려 이제 주구진의 은혜에 대한 보은을 모두 끝마쳤다는 사실에 기뻐했다.

하지만 그들이 예상하지 못한 사실이 있었다. 주자성의 청은 그것으로 끝이 아니라는 것이었다.

주자성은 그들을 사형과 사저라 불렀으나 그들에 대하는

모습은 노비였던 시절과 다름이 없었다.

오히려 그들을 부리는 모습은 다른 노비들을 대하는 것보다 못하다고도 할 수 있을 것이다.

주자성은 사부와 사백이 주구진의 은혜를 결코 저버리지 못할 것임을 너무나도 잘 알고 있었기에 그들에게 어떠한 무모한 청이라도 서슴지 않았었다.

사부는 그런 주자성을 싫어했다.

그러한 감정을 드러내고 말한 적이 없었으나 십여 년간 곁에서 지켜봐 온 은비연은 자신의 사부를 누구보다 잘 알고 있었다.

왜 그토록 싫어하는 자의 청을 거절하지 못한 것인가?

그자의 아버지에게 입은 은혜는 이미 충분히 갚은 것이 아닌가?

은비연은 자신의 사부를 원망했다.

주자성의 마지막 청이 바로 그녀 은비연이었기 때문이다.

주자성은 자신의 사형과 사저를 편하게 은퇴하도록 하지 않았다. 주자성은 마지막으로 그들에게 청했다.

그 청은 주자성의 아들 주여환을 위해 일할 무사들을 키워 달라는 것이었다.

사부와 사백은 주자성의 청에 치를 떨었다. 그들로도 모자라 그들의 제자들마저 그들 주씨 집안의 업을 이어받아야 한다는 것인가.

하지만 그들은 결국 그 청을 받아들였다.

그렇게 고아였던 은비연은 그녀의 사부에 의해 주씨 가문을 위해 일할 살수로 키워졌다.

하산하기 전 사부는 강호에 그녀 이상 가는 살수가 없을 것이라 말했고, 실제 그녀는 수많은 살행에 임해 이제껏 단 한 번의 실패도 하지 않았다.

하지만 그녀는 스스로를 반쪽짜리 살수라고 여겼다. 여러 번의 살행을 치르고서도 그녀는 자신의 일에 결코 익숙해질 수 없었기 때문이다.

살행에 임하게 되면 그녀는 철저하게 냉정해졌고, 필요하다면 자신과 전혀 무관한 자에게도 서슴없이 살수를 썼다.

하지만 살행이 끝나고 난 뒤에는 은비연은 항상 고통에 시달렸다. 그녀가 살해한 자들의 모습이, 그리고 그들의 마지막 순간의 단말마가 시종 그녀의 머릿속을 떠나지 않았다.

은비연은 그러한 스스로의 운명을 수없이 저주했다. 그리고 자신에게 이런 운명을 지운 주자성을 원망했다.

생각이 여기까지 이르렀을 때 은비연은 문득 자신도 모르게 실소했다.

원망하는 상대를 위해 일하는 것은 그녀 역시 마찬가지가 아니었던가?

그녀가 만약 떠나길 원했다면 천강파가 그녀를 붙들어놓을 방법이 있을 리 없었다. 모질지 못한 사부의 전철을 그대로 따르고 있었던 자신에게 사부를 원망할 자격이 있을 리 없다.

은비연은 손을 뻗었다.

그녀의 손이 향하는 곳에 주여환의 얼굴이 있었다.

은비연에게 그 모습은 낯설지 않았다. 오래전 은비연의 기억 속에 사제는 자신의 눈앞에서 지금과 똑같이 울고 있었다.

그 모습을 떠올리는 것으로 은비연은 알게 되었다, 모든 건 지금 자신의 눈앞에서 울고 있는 이 바보같이 착한 주인 때문이라는 것을.

은비연이 기억하는 가장 오래된 기억은 사부에게 가르침을 받는 자신의 모습이었다.

은비연의 기억 속 사부는 어린 은비연에게 항상 무언가를 가르치고 있었다. 은비연이 이해하고 이해하지 못하고는 중요하지 않았다.

사부는 해야 할 것들을 가르쳐 주고, 은비연이 그것을 확실히 기억하고 있는지 확인했다. 가르쳐 준 것을 모두 외울 때까지 그것을 반복했다. 그리고 가르침을 모두 외우면 사부는 이어서 다른 것을 가르쳤다.

사부가 가르친 것은 은비연이 행할 수 있는 모든 것이었다.

은비연의 사부와 은비연은 감숙의 기련산 기슭의 외진 골

짜기에서 거주하고 있었다. 그곳에서는 생필품을 사기 위해 마을에 내려갈 때를 제외한다면 그들 이외의 다른 사람을 찾아보기 힘들었다. 때문에 어린 은비연은 사부의 가르침을 통해서만 세상을 배우고 이해할 수 있었다.

사부의 가르침은 자세했다.

은비연의 삶은 사부가 가르친 방법에서 한 치의 어긋남도 없이 이루어지고 있었다.

은비연의 행동에는 좋고 싫음과 옳고 그름이 없었다. 그녀의 세상은 단순했고, 그녀의 모든 행동은 당연히 그래야 하는 것이었을 뿐이다.

오래전 천강파 서쪽 호숫가에서 주여환의 목숨을 구한 그날 역시 은비연은 사부의 가르침을 따랐을 뿐이다.

주여환은 그녀의 주인이었고, 주여환의 목숨은 그녀 자신의 목숨보다 중요한 것이 당연했기 때문이다.

은비연은 복면인의 검에 찔렸을 때 죽음을 느꼈다.

복면인의 검은 차가웠다. 그 차가운 검은 그녀의 몸속에 들어와 한기를 불러일으킨다.

검과 맞닿은 가슴에서 시작된 떨림은 숙주를 찾아 헤매는 고(蠱)와 같아 그녀의 혈맥을 타고 이동하며 그녀의 온몸을 휘돌기 시작했다.

그리고 어느 순간, 은비연은 마치 한겨울의 기련산에서 느꼈던 것과 같은 견디기 힘든 매서운 추위가 자신의 온몸을 감싸는 것을 느꼈다.

은비연은 추위에 굴복하여 허무(虛無)로 추락하려 드는 자신의 의식을 붙잡으며 끊임없이 사부의 가르침을 떠올리려 애썼다.

그것은 기련산의 눈밭을 헤매는 막막함과 같았다.

거칠게 몰아치는 눈보라가 시야를 가리고 두텁게 쌓인 눈이 운신을 방해했다.

매서운 바람이 그녀 자신의 목소리마저 흩어버리는 정적의 장소, 기련산의 겨울은 원래 그러했다.

하지만 은비연은 결국 그곳에서 사부의 모습을 찾을 수 있었다.

아니, 사부가 그녀를 찾았던 것이리라.

그곳 기련산에서 사부는 결코 그녀를 홀로 둔 적이 없었지 않은가? 그리고 사부가 말했다.

"너 자신이 죽는 상황은 가능하다면 절대로 피해야 할 것이야. 하지만 죽는 것을 두려워하여 움츠러들어서는 안 된다. 사실 죽음은 결코 두려운 것이 아니기 때문이지."

눈앞의 사부는 끊임없이 그 말만을 되풀이했다.

그리고 은비연은 어느 순간 사부가 점점 멀어지고 있다는 것을 깨달았다.

사부의 목소리도 따라서 멀어지기 시작한다.

죽음은 결코 두려운 것이 아니다. 죽음은 결코 두려운 것이 아니다. 죽음은 결코…….

의식이 침전하고 모든 것이 사라진다.

사부는 없었다. 사부의 목소리도 사라졌다. 기련산과 눈보라 역시 마찬가지였다.

그곳은 기련산이 아니었고, 그녀의 시야에 넓게 펼쳐진 푸른 하늘 아래 그녀는 홀로 죽어가고 있었다.

죽는 순간에는 무엇을 해야 하는 것인가? 죽음 뒤에 자신은 무엇이 되는 것인가? 왜 사부는 내게 가르쳐 주지 않았던 것인가?

이제 들리지 않는 사부의 목소리를 떠올리려 애쓰며 은비연은 생소한 감정을 느꼈다.

통제받지 못하는 두려움.

생애 처음으로 느껴보는 그 소름 끼치는 감정이 견딜 수 없어 은비연은 울부짖었지만 그 울음은 소리가 되어 나오지 않았다.

그렇게 스스로의 죽음을 마주하고 은비연이 이제껏 경험해 보지 못한 두려움에 몸무림치고 있을 때 문득 은비연은 자신의 시야가 어두워지는 것을 느꼈다.

은비연의 눈앞에 자신을 바라보고 있는 주여환의 얼굴이 있었기 때문이다. 자신을 바라보는 주여환의 얼굴은 눈물로

범벅이 되어 말이 아니었다.

그 얼굴은 은비연에게 묘한 감정을 불러일으켰다.

천강파에 들어와 주여환과 함께 생활한 뒤 근 한 달 동안 주여환은 항상 그녀에게 무엇인가를 해주기 위해 애써왔다.

은비연은 그런 주여환을 이해하기 어려웠다.

사부에게 묻자 사부는 주여환이 좋은 주인이기 때문이라고 대답했다. 당시의 은비연은 깊게 생각하지 않았다.

좋은 주인이든 나쁜 주인이든 상관없었다. 그녀에게 주인은 단순히 주인일 뿐이었다.

하지만 죽어가는 자신을 위해 눈물 흘리는 주여환을 보았을 때 은비연은 자신의 흔들리던 마음이 놀랍도록 차분하게 가라앉는 것을 느꼈다.

그 느낌을 굳이 설명하자면 안도감이라 할 수 있을 것이다.

하지만 그것은 방금 전 가까스로 주여환을 구해냈을 때 느꼈던 그것과는 다른 의미의 안도감이다.

주여환은 좋은 주인이었다.

그런 주여환이 다치지 않아서 다행이었다.

그것이 당연하다고 배웠기 때문이 아니라 그저 그의 얼굴을 보며 그렇게 느꼈기 때문에 그녀는 안도하고 있었다.

은비연은 더 이상 자신의 죽음에 두려움을 느끼지 않았다.

그날 결국 은비연은 죽지 않았다.

그리고 은비연이 의식을 되찾은 뒤에 그녀를 대하는 사부의 모습은 이전과 달라져 있었다.

그 후 사부는 은비연에게 아직 더 가르칠 것이 남았다고 말하고 은비연과 함께 천강파를 떠났다. 그때부터 사부는 은비연과 강호를 유람하기 시작했다.

말과는 다르게 사부는 더 이상 그녀를 가르치려 하지 않았다. 대신 오히려 그녀에게 질문을 던지기 시작했다.

은비연은 혼란을 느꼈다.

그 질문들이 사부가 은비연에게 이제껏 당연하다고 가르쳐 왔던 것들의 대부분을 부정하고 있었기 때문이다.

사실 그 질문들에는 사부도 명확한 대답을 가지고 있지 않았다. 그것들은 사부가 주씨 집안을 위해 일하면서 지금까지 느껴왔던 의문이었고 번뇌였기 때문이다.

그렇게 사부와 함께 몇 년 동안 강호를 떠돌고 난 뒤 은비연은 예전과는 다른 눈으로 세상을 바라보게 되었다. 더 이상 그녀에게 세상은 이전처럼 단순하고 당연한 것이 아니었다.

은비연은 사부가 마지막 몇 해 동안 자신에게 전해주고자 했던 것이 무엇인지 알고 있었다. 자신처럼 무기력하게 운명에 순응하는 것이 아니라 스스로 천강파를 떠나서 자신의 운명을 개척하기를 원했을 것이리라.

사부 자신은 평생 주구진의 은혜를 잊지 못했다. 그리고 그의 아들인 주자성의 청을 결코 거절하지 못했다. 그것이 마지막까지 떨쳐 버리지 못한 운명이었다.

때문에 마지막 가르침은 사부 자신의 운명에 대한 처음이
자 마지막 저항이라고도 할 수 있는 것이었다. 하지만 그러한
노력은 열매를 거두지 못했다.

은비연은 결국 천강파를 떠나지 못했다.

은비연은 그것을 어려서부터 사부에게 수없이 가르침받은
주씨 가문에 대한 충성심이 아직 자신의 마음속에 남아 있기
때문이라 생각했다.

또한 자신과 비슷하면서도 다른 길을 걷고 있는 천강오협
에 대한 자신의 애착 때문이라 생각했다.

하지만 주여환의 얼굴을 바라보고 은비연은 깨달았다. 지
금의 자신은 오래전의, 주여환을 위해 목숨을 버렸던 그날의
자신과 비교한다면 전혀 다른 사람이라 여겨도 될 만큼 변했
지만 자신이 그날 주여환을 구했던 순간 느꼈던 마음만은 변
하지 않았다는 것을.

그리고 주씨 가문에 대한 충성심도, 천강오협에 대한 애착
도 아닌, 바로 그 마음이 그녀가 스스로의 운명을 저주하면서
도 결국 천강파를 떠나지 못하게 만들었던 진정한 이유라는
것을.

그렇기에 이 모든 게 바로 지금 그녀의 눈앞에서 울부짖는
사제 주여환 때문인 것이다.

주여환 때문에 사부의 운명에 대한 처음이자 마지막 저항

은 무위로 돌아갔고, 주여환 때문에 은비연 자신은 원하지 않는 살행을 계속해야만 했다.

또한 주여환 때문에 불사귀에 대한 마지막 암습은 실패로 돌아갔고, 주여환 때문에 결국 자신은 이곳에서 최후를 맞이할 것이다.

하지만 그 모든 것들에 대해 어떠한 후회도 하지 않았다. 그녀는 주여환을 바라보며 오래전의 그날처럼 안도했다.

"사부의 가르침이 나에게 해로울 리가 없잖아요."

그녀는 그렇게 중얼거리며 미소 지었다.

주여환이 살아남았기에 다행이었다.

그녀는 불사귀에게 몸이 관통당하면서도 그녀의 남은 비도를 불사귀에게 날렸다.

불사귀 역시 이러한 상황마저 예상하지는 못했는지 그 비도에 왼쪽 어깨를 꿰뚫렸다. 불사귀가 아무리 괴물이라 해도 지금은 심장에 독이 침투해서 절명했을 것이다.

그때에 은비연의 시야에서 주여환의 모습이 사라졌다. 은비연이 아쉬움에 손을 내밀려 했을 때 멀리서 주여환의 외침이 들려온다.

"불사귀!"

이어서 들려오는 소리는 분명 칼이 맞부딪치며 내는 소리가 분명하다.

은비연의 가슴이 세차게 두근거리기 시작했다.

결코 있을 수 없는 일이다.

은비연은 이를 악물고 몸을 일으켰다. 팔에 힘이 들어가지 않아 몸은 반쯤 일어나려다 다시 옆으로 쓰려졌다.

다행히 쓰러진 방향이 나쁘지 않아 자신이 보려 했던 모습을 볼 수 있었다.

하지만 은비연의 시야에 비치는 광경은 그녀가 결코 보고 싶지 않은 결과였다.

은비연과 주여환

주여환의 머릿속은 텅 비어 있었다.

방금 전까지 너무 많은 생각으로 머릿속이 터질 듯했는데 왜 갑자기 이렇게 조용해진 것인가?

불사귀의 칼을 흘려보내며 주여환은 의문을 느꼈으나 곧 그 의문은 잊혀졌다. 불사귀의 왼편에 빈틈이 보였기 때문이다.

불사귀는 왼손이 부자연스러워 보였다.

자연스럽게 주여환의 검이 불사귀의 왼쪽으로 따라붙는다.

주여환의 움직임을 본 불사귀가 왼쪽으로 주여환을 감싸

고 원을 그리듯 이동하기 시작했다.

불사귀의 왼쪽으로 따라붙으려는 주여환과 그런 주여환의 배후를 잡기 위해 움직이는 두 사람의 그림자가 서로 춤을 추듯 원을 그리며 움직이기 시작했다.

처음에는 불사귀가 주여환의 배후로 돌아가는 듯싶었으나 주여환의 보법이 점차 안정되더니 오히려 신형이 점차 불사귀의 왼쪽을 파고들기 시작한다.

이윽고 불사귀의 왼편이 주여환의 거리에 들어오는 순간 갑자기 불사귀의 움직임이 멈추는 듯하더니 곧 서로의 그림자가 겹쳐지며 불사귀의 칼이 주여환의 손목을 노리고 날아든다.

실로 번개 같은 속도였다.

먼저 검을 뻗어가던 주여환이 오히려 대응할 생각을 하지 못하고 재빠르게 우측 상체를 뒤로 젖히는 반동으로 몸을 회전시키며 물러서자, 불사귀의 칼이 방향을 바꾸어 이번에는 주여환의 왼쪽 가슴을 노리고 날아들어 온다. 주여환이 재빨리 자세를 바로 하며 막았다.

채앵!

칼이 부딪치는 순간 주여환의 몸이 앞으로 기울어진다. 서로의 칼이 부딪치는 순간 불사귀가 주여환의 방어하려는 힘을 뒤로 흘려 버렸기 때문이다.

이어서 구부린 주여환의 등으로 불사귀의 칼이 재차 떨어져 오자 주여환은 오히려 기울어진 자세 그대로 앞으로 몸을 굴렸다.

촤악!

간발의 차이였다.

주여환의 등을 스치고 지나간 불사귀의 칼은 주여환의 옷자락만을 베어내는 데 그쳤다.

하지만 주여환이 숨을 고를 틈도 없이 불사귀의 칼이 다시 날아들었다.

주여환은 그 칼에 자신의 검을 다시 맞부딪칠 엄두가 나지 않았다. 게다가 불사귀의 칼이 워낙 빨라서 반격을 시도할 틈도 없었다.

어쩔 수 없이 칼을 피하며 뒤로 물러서는 주여환을 불사귀가 계속해서 따라붙으며 사방으로 칼을 날려온다.

순식간에 주여환의 몸 곳곳이 선혈로 젖어들기 시작했다.

불사귀의 쾌도는 끝이 없는 듯했다.

간신히 최소한의 부상으로 방어하고는 있으나 주여환으로서는 상황을 뒤집을 방법이 없어 보였다.

이대로라면 결국 주여환은 불사귀의 쾌도에 온몸이 난자당해 죽게 될 것이 분명했다.

일방적인 공세 속에 쉴 새 없이 뒤로 물러서던 주여환의 몸이 어느 순간 갑자기 뒤로 젖혀졌다. 철판교의 수법이었다.

그리고 지금 주여환이 처한 상황에서는 진정 최악의 수였다.

벌써 물러설 체력이 남아 있지 않았던 것인가?

떠오르는 의문과 별개로 불사귀의 칼은 잠시의 머뭇거림도 없이 방향을 바꾸어 주여환의 몸을 내려쳐 온다.

주여환으로서는 더 이상 피할 공간이 없었다.

한편 주여환은 철판교의 수법으로 몸을 기울이자마자 왼손으로 땅바닥을 더듬기 시작했다.

분명 불사귀가 그것을 어깨에서 뽑아내는 모습을 보았다. 지금 그가 더듬는 위치가 바로 그곳이라 생각하고 있었지만 주여환은 불사귀의 공격에 신경을 써야 했던 탓에 주변을 자세히 살필 여유가 없었다.

주여환은 자신의 기억과 지금 몸을 젖힌 방향이 정확하기만을 바랐다.

그리고 곧바로 왼손에 그 물건이 잡혔다.

마침 손으로 더듬은 자리에 그것이 정확히 위치해 있었다는 사실과 잡는 순간 그것의 날에 손을 베지 않았다는 사실에 기뻐할 틈도 없이 주여환은 그것을 들어 재빨리 불사귀에게 던졌다.

불사귀의 입장에서는 전혀 뜻밖의 공격이었다.

주여환이 던진 것은 바로 은비연의 비도였다.

분명 방금 전 주여환 대신 뛰어들었던 은비연의 가슴을 찌르고 그 대가로 왼팔에 명중했던 것을 뽑아낸 것이다.

만약 다시 한 번 그것에 명중한다면 지금의 몸 상태로는 그 독을 감당해 내기 어려울 것이 분명했기에 불사귀는 내뻗던 칼을 회수하며 황급히 옆으로 몸을 날렸다.

기회를 잡은 주여환이 즉각 검을 찔러온다. 불사귀는 자세가 불안정했지만 침착하게 주여환의 검을 막아갔다.

이미 막아가는 칼을 통해 마공을 운용하고 있었으니 주여환의 검에 실린 힘을 이용해 불사귀는 오히려 자신의 불안정한 자세를 바로잡을 생각이었다.

채앵!

하지만 서로의 검이 맞부딪치는 순간 주여환은 자신의 검을 놓아버렸다. 불사귀는 뜻밖의 결과에 놀랐지만 즉각 내민 칼로 주여환을 베어갔다.

촤악!

가슴이 벌어지며 피가 솟구쳤지만 주여환은 위축되지 않았다.

오히려 주여환은 불사귀에게 달려들어 불사귀의 뻗어낸 팔을 붙잡으려 했다.

불사귀가 주여환의 그러한 움직임을 칼로 저지하기에는 서로의 거리가 너무 가까웠다. 게다가 불사귀는 지금 왼팔을 쓸 수 없는 처지였다.

불사귀는 어쩔 수 없이 무기를 버리고 맨손으로 주여환의 공격을 흘러냈다.

주여환이 의도한 결과인지는 알 수 없었으나 서로가 무기를 버리는 순간부터 싸움은 주여환에게로 유리하게 흐르기 시작했다.

불사귀는 왼손이 불편한 데다 왼팔에 침투한 독이 활동하는 것을 막기 위해 과도하게 내공을 사용하고 있었기에 운용할 수 있는 내공이 얼마 되지 않았다.

부족한 내공으로는 무기 없이 주여환에게 타격을 주기가 쉽지 않다. 게다가 주여환의 움직임이 예사롭지 않았다.

지금 주여환이 보여주는 모습은 조금 전 은비연과 싸우던 자신을 무모하게 공격해 오던 때와는 전혀 다른 수준의 움직임이었다.

그때 보여주었던 주여환의 수준이라면 자신의 첫 쾌도를 견뎌낼 수 있을 리 없다.

아마 지금 주여환은 무아(無我)의 경지를 경험하고 있음이 분명했다. 주여환의 원래 실력이 그런 경지에 올라 있을 리 없으니 지금 주여환의 상태는 절묘한 순간에 이루어진 우연의 결과이리라.

불사귀로서는 여러 가지 악재가 겹친 셈이었다. 하지만 우연이라 해도 주여환의 자질을 무시할 수는 없었다. 주여환은 처음 경험해 보는 것이 분명한 지금의 상태에 빠르게 익숙해지고 있었다.

당장 주여환의 동작에서는 불사귀가 파고들 만한 빈틈이

보이지 않았다. 아마 지금의 주여환이라면 은비연의 비도도 막아낼 수 있을 것이다.

이대로라면 불사귀의 패배는 자명했다.

주여환의 공격에 실린 힘을 흘리는 것으로 겨우겨우 방어는 하고 있었지만 주여환이 점점 불사귀의 수법에 대응해서 공격에 싣는 힘을 최소한으로 조절하기 시작한 탓에 그것도 점점 힘들어지고 있었다.

무아의 경지에 이름으로써 주여환은 평소의 수십 배의 집중력을 발휘하고 있었다. 때문에 불사귀의 기술적인 우위를 따라잡는 주여환의 속도는 실로 경이로운 수준이었다.

만약 이 싸움이 끝나고 며칠만 시간이 지나게 된다면 주여환은 지금의 싸움에서 얻은 깨달음을 통해 이전과 비교할 수 없을 만큼 강해지리라.

불사귀는 모험을 하기로 결심했다.

시간이 지날수록 적은 강해지고 자신은 약해지는 형편이었다. 더 이상 시간을 끈다면 기회는 영영 사라질 것이다.

불사귀의 오른팔이 공격해 들어오던 주여환의 왼팔을 튕겨내며 곧장 주여환의 가슴을 노렸다.

방어를 생각하지 않는 동귀어진의 수였지만 주여환은 침착하게 몸을 틀며 우장으로 불사귀의 공격을 받아 쳤다.

서로의 오른손이 맞부딪치고 그 반동으로 서로의 거리가 벌어지는 순간 불사귀는 잽싸게 땅바닥에 떨어져 있는 돌멩이 하나를 주웠다.

주여환이 다시 달려드는 순간 불사귀는 주워 든 돌멩이를 던졌다.

주여환은 그 돌멩이를 던지는 순간 불사귀의 큰 빈틈을 발견했지만 곧 주의를 돌멩이로 돌렸다.

잊고 있던 사실을 떠올렸기 때문이다. 그 돌멩이가 향하는 방향에는 은비연이 쓰러져 있었다.

주여환의 몸이 순간 옆으로 튕겨져 나가며 그 돌을 막아내었다.

그리고 돌아보는 주여환의 얼굴에서 강한 분노를 읽어낼 수 있었기에 불사귀는 자신의 모험이 성공했음을 깨달았다.

주여환은 분노했다.

쓰러져서 이제 그에게 아무런 해도 끼칠 수 없는 여인에게 왜 살수를 쓴단 말인가?

주여환은 문득 조금 전에 느꼈던 의문을 기억해 냈다. 그리고 그에 대한 대답 역시 생각해 냈다.

주여환은 혼란스러운 와중에 은비연을 살리기 위한 방법을 떠올리고 있었다.

은비연의 상처는 무척 위중했다. 은비연을 살리기 위해서는 당장 의원을 찾아야 할 것이다.

하지만 마을로 가는 길은 적들이 가로막고 있었다. 그렇다면 가로막고 있는 적을 물리쳐야 하는데 불사귀 때문에 그것이 쉽지 않다.

그렇다면 불사귀부터 먼저 처치해야 할 것이다.

때문에 주여환은 불사귀에게 덤벼들었다.

그 순간 주여환의 머릿속에는 불사귀와 자신과의 실력 차는 없었다.

주여환은 오로지 불사귀를 쓰러뜨려야 한다는 한 가지 생각에만 열중하고 있었다.

그렇게 주여환의 의식이 당장 스스로가 붙잡고 있던 한 가지 집념 이외의 모든 것, 심지어 자기 자신마저도 배제하게 되는 순간 주여환은 생애 처음으로 무아의 경지를 엿보게 되었다.

하지만 이러한 주여환의 평생 두 번 경험하기 힘들 기연은 지금 주여환의 생각이 다시 은비연의 안위에 미치는 순간 끝이 났다.

"사제, 도망… 쳐……."

불사귀는 주여환에게 신경도 쓰지 않는 듯한 모습으로 어딘가로 걷고 있었다.

은비연의 목소리는 작았으나 주여환은 은비연에게 주의를 기울이고 있던 터라 그 목소리를 들을 수 있었다. 하지만 주여환은 은비연의 말에 대답하지 않고 그저 불사귀를 따라 움직이고 있었다.

주여환의 움직임이 불사귀에게서 자신을 가로막는 위치를

유지하기 위함이라는 것을 깨달은 은비연이 스스로의 무력함에 눈물을 흘렸다.

은비연은 불사귀와 주여환의 싸움을 보고 있던 터라 주여환에게 방금 전 무슨 일이 일어난 것인지 어렴풋이 느낄 수 있었다.

주여환은 지금 막 꿈에서 깨어난 듯한 상태였다.

꿈의 내용을 천천히 되새길 시간을 가지지 못했으니 주여환에게 방금 전의 심득은 당장 아무 쓸모가 없을 것이 분명했다.

지금의 주여환은 처음 무모하게 불사귀에게 달려들었던 수준에서 조금의 나아짐도 없었다. 그런 주여환이 불사귀를 당해낼 수 있을 리 없다.

위급한 순간의 모험이 극적으로 성공했지만 불사귀는 여전히 침착했다.

방금 전의 대결은 진정으로 위험했다. 불사귀가 돌멩이를 던지는 순간 주여환의 주의가 은비연에게로 돌아가지 않았다면 불사귀는 주여환에 의해 목숨을 잃었을 수도 있었다.

불사귀가 지금의 경지에 오른 뒤 이 정도로 목숨의 위협을 느껴본 상황은 많지 않았다.

너무 방심했기 때문이다. 자신이 최근 들어 조금 나태해져 버린 것이 아닐까?

불사귀는 그렇게 생각하며 걸음을 멈추고 고개를 숙였다.

그리고 떨어져 있는 자신의 칼을 주워 들었다.

주여환은 그 틈을 노리지 못했다. 불사귀의 동작에서 빈틈이 느껴지지 않았기 때문이다. 방금 전의 짧은 심득은 아직 완전히 자신의 것이 되지 못했지만 당장 불사귀의 배후를 치는 것이 위험하다는 사실 정도는 알 수 있게 해주었다.

그리고 칼을 들자 불사귀의 기도가 달라졌다.

주여환은 크게 후회했다. 어떻게 해서든 방금 전의 틈을 노렸어야 했다. 이제 더 이상 불사귀를 이길 방법은커녕 불사귀의 공격을 막아낼 방법조차 떠오르지 않는다.

당장 주여환에게는 무기조차 없었다.

그리고 주여환에게 무기조차 챙기지 않은 스스로의 어리석음을 자책할 시간조차 주지 않은 채 불사귀가 달려들어 왔다.

주여환은 곧장 옆으로 몸을 날렸다.

그곳에 쓰러져 있는 시체의 손에 쥐어진 장검을 보았기 때문이다.

몸을 날린 주여환은 시체의 손을 펼칠 시간조차 없이 그대로 시체의 손과 함께 뒤로 검을 휘둘렀다.

채앵!

불사귀의 칼과 주여환의 검이 마주치는 소리가 들리고 이내 휘청하며 몸이 기울어진다.

검에 실은 힘이 그 방향을 잃었기 때문이다.

주여환은 뒤늦게 조금 전 펼쳤던 불사귀의 수법을 기억해 냈다. 불사귀의 특기는 상대방의 힘을 흘리는 것이었다.

주여환은 순간 균형을 잃고 땅바닥에 나뒹굴었다.

쓰러진 주여환이 고개를 든다.

그 눈이 절망으로 물들었다. 주여환의 목을 노리고 휘둘러 져 오는 불사귀의 칼을 보았기 때문이다. 주여환은 반사적으로 왼팔을 들어 올렸다.

촤악!

피가 뿜어져 나온다.

주여환은 망연자실하게 자신의 잘려져 나간 왼팔을 내려 다보았다.

주여환이 왼팔을 희생해 한 번의 공격이 막혔으나 그저 잠시의 시간을 벌었을 뿐이다.

불사귀는 망설임없이 재차 칼을 내려쳤다. 하지만 그때 무언가가 불사귀의 다리를 노리고 날아든다.

불사귀가 칼을 거두고 가볍게 옆으로 몸을 날렸다.

그의 다리를 노린 것은 작은 돌멩이였다. 그리고 그 돌멩이 가 날아온 곳에 은비연이 보인다.

당장 죽더라도 이상하지 않을 모습이다. 그런 몸을 하고서 도 돌멩이를 집어 던진 것인가?

불사귀가 내심 감탄하며 은비연을 바라보고 있을 때, 은비연이 입을 열었다.

"제자들을 모두 항복시킬 테니 사제와 제자들의 목숨만은 살려다오."

은비연의 목소리는 의외로 또렷하고 힘이 있었다.

아마 회광반조(廻光返照)라는 현상일 것이다.

불사귀는 전장을 돌아보았다. 얼핏 보아도 천강파 제자들에 의해 청류방의 포위망이 상당 부분 돌파당했음을 느낄 수 있었다.

일단 퇴로가 뚫리게 된다면 지금 살아남은 천강파의 제자들은 상당수가 도주할 것이다.

불사귀 자신은 적들을 뒤쫓을 만한 몸 상태가 아니었다. 무엇보다 당장 제대로 운기하여 독을 밀어내지 않는다면 죽지는 않더라도 꽤 오랫동안 후유증에 시달리게 될 것이다.

불사귀가 잠시 그 제안의 득실을 따져 본 뒤 은비연에게 대답했다.

"약속하도록 하지. 제자들을 항복하게 해라."

"…사저, 안 됩니다. 저들이라도 살아남아야 천강파에 희망이……."

주여환이 고통에 신음하면서도 사저를 만류하려 했으나 불사귀가 다가가 수혈(睡穴)을 짚자 그대로 정신을 잃었다.

"불사귀, 당신 정도의 인물이 한낱 아녀자를 상대로 허언을 하지 않으리라 믿겠소."

은비연의 모습은 죽음을 각오한 듯 보였다.

불사귀는 무표정한 얼굴로 은비연을 바라보다 이내 고개를 끄덕였다.

은비연이 말했다.

"나를 좀 부축해 주시오."

불사귀가 은비연을 일으켜 세웠다.

은비연이 잠시 어지러운 듯 정신을 차리지 못하자 불사귀가 그녀의 등에 장심을 대고 진기의 흐름을 유도했다.

불사귀가 사용한 수법은 마공을 일으켜 은비연의 몸속에 일시적으로 진기의 흐름을 유도한 것이니, 그렇지 않아도 죽어가면서 흩어지기 시작한 은비연의 생명력은 급속도로 고갈되기 시작했다.

어찌 되었든 마공을 통해 순간 의식을 되찾은 은비연이 소리쳤다.

"모두들 이제 그만 되었다! 이 싸움은 우리의 패배이니 모두 무기를 버리고 스스로의 목숨을 구하도록 해라!"

그녀는 연거푸 소리쳤다.

차츰 그녀의 목소리를 들은 천강파 제자들의 공세가 잦아들기 시작한다.

청류방 무사들도 분위기가 이상하게 돌아가자 하나둘 공격을 멈추고 뒤로 물러서서 사태를 지켜보기 시작했다.

이윽고 칼 부딪치는 소리가 모두 멎고 공터에는 부상자들의 신음 소리와 그녀의 음성만이 울려 퍼지게 되었다.

"이 싸움은 우리들의… 패배이니……."

계속해서 외치던 은비연이 숨이 차는 듯 말을 잇지 못했다.

천강파 제자들이 뒤돌아보니 은비연이 불사귀에게 제압당해 있고 주여환은 땅에 쓰러져 있다.

"사부가 죽었다면 우리들도 목숨을 다해 싸울 뿐입니다!"

몇몇 제자들이 소리친다.

지금 싸우는 제자들은 대부분이 주여환의 제자들이었다. 그들의 눈빛에서 보이는 의지가 은비연의 가슴을 뜨겁게 만드는 듯했다.

'내가 없어도 그들이 주여환을 지탱해 줄 것이다.'

그렇게 생각하며 은비연이 다시 힘을 내어 외쳤다.

"…사제는 죽지 않았다! 그러니… 그러니 너희들이 살아남아 그를 돌보아라! 이길 수 없는 싸움에 목숨을 버리는 것은 용기가 아니다! 당장의 굴욕을 참고 살아남는다면… 언젠가 다시 기회가 생길 것이다!"

천강파 제자들 사이에 동요가 일어나기 시작한다.

불사귀가 그것을 보고 은비연 대신 정신을 잃은 주여환을 들어 올렸다. 그들이 항복하지 않는다면 주여환의 목숨을 끊겠다는 위협의 의미이다.

그것을 본 제자들은 차마 주여환을 죽도록 내버려 둘 수 없어 결국 무기를 버리기 시작한다.

하나둘 천강파의 제자들 사이에 무기 떨어지는 소리가 울려 퍼진다.

　이어서 주여환을 따르는 제자들이 무기를 버리고 남아 있
는 소수의 제자들 역시 대세가 기울자 어쩔 수 없이 무기를
버리기 시작했다.

　어리둥절하여 그 광경을 바라보던 청류방의 무인들 사이
에서 이윽고 함성이 터져 나오기 시작했다.

　그와 반대로 항복한 천강파의 무사들은 울분을 참지 못해
고개를 떨구고 일부는 눈물마저 보였다.

　그렇게 천강파 총단 앞의 공터가 청류방과 불사귀를 연호
하는 함성으로 뒤덮인 가운데 정오부터 시작되어 석양과 피
로 사방이 붉게 물들도록 계속된 혈전은 결국 청류방의 승리
로 끝이 났다.

　공터 곳곳에서 청류방의 제자들이 항복한 천강파의 제자
들을 포박하고 있었다.

　불사귀는 전투가 끝나자마자 그 자리에서 독을 몰아내기
위해 운공을 시작했다.

　포박당한 천강파 무인들을 광에 가두고 여기저기 쓰러져
있는 시체들을 한곳으로 모으도록 지시한 뒤 부상자들의 처
리마저 어느 정도 마무리 지어놓은 임철산이 비로소 불사귀
에게로 다가왔다.

　잠시의 운공을 통해 어느 정도 독을 몰아낸 불사귀가 다가

오는 임철산을 돌아본다.

임철산은 흥분된 표정을 감추지 못했다.

"진정 대승이오. 천강파 무인들의 주력은 이제 모두 괴멸되었소. 이게 다 불사귀 대협 덕분이오."

불사귀는 여전히 무표정한 얼굴로 대답했다.

"아직 모두 끝난 것이 아니지 않소. 잔당들을 남겨둔다면 분명 후환이 될 것이오. 그들을 모두 처리한 뒤에야 진정 승리했다고 할 수 있을 것이오. 일단 지금 붙잡은 인질들을 통해 남아 있는 천강파 무인들에게 항복을 권유하도록 하시오."

"대협의 말씀이 옳소이다. 내 당장 그렇게 지시하도록 하겠소."

"그리고 살아남은 자들의 무공이 상당하니 모두 무공을 폐하는 것이 좋을 것이오. 그들은 분명 뒷날 후환이 될 것이오."

그들을 청류방으로 포섭할 생각이었던 임철산이 잠시 대답을 하지 못하고 머뭇거렸다.

불사귀가 이어서 말한다.

"특히 주여환이란 자는 반드시 죽여 후환을 없애도록 해야할 것이오. 그가 살아남는다면 가장 큰 위협이 될 것이 분명하오."

불사귀의 강경한 어조에 임철산이 마지못해 고개를 끄덕

였다.

"대협의 말씀이 옳습니다. 후환을 남겨두어서는 안 될 것이지요."

잠시 불사귀에게 치하의 말들을 늘어놓던 임철산이 돌아가고 불사귀는 잠시 주변을 돌아보았다.

공터 곳곳에 쓰러져 있는 시체들을 청류방의 무인들이 들어 나르고 있다.

'얼마간은 이곳에서 혈향이 가시지를 않겠구나.'

불사귀가 그렇게 생각하고 있을 때 발밑에서 누군가의 목소리가 들려온다.

"내… 너를……."

불사귀가 내려다보자 그곳에 은비연이 고개를 들고 불사귀를 노려보고 있었다.

아직까지 죽지 않았던 것인가?

불사귀는 진심으로 놀라워했다. 불사귀는 이미 한참 전에 그녀의 숨이 끊어졌다고 생각했다.

"내… 너를… 죽어서도……."

은비연은 숨을 들이마시기 위해 애썼다.

그것은 호흡을 위함이 아니라 그녀의 말을 이어가기 위함인 듯했다.

그녀의 눈이 붉게 물들기 시작한다. 그녀에게서는 일말의 생기도 느껴지지 않고 있었다. 어떻게 저런 몸을 하고서도 아직 움직일 수 있는 것인가?

"…죽어서도 용서치 않을 것이다."

말을 마치고 난 뒤 그녀의 부릅뜬 눈에서 빛이 사라진다.

불사귀는 잠시 그녀의 모습을 응시했다.

그녀는 숨을 거뒀다. 하지만 불사귀는 진정 그녀가 숨을 거둔 것인지 확신하지 못했다.

그녀의 육신은 천강과 제자들이 항복했던 시점에 이미 죽어 있었다.

그때 땅바닥에 쓰러진 은비연에게서 생기가 사라져 가는 것을 불사귀는 분명하게 느꼈다. 하지만 방금 은비연은 움직이지 않았던가?

마공 때문이리라.

불사귀는 죽어가는 몸에 운용한 마공이 그녀의 몸 안에서 알 수 없는 현상을 일으킨 것이라 생각하려 했다.

하지만 그녀의 눈에 서린 증오와 원한을 보는 순간 불사귀는 자신에 대한 원한이 그녀의 혼백을 죽어서도 잠시 동안 이승에 묶어둔 것이 아닌가 하는 의심이 마음 한구석에 피어나는 것을 느꼈다.

불사귀는 이내 고개를 저었다.

죽은 자는 패배자일 뿐이다. 그녀가 아무리 자신에 대한 증오로 그녀의 죽음마저 잠시 붙잡아뒀다 하더라도 결국 그뿐이다.

결국 그녀는 자신에게 어떠한 해도 끼치지 못하게 된 것이다.

불사귀는 그렇게 생각하면서도 한참 동안 그곳에 서서 그녀를 바라보았다.

불사귀는 그녀의 눈빛을 외면할 수 없었다. 그녀의 눈빛은 불사귀 자신의 눈빛이었다.

불사귀는 그녀를 처음 보았을 때 제법 고운 미색을 지녔다고 생각했다. 하지만 지금 죽어 있는 은비연의 얼굴은 마치 지옥에서 막 튀어나온 악귀처럼 보였다.

은비연의 풀지 못한, 아니, 풀 수 없게 된 원한이 그녀를 그런 모습으로 만들었으리라.

불사귀는 십여 년을 강호를 떠돌면서도 원수의 단서 하나 발견하지 못한 채였다.

대신 그 자신을 원수로 여기는 자들만을 수없이 만들어놓았으니 그가 만약 이대로 그의 원수를 찾지도 못한 채 그에게 복수하려는 적들에 의해 죽게 된다면 그 모습은 지금 죽어 있는 은비연과 다를 바가 없을 것이다.

불사귀의 가슴속에 알 수 없는 불안감이 피어오르기 시작했다.

그것은 어떤 예감과도 같은 느낌이었다.

불사귀는 자신의 마음이 흔들리는 것을 느꼈다.

불사귀는 눈을 감았다. 그리고 해야 할 일을 떠올린다.

복수.

그 말을 떠올리는 순간 불사귀의 마음이 다시 냉정하게 가라앉는다.

그리고 눈을 뜬 불사귀는 단칼에 그녀의 목을 쳤다.

죽어 있는 몸이라 선혈은 심하게 흐르지 않았다. 끌려가면서 그 모습을 본 천강과 제자들 사이에서 저주와 원한의 외침이 터져 나온다.

불사귀는 신경 쓰지 않았다.

'그녀와 나는 다르다. 나는 결코 그녀처럼 무력하고 비참하게 죽지 않을 것이다.'

불사귀는 주문처럼 그 말만을 계속 되뇌었다.

『귀혼』 2권에서…

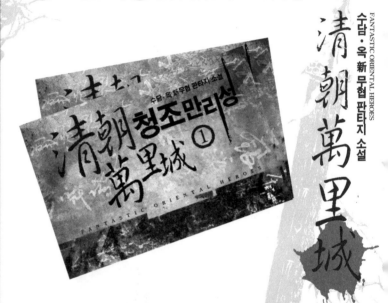